海天译丛

外面的世界

Extérieur monde

Olivier Rolin

［法］奥利维埃·罗兰　著
林苑　译

海天出版社
HAITIAN PUBLISHING HOUSE
·深圳·

图书在版编目（CIP）数据

外面的世界 /（法）奥利维埃·罗兰著；林苑译.
— 深圳：海天出版社, 2022.4
（海天译丛）
ISBN 978-7-5507-3137-0

Ⅰ.①外… Ⅱ.①奥… ②林… Ⅲ.①散文集—法国
—现代 Ⅳ.①I565.65

中国版本图书馆CIP数据核字(2021)第036191号

版权登记号　　图字：19-2020-028 号
Extérieur monde
Olivier Rolin
© Éditions Gallimard, Paris, 2019.

外面的世界
WAIMIAN DE SHIJIE

出　品　人　聂雄前
责　任　编　辑　岑诗楠
责　任　校　对　万妮霞
责　任　技　编　梁立新
装　帧　设　计　龙瀚文化

出 版 发 行　海天出版社
地　　　址　深圳市彩田南路海天综合大厦（518033）
网　　　址　www.htph.com.cn
订 购 电 话　0755-83460239（邮购、团购）
设 计 制 作　深圳市龙瀚文化传播有限公司 0755-33133493
印　　　刷　深圳市希望印务有限公司
开　　　本　889mm×1194mm　1/32
印　　　张　10
字　　　数　165千
版　　　次　2022年4月第1版
印　　　次　2022年4月第1次
定　　　价　45.00元

一个男人决意要描绘世界。一年年过去，他画出了省区、王国、山川、海湾、舰船、屋舍、器具、星辰、马匹和人。临死之前，他发现这座耐心绘成的迷宫之线条勾勒出的竟是他自己的脸。

——博尔赫斯（《诗人》）

两排紫阳花篱之间，一匹马冲破薄雾，形单影只，无人驾驭，鬃毛顶着云雾，身上挂满空奶桶，叮叮当当，像是有位定音鼓手骑在马背上。它身后的雾气被撕裂，缝隙里可窥见大海蓝绿色的蜿蜒。那是在亚速尔群岛，很久以前。我希望我着手写的书意外又奇特，如同这一画面。我不知道这匹开场的马要去哪里，会把书带向何方。我酝酿这本书至少已有一年，或者应该说是它在我身上酝酿，因为我完全无法打定主意，也想象不出它的轮廓。它是雾中若隐若现的风景，一匹没有骑手的马，大西洋洋面更迭不休的波纹。我甚至不知道它是否能成型还是终究模糊如梦境。我不知道是否能写到下一页。欲擒不得，欲造不能，一筹莫展，于是，今天我决定让词语带我走。我把自己交给它们。看它们能把我带去哪里。我"跳入水中"：在我的作家生涯里，这个带有隐喻的表达法从来不曾如此贴切过。好了，现在你们已被告知：作者，貌似的确是我，是个落水之人。

写完这段话，我停下来，起身，开始踱步，在书桌前团团转。窗外是海，另一片海。词语来了，但来得缓慢而艰难。撇开别的不说，每本书对我都意味着几十公里的来回踱步，我如笼中困兽一般。如果早些想到这一点，我可以给每本书加上一项行走距离的参数。这种几乎等于原地踏步的行走是我休息的方式，用来等待词语到来。我不是那种能在打字机前一坐就是好几个钟头的人。我说"打字机"，因为电脑也无非就是用来打字的。但事实是，我怀念过去人们敲击"雷明顿"或"奥利维蒂"打字机按键的年代，书在噼噼啪啪的撞击声中进展着；或更早以前，墨水将空白的纸染黑，那时候"手稿"这个词还有着充分的意义。我是一个留恋纸张和过去的人：你们在这里再一次被告知了。也许这才是问题之所在，是关键。凭借纸张，我们和前辈作家，我们仰慕的作家发生了关联，他们狡黠的词句激发了我们与他们较量的欲望，催生了罗兰·巴特所说的催产的嫉妒。他说所有佳作于我们都是未完成的，如同失去了一样，因为作者并非我们自己。而屏幕，它立起了屏障，割断了连贯性。

　　我知道一本书的开头不该这么写，不该像我这样写。毕竟我也不是刚出道的。要是我背后站着一位编辑，他早该皱眉了。（话虽如此，我合作过的编辑都是好编辑，也就是说他们都多多少少理解我的想法，没找我麻烦。）要是有（的确也有）什么creative writing（创意写作）课或其他劳什子，这个开篇可以作为一个反例。不过，我不知道自己能写出什么，但反正希望不是什么值得推崇的东西。不是回忆录，绝对不是！我没那么自视过高，尽管"作家"二字经常和这样的形容词搭配。讽刺的是，刚才坦言自己跳入水中，倒让我想起夏多布里昂①那句名言，说他生活在两个世纪之间，就像在两条河流的交汇处一样。我的同代人也可以这么说自己，他们经历过的革命虽然不像夏多布里昂子爵那个年代的更迭那么波澜壮阔，也没那么充满悲剧，却也几乎将他们诞生的那个"古老河岸"完全抹去了。我孩提时的法国更接近二十世纪初的样子，而不是今天这个样子。我在巴黎街上见过佩尔什马拉着大板车送牛奶（又

---

① 夏多布里昂（1768—1848），法国作家、政治家、外交家，著有小说《阿达拉》《勒内》，长篇自传《墓畔回忆录》等。

是送奶的马！），石板路的缝隙里还有青草钻出来。我见过火车头冒出的烟在蒙帕纳斯火车站的玻璃天棚下翻滚，就像莫奈的一幅画。我见过一溜红与黑的雷诺老的士在离我父母家不远的车站前排队。同款出租车出现在吉泽尔·福伦德①给乔伊斯拍的照片里，而照片上乔伊斯下车的那条街就是多年之后我住的地方。但是我（恰恰）不是自比夏多布里昂，我不像他，有十字架和永恒来担保，更何况我认为回忆录相当老派。我好歹自诩是个新派的作家——这甚至是我唯一标榜的新潮。所以，不是回忆录，但大抵是世界在一个人的生命中留下的痕迹——或者不如说，世界描绘人生画卷所用的痕迹。

我确信（真是太久远了）自己去过那里，去过那些黑色玄武岩和蓝色紫阳花之岛，人们讲着温柔的、发塞擦音的葡萄牙语。去那里是因为一本书：《波尔图皮姆的女人》，作者安东尼奥·塔布奇，一个用意大利语和葡萄牙语写作的意大利人，当年读他的书的人似乎比今天多。对非母语写作的人，我总是心存敬佩。康拉德、纳博科夫、贝克特——鲜见银样镴枪头。我羡慕嫉妒他们，此生终归无法实现的事情很多，其中之一就是语言

---

① 吉泽尔·福伦德（1908—2000），法国德裔摄影师，以纪实摄影及作家、艺术家肖像摄影闻名。

技能。我的确用西班牙语写过那么一两首诗，献给我爱过的一个女子，她的形象大概早晚会出现在这——这什么来着？这故事，这小说里面？如果非得找到个说法的话，姑且说这些文字吧。她应该不会记得（我是指我的诗，而不是曾经的爱，总不至于）。成为他人，这种非同寻常的经历，在我看来似乎只有几种重大的考验能让人实现。我是一样也没经历过：监狱（然而年轻时我已尽我所能了）；战争，没落到我们头上；流亡，我过的居无定所的生活充其量是模拟游戏。在我众多胎死腹中的计划（埋葬这类计划的墓园甚是辽阔）里，有一项是从南向北穿越美洲，从地理上跨越那些我时常接触却始终没能爱得起来的语言：西班牙语、葡萄牙语、英语。我打算在魁北克结束旅程，那里的语言我倒是挺熟悉。如果可以的话，我会从阿拉斯加跨越白令海峡，把我小小的语言历险记延伸到俄罗斯无边无际的疆土。俄语的词汇或表达法我会的很多，但从来没能将其转化成说出来的语言，哪怕说得很糟：就像兜里塞满钱却花不出去，而且并非因为吝啬。

除此之外还得算上拉丁语和希腊语，我对母语的热爱应该归功于这两种语言。每次写作的时候，我总感觉身后有一堆远古的人头在攒动，让我越发起劲地打着文字仗，但同时又有点惶恐不安。这些人头里有荷马和奥维德，英雄跌入尘土，武器叮当作响，酒红色的海面上船只摇桨如千足虫，《变形记》①中无休止的吟咏，还有塔西佗②的警句，如射出的箭一样震颤而凌厉。不久前，我在飞机上读《编年史》③，读到了梅萨利娜之死。克劳狄，梅萨利娜的丈夫，遭侮辱的罗马君王，感到自己的怒火随着醉意的来临而平息：Nam Claudius domum regressus et tempestivis epulis delenitus, ubi vino incaluit...（回到住所，饱餐和其颜，美酒悦其色……）然而纳尔奇苏斯看得紧，催促杀手行动。Tunc primum fortunam suam introspexit ferrumque accepit...（她头一回估量到自己的不幸，抓住一把匕首……）人们将她的死讯报告给了克劳狄。他不闻不问，继续胡吃海塞，Nec ill quaesivit, poposcitque poculum et solita convivio celebravit.（他不问任何问题，要了一杯酒，继续享受他的盛宴。）怎样的画面啊，可以说，无需多言就已道尽一切！这个狼吞虎咽的皇帝，意志缺失，成了被自己释放的奴隶的傀儡。放荡的公主躺在卢库卢斯花园的地上，对即将到来的死亡毫不知情。那个奴隶辱骂她，利剑刺

---

① 古罗马诗人奥维德的长篇诗作，取材于古希腊和古罗马神话。
② 塔西佗（约55—约120），罗马帝国执政官、元老院元老、历史学家。
③ 古罗马史书，由塔西佗撰写。

入……之所以在这里提及我在飞机上读到的这一段，并非想添加可笑的风雅和廉价炫耀，而是因为我扭头望向舷窗的时候，刚好看到机翼如利剑般将红蓝渐变的天空和黑色的大地劈开。黑海的土耳其海岸这边，金色丝线如网一般，笼罩着古特拉比松帝国的土地，这幅景象里有种什么东西，某种简洁的东西，跟我正在读的这段直截了当到残忍的文字很匹配。我喜欢从塔西佗的文字跨越到天幕之下被黑暗步步吞噬的大地，天光在"凝固的血色"中逐渐变暗。再后来，天空一片漆黑，我们飞越罗马尼亚海岸上空，大约在康斯坦察附近，流亡中的奥维德就死在那里。两千年前的事却并不遥远，因为文学废除了时间〔罗兰·巴特："热爱文学，就是在阅读文学的时候，消除一切关于当下、现实、即刻的疑虑，就是相信并看到说话者是个活生生的人，仿佛他的身体就在旁边。"（《小说的准备》）〕。再往下读，就是这个未完结的句子了。《编年史》以此神秘结尾：Post, lentitudine exitus graves cruciatus adferente, obversis in Demetrium...（然后，缓慢的死亡让他痛苦无比，他望向德米特留斯[①]……）被尼禄定了死罪的斯多葛主义者特拉

[①] 德米特留斯，犬儒派哲学家，斯多葛主义者特拉塞亚的好友。据传特拉塞亚被赐割腕，生命殆尽前还在与德米特留斯讨论灵魂的本质。

塞亚①割腕自尽，然而死亡迟迟不至，没人知道他对德米特留斯说了什么。这么艰涩的《编年史》如此收尾倒是颇有美感：并非真的出于自愿的自杀，无人知晓的话语，未完成的一句话。（所有写作，即便我们最后不管是出于懒惰、疲惫或是出于写作的莫名满足感，最后画上了一个句号，大部分都是未完成的。这本书，尤其是这本书，万一我能写到告一段落，也逃不脱这不确定的命运。）

　　去亚速尔群岛，我更愿意乘船，但我没有，而是平庸地坐上了飞机。瓦尼诺，鞑靼海峡上的俄罗斯港口，曾经是阴森可怖的地狱码头之一——人们要在那里把流放到科雷马的人塞满船底。我在那里遇见了一名挪威旅人，称自己游历九十六国未搭飞机并引以为傲。在他看来，飞机这种交通工具配不上真正的旅行家，比如菲利亚·福格②那样的绅士。但飞机自有美的地方——鸟瞰大地，在地面上无法察觉的景致一览无遗：河流的曲折，山脉的明暗褶皱，城市的几何，如破了洞的呢子花毯的荒漠，粗细不一的海岸线，人类编织的网络，被蔚蓝包围的群岛……在我们的高度所不能企及的世界之美，大

① 特拉塞亚，古罗马元老，斯多葛派哲学家，生活在尼禄统治时期。
② 法国作家儒勒·凡尔纳的小说《八十天环游地球》的主人公。

约只有浪迹天涯的神才能领略。奇怪的是，似乎还没有一种本领能让我们像阿波罗一样看世界。（我知道的第一幅鸟瞰大地的画出自俄罗斯画家亚历山大·拉巴斯之手，作于1935年。首航的坠机没有浇灭拉巴斯的热情，他还画了不少机舱内景，乘客坐在藤条椅中。那个年代的画面，伊夫林·沃①在《地中海之行》中也有描述，飞机的舷窗是推拉的，可以打开透气……）

　　我生平第一次乘坐的飞机是一架飞往布拉柴维尔的道格拉斯DC-4，我当时应该才四岁。我还记得螺旋桨一个接一个缓慢地启动，发动机打出烟屁，达到离地速度时空气里的兴奋，刹车完全松开之前全机上下的硬铝板抖得像要散架。我们从勒布尔热出发，奥利机场那时候还不存在，更别说戴高乐机场了。夜里，蓝色的火焰喷出团团烟雾，飘散在非洲上空。空姐就像神话中的造物，不比电影明星差多少。这种痴迷我至今依然多少保留着。法国联合航空公司已经消失，但我还记得其中一位空姐，黑发如盔，高颧骨上的一小串雀斑衬得黑色的眼眸越发闪亮，纤细的棕色胳膊从淡蓝色的短袖衬衣里露出，细腰宽胯，鼻梁笔直，俨然一尊地中海风格的维

---

① 伊夫林·沃（1903—1966），英国小说家，代表作有《故园风雨后》《至爱》等。

纳斯。克里特神女。我当时正在读贡布罗维奇①的《日
记》，越来越不专心。飞机飞越黑色和丁香色相间的艾
尔高原，旱谷如浅色的沙蛇在其间迂回曲折。她的黑发
映出机舱里的亮光，她的嘴唇和指甲则涂着糖果粉色。
若干年后，联合航空从恩贾梅纳②出发的同一航班在泰内
雷沙漠上空爆炸。我一直在想，我的红陶土小女神那天
是否在机上？

在恩贾梅纳，我和大部分记者一样（我那时候时
不时干点记者的活儿）住在夏里酒店。后来下令炸掉了
联合航空飞机的卡扎菲上校，此时正在乍得北部指挥
战争，法国人多少是跟他对着干的。作为一名记者，我
感到有些错位，我这辈子经常有——如果不说总是有的
话——错位的感觉，甚至身为作家也有同感。那么，我
当时在读贡布罗维奇的《日记》，显然也不能更使我安
心。夕阳下，雾色如胆汁，河面换上粉色的妆，那是
空姐的指甲和嘴唇的颜色。蚊子大举进击——"吃白
食"，电视一台的录音师说。他和他的团队幽居在窗户
用胶合板封死的房间里。到了喝茴香酒和聊天的时间，

---

① 维托尔德·贡布罗维奇（1904—1969），波兰小说家、剧作家，代表作
有《费尔迪杜凯》等。
② 乍得首都。

交谈往往绕不开作为信息使徒的我们面临的各种疾病：
水肿、麻风、疟疾、绦虫、各式各样规模可观的腹泻。
联合航空地勤的中转负责人担心，万一"沙漠疯子"的
匪帮从北边杀将下来，他就不得不放弃他冰箱里囤积的
黄油。"我们是私企，"他说，"是冒着险的。"要么
不敢碰当地食物（那个年代，白人去热带，总是一厢情
愿地提心吊胆——搭乘道格拉斯DC-4到达布拉柴维尔的
时候，一位老陆军上校吓唬我母亲，言之凿凿地说"这
娃"，也就是我，没有殖民盔，"日头随便一晒"就得
死）；要么就是总部对报销单斤斤计较，所以TF1①的小
伙子们恨不得带了一整个食堂过来：油渍金枪鱼、沙丁
鱼、什锦砂锅炖肉、葡萄酒。他们在那间空调动静大得
像飞机发动机运转的小屋里用晚餐，画面相当怪诞。晚
餐之后，我有时会去博卡萨大道上的波比酒吧。长腿美
女们身着亮晶晶的深蓝色连衣裙，伴着忽闪的灯光的节
奏，与穿着大短裤、脚踩高筒皮靴的法国士兵共舞。回
程，我沿着白色的无人街道，和一支乍得政府武装的达
萨人巡逻队同行，他们的肩上扛着卡拉什尼科夫或M16。
我和他们并排前进，而且走在最前方，造成一种我看起
来是他们的指挥员的假象，讽刺得很。他们大可以把我

① 法国电视一台，成立之初为国营广播电视台，1987年被私有化。

也干掉的。

尽管平庸无奇，载我飞往亚速尔群岛的飞机还是有那么丁点诗意，这种诗意往往出于错误：机票上，本该印着"A linha aerea dos AçoresI"（亚速尔群岛航空公司），结果写的却是"A ilha aerea dos Açores"（亚速尔群岛空中岛屿）。这个连我这种葡萄牙语水平那么蹩脚的人都能看出来的小小拼写错误，让我穿越到了儒勒·凡尔纳（《征服者罗比尔》）的世界，更穿越到梦中。梦从桑德拉迷人的面孔开始，她是"沙丁鱼码头"餐馆的服务员，左边（古铜色）的脸颊上有一颗痣，T恤后背上印着粉色的脚印，粉色的船鞋和白裤子的卷边之间露出两截细细的古铜色脚踝。这是我关于她的所有记忆，还有，她应该年满十八。没别的了，已经很不错了，毕竟过了这么多年。她当然不会记得我的鞋和脚踝，不会有关于我的任何记忆，我这个隐隐梦想着能带给她幸福的人，其实八成会成为她的噩梦——但会是个不一样的噩梦。我无法想象她变成一个老妇人，八成臃肿肥胖，天天吃沙丁鱼。那时候，我总是一厢情愿地爱上女服务员，甚至还以此为题材写了一本小说，我的第二部小说，显然不是令人难忘的作品，最初无甚反响，却不妨碍它被认为带有明显的马拉美印记。

　　我预感在这本已开始写的书（它看起来的确已经走上正轨）里会有不少年轻姑娘、年轻女子的肖像，会有美丽动人的女子影影绰绰的影子。我是否应该为此请求原谅？是这样的：在这个无限斑斓闪烁的世界里，没有什么能比她们更让我感动，即便艺术之美，某些画作或我听过或我在写作的时候循环播放的动听乐曲（此刻我正在听的舒伯特的a小调第十四钢琴奏鸣曲D784的快板）也不能。这个世界在我身上留下了不少印记，造就了我，划掉了我，把我变成一本过载的隐迹纸本。既然打算挑其中几道印记费点笔墨，我找不到理由不赞美这些女性形象。她们不知道，在大多数时候，对我来说，她们就是美和欢乐的化身。和她们的萍水相逢没有遭遇"爱情故事"的催人泪下（我也不是没有经历过）。没有结晶，没有嫉妒，没有凄凄切切：过客的喜悦是轻盈的，然后就让风（时间）带走吧！那是一些幻象，如同那位过路的"陌生女子"，波德莱尔把自己最美的一首十四行诗献给了她。"啊我可能爱上你了，啊你应该知道"……试图复活这些惊鸿一瞥的优雅、转瞬即逝的情感，找到那么几道线条，把它们从名叫"过去"的巨大而阴暗的地窖里召唤出来，用词语赋予它们鲜活的生命，这是一场不辱作家之名的赌局。勾画那些微妙的东西，叶子的脉络，羽毛的轮廓；描绘那些转眼就消失的、闪闪发光的水滴，夜晚带走的梦幻……

　　其中一些女子，我甚至没见过。我记得一张照片，是在智利海边的巴勃罗·聂鲁达的黑岛庄园看到的。这位相当浮夸的诗人是那个年代颇受欢迎的作者之一，皮诺切特遭人唾骂的独裁统治刚开始他就死了，也因此更加声名大噪。那时候，南美大地备受革命美梦和军事噩梦的青睐。今天似乎没什么人读聂鲁达了，又一道过往时光的瘢痕。那是国民诗人的生日午宴，大桌子上摆满一罐罐奇洽①、各种盘子和餐具，甚至还有个鸟笼。十来名宾客坐着，还有几名站着，一名服务员身着白色西服。那是在一位共产党人家中。聂鲁达身穿斗篷，头戴一顶无产阶级鸭舌帽，她就坐在他对面，看着他（要是别人没跟我说瞎话，所有作家，包括我，都幻想被年轻女子崇拜地注视），右肘支着桌面，手托着脸。她的肤色似乎偏黑，深色的眼睛（但照片是黑白的），黑发剪得很齐。我时常想再去趟黑岛，看看这张照片是否还挂在那里，看看这位年轻的朋友或情人或仰慕者是否依然深得我心。还有一次，在寻访海明威早年生涯的过程

---

① 南美传统饮料，主要原料为紫玉米。

中，我被一位年轻女孩的面孔惊呆。那是在佩托斯基，密歇根湖畔的木栈道上，她坐在未来的"爸爸"旁边。忽然之间，知道她是谁成了我的头等大事，好像我能（战战兢兢地）约她见一面。我们兴许可以一起在冰冷的湖水里游个泳，到针叶林里野个餐，然后……（至于下文，只需读海明威的短篇小说）。"爸爸"的后人似乎对照片上的她视而不见，所有我能从他们那里了解到的，就是她可能名叫露丝。信息量不足以让我穿越时间找到她。

总之，老照片上这两张明亮的面孔让我想写一本"想象的女人"文集。这念头随后也去了上文提到的墓园，和其他胎死腹中的计划一起长眠。还有，在阿斯特拉罕，一对鞑靼老夫妇家中的墙上，就在《古兰经》经文的旁边，挂着一幅照片，记录州长为这对功绩卓越的老人颁发不知道什么勋章的场面。我装出颇感兴趣的样子，但实际上我的目光被一位惊为天人的哈萨克族女子（至少我是这么想象的，伏尔加河三角洲一带哈萨克族人甚众）吸引，至今依然挪不开视线，我手里有一张当年偷偷翻拍的照片。她身着黑色迷你裙和白色短袖衬衣，身材高大，一头黑发绾成小小的发髻，在照片右边微笑着。她倾斜身子，靠近那两个看起来有点受惊的老头老太。我想，如果我是州长，她应该

会让我分心失职。还有五十年代某位苏联女演员那张无
比纯净的侧脸，也许是六十年代的演员。这张脸出现在
一幅肖像照上，和其他照片一起装点着圣彼得堡某文学
杂志高贵而又破烂的会客室。她有点像劳伦·白考尔。
我喜欢破破烂烂的地方，我自己就住在一个破破烂烂的
房子里。半废墟状的房子就像一座过去的小岛，被当下
的潮水包围、拍打，即将被淹没。我在这些地方认出了
自己，看到了某种对自己处境的善意隐喻。在里斯本，
我曾经像个年轻人一样轻率地爱过一名女子，她和她的
画家丈夫就住在这样一座房子里，木质百叶窗鳞片剥
落，偌大的客厅光线阴暗，堆着乱七八糟的杂物，像旧
货铺。她的眼睛周围有褶子，有那么几绺头发像小女孩
一样不听话，讲得一口带迷人口音的法语。房子周围，
各种树——遭常春藤入侵的棕榈、柏树、南洋杉——见
证着时间的流逝。那时里斯本还是一座沉睡的小城，房
子算是个乡下的庄园。不想要的东西，邻居们任其从各
自楼房坠落。她告诉我，有一次，有块床垫直接降落在
南洋杉的枝叶上。就在不久前，有位黎巴嫩老太太在家
中接待了我，她父亲认识基奇纳①，她的家在喀土穆的
科弗里区，科弗里是她的家族姓氏。在青尼罗河畔的露

① 赫伯特·基奇纳（1850—1916），英国陆军元帅，喀土穆伯爵，参加过多场
英国殖民战争，曾任苏丹总督，是英国历史上最具影响力的名将之一。

台上，一位管家庄重地给我们端上金汤力酒。以前，人们会在河滩上拖拽桃花心木制成的多桨小舟，如今的河滩只有散落的旧轮胎和塑料瓶。透过被热气轧出花纹的薄雾，能辨认出一些丑陋大楼的影子。我记得果阿邦①的孟尼斯·布拉刚萨之家，理查德·伯顿在那里住过，不是演员理查德·伯顿，而是发现了尼罗河源头的理查德·伯顿②，他也是《一千零一夜》和《芳香园》的译者（众多功绩之二）：大客厅至少悬挂着七盏水晶吊灯，落满灰尘的水晶泪滴垂向白色意大利大理石地面（那些灯泡最后一次亮起估计得上溯到果阿邦还属于葡萄牙的时候）。银框的高大镜子让整个场景显得愈发虚幻，镶嵌着彩色玻璃的落地门窗通往一条塞满杂乱玩意儿的游廊，酒瓶子，廉价玩具，稻草填塞的鳄鱼和乌龟，轿子，各种鸟窝、摆钟、忏悔椅，椅背上挖出许多小孔（十八世纪"对话椅"的天主教版本，我从没在别的地方见过这种家具）。还有一些橱窗，展示着拳击手套、细跟高跟鞋、威士忌小样（空）瓶、印着广告的圆珠笔、化石、老旧的中国瓷盘和花瓶（我想到这些橱窗也许就是我正在写的这本书的讽刺写照）。这座贵族宅邸的底层还藏着一家从事灌装矿泉水的小企业（这一业

---

① 印度的一个邦，位于西部沿海。
② 理查德·弗朗西斯·伯顿（1821—1890），英国军官、探险家、翻译家。

务在我看来颇为吊诡）。这里的主人在一堆废纸里面翻出一张家族系谱树示意图，告诉我他在银行的保险柜里还存着一片圣方济·沙勿略的指甲。那位试图进入中国的传教士死于1552年。众所周知，他的行动未能成功。"希望不是行动的必需"：我一直钟爱这句悲观但充满冒险精神的格言。

在亚速尔（既然在跑题之前我们是在亚速尔，我预感跑题将是本书的主要内容，就像树枝、树杈和树叶无序且熠熠生辉地自由生长是树的本质，我喜欢把书当做一棵树来构想。这一类比的念头也许出自福楼拜，他希望"书里的句子像森林里的树叶一样摇曳，相似之中各自不同"），所以就是在亚速尔，我认识了卡佩托先生，圣米格尔岛马沙多·多斯·桑托斯街上的钟表匠，他声称自己是不幸的圣殿塔王太子路易十七的后人。他的宽脸庞上有些斑，小鹰钩鼻，厚厚的下嘴唇往外突，使得他看起来有点像米拉波①，总之就是我记忆中历史书里（作者马莱和伊萨克②，今天如此被贬低的"民族小说"的共和派缔造者）那个人物的样子。他的脑袋的确

---

① 奥诺雷·加百列·里克蒂（1749—1791），米拉波伯爵，法国革命家、作家、政治记者和外交官，法国大革命时期著名的政治家和演说家。
② 阿尔贝·马莱和于勒·伊萨克，二十世纪上半叶法国中学历史教材的作者。

有点像漫画里的鱼或乌龟。卡佩托先生身着深色条纹西服，向在美国发财归来的亚速尔人出售手链和珠宝，他可从来不拿自己的直系祖先开玩笑。不幸的是，他告诉我，波瓦桑的一位神父毁灭了家族档案，他的祖先，里头有过一个生活不检点的人（娶了两个女人！）。但他非常乐意展示，1726年由罗特·冯·罗腾菲尔斯打造的一枚圣乔治塔勒币，上面印着铭文In tempestate securitas. Georgius equitum patronus.（临危不惧。乔治，骑士首领。）在他看来，关于家世，这枚银币是决定性的证明。

亚速尔的名气来自高气压，至少对我们那儿来说是这样，我对此颇为好奇，于是去monte das Moças（女儿山）山顶，寻访以"阿尔贝亲王"命名的气象地震观察站。那是一个由木头、玻璃和铜构造的清凉寂静的世界，陡峭的楼梯有如灯塔楼梯，探针在被煤油灯熏黑的卷纸上划下道道弧线，阳光透过水晶球缓缓在日照仪的感光纸上描绘自己的轨迹，像一位专注的作家，风速计的小风杯在打转，罩子里的温度计和湿度计像奇怪的机械鸟儿。这场面叫人想起过去的科学活动，似乎随时都会有留着山羊胡子、夹着单片眼镜的博学家冒出来。一些小声响点缀这片寂静——嗡嗡声，轻微的敲击声——那是地层深处、气流和洋流在对我们说话。我想，这由蜘蛛腿一样的连杆系统控制的小细针，在炭黑上书写的，正是关于世界的散文，我自然而然地联想到文学。以昆虫腿的细致书写大事，用壮丽的苍蝇腿勾勒大千世界，这难道不是作家的理想吗？

再说了，文学跟什么没有关系呢？只要我们喜欢文学，它就无处不在——甚至在我们意想不到的地方。皮库岛上，完美的锥形火山扎入被称作的"神秘"的黑色玄武岩层。在那里我认识了一位曾经的抹香鲸捕手，吉尔·德·布鲁姆·阿维拉，这个名字不一般。他用低沉的嗓音吟唱着描述捕杀和血泊的古老歌谣："Baleia, baleia à vista!/Baleia ouvimos gritar./É na bahia da Vila/Longe no pego do mar!（鲸，鲸出现了！／鲸，听啊，我们在喊叫。／她就在维拉湾／离深海那么远！）"他惆怅地怀念起当年，只要守望者向捕鲸人发出信号，他马上停下手头的一切（哪怕正在做爱也会停下，他向我打包票），和伙伴们一起跳入轻舟中：十二米长，船桨像极了蜻蜓的翅膀，千米长的线盘绕在两个桶里，一把斧子随身，万一形势不妙，还有一捆捕鲸叉和锋利的长枪。"捕鲸的人，像个疯子，也像头狮子。"歌谣里说。他的生活，曾经就是这样，喷着水雾的巨背喘息着靠近，让人害怕又兴奋。捕鲸叉松开，轻舟被这不可思议的生物拖住，长枪上阵，鲸鱼在冒着泡沫的血泊中死亡。凯旋回港。我绝对赞同还鲸以安宁，让这些比我们更壮美、更古老、更平和的地球生命见证者生存下去（日本这个集万般精致于一身的国家，如果说有一件事我不喜欢，那就是他们的捕鲸情结，而且是以所谓的"民族"为名义）。但在阿维拉的叙述里有一种粗砺的宏大，它超越了狩猎或捕杀的庸俗故事，当然——这类庸俗故事是我童年的欢乐，甚至也超越了海明威或凯伦·白烈森的猎狮故事，有一种哲学的冒险，而这种哲学的冒险曾是某位作家笔下的史诗。一本书把我带去了亚速尔，而"空中岛屿"又把我带往另一本书，一本让我感到文学有着惊人力量的书。

鲸，不是每天都能碰上的，但是碰上了总是那么激动人心：那是一位蔚为壮观的过客。我记得在麦哲伦海峡，大西洋的入口，我在维基尼角附近的黑沙滩透过透明的巨浪有惊鸿一瞥。有一瞬间，我似乎穿越到了创世之初，如雨果所言，在"地球依然潮湿，因洪水浸泡而松软"的时候。在乌拉圭，从蒙得维的亚到德尔迪阿布罗角的沿海公路上，我看见几头鲸在离海岸五十米开外的地方玩耍，动作缓慢，皮如橡胶，难以形容也让人捉摸不透：俩，还是仨？哪里是头，哪里是尾？这些巨型

生物身形模糊，或者说完全被大海遮蔽，除非它们突发
奇想冲出海面，但对我而言依然难以辨认。我生平第一
次看见鲸，是在一艘沿非洲海岸航行的邮轮上，那时我
还是个孩子，或者是今天我们说的"ado"（青少年），
"ado"容易让人听出"adoration"（热爱）的意味，
不过是乖巧型的，头发梳得一丝不苟的那种，更何况我
刚从船上的理发店出来，一出来便看见两头抹香鲸棕色
的背（我弟弟就没这么走运，他还在理发师的剪刀下，
没来得及跑出来欣赏这些泰然自若的巨兽）。在那个年
代——可见有多久了——人们还是更愿意乘船旅行而不
是坐飞机，从波尔多或马赛出发（我后来多次去过波尔
多书展，场馆就在当年的码头仓库里。还是孩子的我就
是从那里出发前往非洲的，现在似乎没人记得波尔多曾
经是个海港）。孩子们有一些柏拉图式的爱恋，一起在
甲板上玩槌球游戏的小女孩，可能下次停靠就下船了。
不过，我说"第一次"，可能不完全准确，我的第一头
鲸，是一件多少还算逼真的标本，在搭在荣军院广场上
的一顶帐篷下展出。闻起来（应该有味道，但我没有嗅
觉记忆）一股坏掉的老肉和福尔马林的味道。我那时候
更小，六岁，那天我本来不仅可以看到一条二十米长的

塞鲸，还能见到乔治·佩雷克，因为《我记得》[1]里似乎
有一句"我记得巨鲔纳纳尔"，但我不确定。要是费点
劲重读《我记得》，是可以排除这点不确定的，我也很
愿意读，毕竟，不管承认与否，那本小书以奇特的方式
陈述了每一个作家的规划。但求证这一点实际上于我也
无甚重要意义：我们喜欢的作家不仅仅是他们本来的样
子，也是我们心目中他们的样子。在我们的心目中，他
们写过的文字形成一片模糊的光晕，环绕着他们真正写
过的文字。我们可以略做诡辩，声称这辐射力可以评判
他们的影响力。这一不确定也足以说明记忆的哈哈镜功
能：也许拜访过帐篷下那头鲸的不是佩雷克，而是另一
位作家。我肯定，我有一天读到过，而且还挺喜欢（不
过读的不是亨利·德·蒙泰朗[2]），"巨鲔纳纳尔"并
非我在开始写这一段文字时所想的那样，是张招揽看
客的滑稽海报，劝邀巴黎人（包括我，拉着父母的手）
去看制成标本的鲸，而是旁边一个摊位的海报，皮埃
尔·达克[3]和（后来因为结了无数次婚而出名）艾迪·巴
尔克莱[4]在那里贩卖笑料。他俩的确摆出了一条在"旺
代省的科尔弗-提福日"捕捞的小鱼，互联网告诉我的。

---

① 法国作家乔治·佩雷克的作品，收集了许多回忆的片段。
② 亨利·德·蒙泰朗（1896—1972），法国散文家、小说家、剧作家。
③ 皮埃尔·达克（1893—1975），法国喜剧演员。
④ 艾迪·巴尔克莱（1921—2005），法国音乐家。

（谁还记得皮埃尔·达克和艾迪·巴尔克莱呢？请举手。这就是流逝的时间。乔治·佩雷克嘛，我不会问，因为这家伙，这个作家实在太了不起，我想人们不至于把他忘记——那些将继续读他的人。但人们是否会继续读书？书是否会和鲸一起消失呢？）

　　我不知道雅典的比雷埃夫斯港现在怎么样了。也许自我上一次乘坐帕纳吉亚·提努号在那里上岸后就没太多变化。多年之后，某天晚上的十一点，当我的出版人带我去那里吃晚餐——因为不够"畅销"，我的书已经很久没被翻译成希腊文。看着自己的书被翻译成希腊文于我是件神奇的事，我曾经那么热爱的语言而且也是荷马的语言，在路易大帝高中（话说那些疯子协会怎么没要求给这所中学改名呢？）读预科的时候，我们每天早晨翻开书读荷马，像僧人诵经一样。后来我在国立东方语言学院又试着学习荷马的现代版本（我还保留着一些记忆，不多，尤其记得在大阶梯教室经常和我坐在一块的姑娘有着浑圆的肩膀）。大概是四十年前了，或三十年（干吗非得算多少年呢？），夕阳的红霞投射在渡船上。渡船的名字都深得我心，因为我能破译这些古老的字母，Aghia Paraskevi，Ikaros，Limnos，Knossos，Ariadni...（阿丽安娜，我的妹妹／被谁人之爱所伤[1]……）总之呢，在比雷埃夫斯（早在与中国签约

① 出自拉辛的剧作《费德尔》。

之前①），有些街头弥漫着鱼臭味，有些癞皮狗卧在房屋的阴影下睡觉，有些水手公寓窗口可见晾晒的内衣。回忆到这里，我想起一本书，又一本我喜欢的书：尼柯斯·卡瓦迪亚斯的《值勤》。如果我现在正在写的文字只有这样的用处：让人去读别的书（可能是更伟大的书，但坐在键盘前我们永远不会这么想，否则就不会去写了。写作毕竟还是需要有不少骄傲的），那就不会是徒劳了。

在帝诺斯（或是另外某个岛？）我曾经在一对朋友家度过一周的假期。我对他们的女儿展开追求并以此为乐。说"以此为乐"并不完全准确，不管怎样，这跟凡尔蒙子爵②的玩世不恭搭不上边，我也没把自己当做罗杰·瓦扬笔下的人物（又是一位当年颇受欢迎的作家，他塑造的不羁的共产主义者形象或多或少是我那一代年轻人所向往的）。我对她更多的是欲望，而非爱。至于她，我想是好奇、怀疑混杂着看看她到底能吸引我到什么程度的心理。在她身上大概也有让她父母伤脑筋的合情合理的需要；我呢，则同样合情合理地怕得罪他们。

① 欧洲十大集装箱码头之一。中国远洋运输集团管理该港口的两个集装箱码头。
② 法国作家皮埃尔·肖代洛·德拉科洛的小说《危险关系》的主人公，浪荡公子一名。

总之，对于正学着当小说家的我来说，这一切使得我们的关系既复杂又多少有些刺激。她的眼睛呈现一种独特的蓝，说灰也可以，如云，青灰色的；小雀斑，纤细的手腕，青春的一切极致迷人之处（我当时自觉已老），坚挺的小胸脯，结实的小臀，浑圆的（那时候我们几乎一直都光着身子），嘴唇线条分明且丰满，皮肤细滑；尖嗓门嚷嚷着一种对我来说已经是新人类的语言，超、巨，等等。我们有着说不完的话（关于什么？我已经不记得）。松树下，长夜里，喝着冰茴香酒，一根接一根地抽卡莱利亚烟。我骑摩托车带她，感到她的乳房贴着我的后背，头发飘到我脖子上，双臂搂着我的腰，让我下身发硬。她当然知道，她才不傻。我假装热情似火的样子，想看看会怎么样：喊她"亲爱的"，做足了戏，抱住她又感到她冷冰冰。我疏远她，假装冷漠，却冷不丁撞见她偷偷投过来的不安眼神。她走在沿海边筑起的矮墙上，我跟在她身后。太阳西斜，大海靛蓝。她的臀部上方有两个小腰窝，头发绾在脖颈处，别着一只蝴蝶发卡，我真想咬她。她用假声哼唱着"我的头发飞扬在风中"，还有甘斯布的歌。

这一切当然显得很"洛丽塔"，但我没有亨·亨伯特那么凶残（落日照得她身上那层似金似红的薄薄汗毛闪闪发亮。如果我没记错的话，纳博科夫笔下那令人难忘的女主人公也有一样的汗毛）。纳博科夫，他在圣彼得堡大海街（原赫尔岑街）47号的故居保留下来的部分，我在上世纪末去参观过。我不是痴迷于文学朝圣的人，然而看到我们欣赏的作家住过的地方，想象他们的思想在这些住所开始蒸馏浓缩，碰见他们旧日的相识，多少还是有些激动的。在布拉格，我见到一位认识卡夫卡的女人，她住在一个被树荫覆盖的大型公墓对面。捷克斯洛伐克——名字和国家均已消失——的首都，在那个时候，布拉格之春的镇压过去十五年之后，是一座黑色的伤城。"我们累了。"一位心如死灰的犹太老知识分子对我说。我们这些西方的旅人，到"东方"兜上一小圈后回到了自由国家，不再以为这种自由纯属"形式"，东欧的惨状让我们心头发紧。回到自己家中，我们自觉有些背信弃义。冯德拉科娃女士的父亲希望她学德语，发了一则小启事，结果就找到了卡夫卡。很久以后，在维也纳（"那时候我们还能旅行。"她叹气道。）她在中央咖啡馆又见到他。"他刚和费丽丝·鲍尔分手，他哭了，我轻抚着他的头发，他的头发真黑啊。"（手，轮到这只手变老了，手背上青筋暴凸，它正敲击着电脑键盘写下这些字。这只手可是握过抚摸过卡夫卡头发的手，这也并不能让它更有权威，也全然不

能指引她挑选词语，但是，一点一点地，这些东西构建
出某种生活的痕迹。）还有最后一次交集，在柏林，她
的一位护士朋友告诉她，说要去照顾她的同胞，结果又
是他。冯德拉科娃女士一边给我讲这些事，一边从发黄
的老文件夹里翻出照片。米莲娜趴在一片雏菊当中，嘴
里叼着烟，一头棕色短发，像个男孩子，说实话，比她
在《国民日报》编辑部工作的那位女朋友漂亮多了。我
还见过卡夫卡的侄女维拉，也就是他死在集中营里的妹
妹奥特拉的女儿。她住在去往白山的路上，屋子四周都
是丁香花。白山，那是三十年战争①第一场战役发生的地
方（我现在觉得，即便将我们和三十年战争隔开的时间
距离比我和我的这些回忆之间的距离更长，却也不见得
有过更深远的历史动荡）。不远处矗立着共产党要员们
围墙高筑的别墅，由一座苏联军营保护着。

　　这段故事让另外一位非常迷人的老太太的形象浮
现在我的记忆中。她也曾非常美丽，有照片为证。我当
着她的面说过，大概有些笨嘴笨舌。她俏皮地回答说：
"以前人们是这么说的呢。"她曾经跟乔伊斯相熟，

---

① 三十年战争（1618—1648），由神圣罗马帝国内战演变而成的一次大规
　模欧洲国家混战，这场战争推动了欧洲民族国家的形成。白山之战是
　三十年战争早期的一场战役，发生在布拉格附近的白山。

说乔伊斯是个有点奇怪的年轻人（她口气里似乎有一点不认同）：那是在的里雅斯特，一间幽暗的大公寓里（大，我是知道的；幽暗，我现在可以想象，因为的里雅斯特是座阴翳之城，老人之城。墙上挂着几幅的里雅斯特画家维鲁达的画，还有一幅小雷诺阿的画）。依塔洛·斯韦沃①的女儿莱蒂西娅·方达·萨维奥在我面前说起她父亲，必然说到他的烟瘾（自从烟民们成为社会众矢之的后，估计读《季诺的意识》的人也少了），说到他悲观但总是面带微笑，和卡夫卡有着相同的奥地利文化背景。说着说着，她也说起"那个小乔伊斯，初来乍到就当上的里雅斯特所有富人的英语老师"。他后来也成了埃托雷·施米茨（依塔洛·斯韦沃的真名）的英语老师。"那个小乔伊斯！"真是新鲜啊，听到有人说起《尤利西斯》的作者像在说一个小淘气……"高高，高高的，又瘦，眼镜片把眼睛放得很大。他身上从来没什么钱，经常去小酒铺（她用的就是这个有点过气的词），但我从来没见过他喝醉。""总之，"她最后又加了一句，"他不是太正常。"然而正是他，在读过《老年》②之后，鼓励斯韦沃重新投入写作，后来又把《季诺的

① 依塔洛·斯韦沃（1861—1928），原名埃托雷·施米茨，意大利犹太商人，小说家，大器晚成，60多岁才写出成名作《季诺的意识》。
② 斯韦沃的第二部小说。

意识》的手稿交给瓦莱里·拉尔博[1]和本杰明·克雷米厄[2]。"后来有一天，爸爸收到了拉尔博的信，信是这么开头的：'Egregio signor e maestro（亲爱的先生、大师）'。"这可让斯韦沃来了精神，他那么一个怀疑一切而且会首先怀疑自己的人（他的《私密写作》里有一句，我很喜欢其中带着自嘲的谦逊："我不明白，在我愚蠢的人生中，怎么会有衰老这么正经的事。"或者这句："当我想到，我死的那天，跟我一起死的有我的怀疑、我的挣扎、我和别人的争斗、我的好奇和我的所有热情，我真的觉得这个世界在我死后会简单许多。"）。

纳博科夫呢，谦逊就不是他的强项了……那么，说到他的房子，圣彼得堡大海街……现在是一家报社的办公室，地板革和发黄的涂鸦取代了木地板和粉刷的墙裙。不过有家小博物馆保留了一楼的几件造型曲折的细木工杰作。从窗户望出去，能看到雪花飘落，年轻的弗拉基米尔·弗拉基米洛维奇[3]看着雪，想象房子慢慢飘了起来，像只气球……

---

[1] 瓦莱里·拉尔博（1881—1957），法国小说家、诗人、评论家，曾把柯勒律治、乔伊斯等欧洲作家的作品翻译成法文出版。
[2] 本杰明·克雷米厄（1888—1944），犹太人，法国文学评论家、翻译家。
[3] 指纳博科夫。

　　打住！要一直这样下去吗？你才是博物馆！忽然之间，我就厌倦了。我被自己无聊到了，正在读我的文字的你们呢？我是否打算讲述我的回忆，那些精雕细琢、安排巧妙、很文学的环环相扣的回忆，像编项链和花环？我是否会当上祖父，或院士（我年纪倒是有了，但我既不是祖父也不是院士，不妨直说）？也许你们不会相信（不信拉倒），但这本书就是在你们眼皮底下写的，你们一边读我一边写（不过写得比读得慢，唉！）。忽然之间，我觉得它必须脱轨才行，如果它自己不脱轨，那就得由我在路上埋炸药。在露台面对大海独自吃完晚饭而且吃得很差（其实是一回事），看着海面上由粉变紫，由紫变黑，我马上回到键盘前面，突然决意造反。纳博科夫，他儿时的故居，回头再说吧，或者不说。我也不知道，走着瞧。我很想知道自己在寻找什么，上的是哪条贼船，追的是哪头抹香鲸。似乎可以这样讲吧：活到了某个时刻，感到有必要做个回顾。我说：回顾，而不是让步。恰恰相反。这一刻：旅行之后回到家中，在信箱里看到一堆指名道姓寄给你的传单（说到"传单"，又是一个让人嗅到老掉牙的二十世纪味道的词，一个有些腐朽的词，已经告别历史舞台了），总之就是一些印刷物，无比和蔼可亲地对你说，"考虑过您的葬礼吗？"（传单上有个帅气的老头在微

笑，很体面，在海边的夕阳下打高尔夫那一类型的，身
边有海鸥飞过——大概，是灵魂吧？）要么就是"为您
的遗产继承做好准备"（不幸的是，我不符合列出的任
何一类："夫妻二人无子女／重组的家庭／有民事连带
契约无子女／有民事连带契约有子女／自由结合的同
居"。抱歉，都不是。非葬礼统计数据范围）。还有这
一刻：你回到家里，那间破破烂烂但诗意十足的公寓，
四壁铺满书，充斥着回忆，这个你生活了三十六年的地
方，藏匿着你大多数的爱与恨，见过你在这里写好几本
书，它就在阿德里安娜·莫尼耶[1]和西尔维娅·毕奇[2]
的书店之间，乔伊斯从雷诺牌的出租车上下来的地方，
你在信箱里发现一张执达员的传票："应（沙比先生，
沙比小姐，等）以下称共同利害关系人沙比要求，我们
（某某及合伙人）现向您（我）发出勒令和声明，根据
1948年9月1日法律第8条之规定，令其必须于2018年12月
31日午夜离开该住所……"（以下省略）。Va fan culo
（滚蛋）。

　　那就回顾。不要回忆录，也不要"纪念"。还不要

---

① 阿德里安娜·莫尼耶（1892—1955），法国书商、出版人，文学沙龙组
　织者。
② 西尔维娅·毕奇（1887—1962），长期旅居巴黎的美国书商、出版人，
　阿德里安娜·莫尼耶的伴侣，莎士比亚书店创办人。

什么？不要这种虚情假意，不要像橱窗一样罗列展示，不要防腐香料保存的尸体。我打算，试图，发明某样东西。（在我这样的年纪！去发明而不是去考虑我的葬礼！）我不知道能否成功（这个，信不信由你们。但不信我的话你们就错了）。我不愿意的，我想避免的，（但又不想变成"法西斯"，就像罗兰·巴特曾经说的那样，语言约束重重）是"我"，一个我并不熟悉的人。于是我在语法上耍花招，有时候我用"你"来指代同一个人。阿波利奈尔深谙此道，把"我"和"你"混着用（《地带》："今天你走在巴黎街头女人们身上血迹斑斑／那是我不愿记起的那是美的凋零"）。在我到来的那个世纪，还有谁比他更热爱我也热爱的语言，谁造就了我，我又想遗赠给谁一点什么东西？

好了，说回作家吧！有人帮你（试试第二人称）约了博尔赫斯。是一位在法国文学界赫赫有名的老太太帮你约的，他俩都还年轻的时候曾一起去看电影（她告诉你，看的总是同一部电影）。你到了他家中，布宜诺斯艾利斯麦布街的一栋楼里。门上挂着一块铜制的门牌：博尔赫斯。你哆嗦着按下门铃，mucama（女佣）给你开了门，带你到了客厅。（你也许已经在另一本书里描述过这场景，不记得是哪本了。你们肯定也不记

得，也不要紧啦。我们总是重复一样的原型故事，这话
好像就是博尔赫斯说的吧？）到了那里，你惊呆了。那
地方有点像候见室，三溜椅子贴着三面墙摆着，坐着一
些求见者，有人等着要一篇序言，有人求推荐信，都低
着头偷瞄你：一个竞争者。挨着第四面墙的，是一张空
沙发。你对他，博尔赫斯，并没什么确切的请求，你只
是鼓足勇气想来跟他谈谈布宜诺斯艾利斯。他写过的关
于他的城市的所有文字，你都读过。你知道他提到的每
一个可疑的老地方：被叫做"火地"的"破烂又平坦
的郊区"，住宅楼拔地而起，马尔多纳多港的两岸如今
被一条大道覆盖，puente de los Cuchilleros（刀客桥），
有个晚上他带德里厄①去过……现在那里可能有个加油
站，或麦当劳（我忘了）。要在这些人面前跟他来一场
断断续续的对话，而且这帮人必定会显得很不耐烦，在
那里干咳、蹭地等。有点像排队买火车票（落后分子不
会在网上订票），在您前面有个老头（通常来讲跟您一
样老），声称他订了张经蒙吕松到布里夫拉盖亚尔德的
票，有老年人折扣，他的孙子有儿童折扣，还有一条狗
（狗难道没狗票？）和一辆自行车，而且座位还是前进
方向的，拜托。别的日期有没有便宜点的？总之，完全

---

① 法国作家皮埃尔·德里厄·拉罗榭勒。

不可想象。正想着，著名的盲人进来了，拄着拐杖，被女佣领着扶着，到空沙发就座，双手搭在拐杖上，双目歪斜。该谁啦？排第一的先生。不可能，绝对不可能！就在此时，你突然明白如何脱身：他是个瞎子！Ciego（瞎的）！你跷着脚走掉，他是看不到的。你便站起来，小心翼翼，然后拿出猫走路的本事，尽量不在木地板上发出声音。其他人大喜过望，当然不会说什么，女佣给你打开门，你就到了台阶上了，到了街上了。你买了份《民族报》或《号角报》，点了支"巴黎丽人"过滤嘴香烟。你自由了！你和二十世纪最重要作家之一的见面就是这样。某天，有个小无赖电视作家对你说，你是个边缘分子，你不招光。才不，是的，爱出风头的小东西，像只蛾子，沉醉在人造的灯光中。我不但不招光，我还不出声呢！我来自特种部队。

那是很久以前，在布宜诺斯艾利斯。当政的还是军人，耻辱的三位一体：一个醉汉老步兵，一个淫荡的海军上将和一个长着木头脑袋似的飞行员。布宜诺斯艾利斯：烂尾的摩天大楼、英式火车站，意式公墓，"狮子颜色"的河湾，曾有多少政治上的反对派被非法的飞机丢进里头，一簇簇云团似的蓝花楹，花里胡哨的

colectivo①像暗礁鱼在大道上奔袭而下；深色木台和老镜子装点的糖果铺背后，是一双双克里奥尔美女的眼睛；城市的熙攘和粉色的尾气，叫卖的报贩和擦鞋匠，街头的小提琴家和下象棋的人，营业到天亮的报刊亭出售香烟和鲜花，方尖碑周围金色的沙尘，黑黄配色的出租车和军事化黑社会的福特猎鹰，"游荡的手指"②在墙上勾画的奇怪口号，就像"红色布告"③：Reaparición con vida（活着重新出现）……我在这座野蛮又精致的城市里有个律师朋友，叫奥拉西奥，好骑手，花花公子，一个好人，快活，优雅，冒着生命危险为失踪者的家人辩护。他也是拿破仑的崇拜者，嘿！而且坚持在办公桌下藏一把大军团的军刀，以防杀手前来了结他不知好歹的抵抗。这可不是他的妄想，有一次，在位于北对角线大道的律师事务所，就在他准备乘电梯的时候，大楼的门房告知他，有两个面露杀气的人去他的楼层了。他躲了起来，看着他们悻悻离去。多年之后，他在一家咖啡馆里认出了其中一人，上前自我介绍。这很像他的做派。那位职业杀

---

① 一种被装点得色彩缤纷的复古巴士。

② 出自路易·阿拉贡的诗《为了记忆的诗篇》："但在宵禁的时刻游荡的手指/在你们的照片之下写上'为法国而死'……"

③ 第二次世界大战期间，在法国的外籍人士和犹太游击队员组成"马努齐安小组"，打击盖世太保的追捕。1944年，小组成员被纳粹逮捕并杀害殆尽，纳粹张贴了臭名昭著的"红色布告"，诋毁和谴责抵抗组织。

手原来是个拳击手，平静地说，我们当年是要去把您扔出窗外的。

　　比雷埃夫斯港上有过一顶简陋的帐篷，是德尔菲尼旅行社，号称出售eisiteria se olo ton kosmo（全世界的票）。我写这本书的目的，有点像德尔菲尼旅行社的活儿：吹牛皮程度不相上下。想到这里的时候，我正听着艾连妮·卡兰德若为西奥·安哲罗普洛斯的电影《永恒和一日》谱写的音乐。（一位行将就木的老作家回望自己的生命场景。我乐于——并非没有一点令人伤感的沾沾自喜——将自己投射在男主角身上，更何况男主角是布鲁诺·甘茨演的。我也想在海边，穿着被雨淋透的大衣，和我失去的女人们跳舞。但我知道这是个梦。）另一幅画面浮现在我脑海：一个年轻的陶器修复师，在埃及的萨卡拉。他面前的沙地上放了几十块陶器碎片，都是从考古地点挖掘出来，装在棕榈叶编的筐子里运上来的。他沉思良久，一言不发，一动不动，盘腿坐着，活像誊写人和王室侍者，挖掘井中他们的模样在井下几十米处的石灰岩上依然可见。然后，他毫不犹豫地挑了三四片碎陶片，上胶，粘合，断口确实都吻合，又再次陷入静止的沉思中，接着又重新开始拼贴。一天下来，他能复原出一个卡诺匹斯罐①。他带我去过他住的破土屋，从那个高地可以鸟瞰尼罗河畔的棕榈林。法老左塞尔的大阶梯金字塔在热浪中微微颤抖。他给我看了和他一起工作过的考古学家给他颁发的证书。"He is outstandingly intelligent（他是个绝顶聪明的人），"英国人哈里·史密斯写道，"very gifted and patient（很有天赋，非常耐心）."捷克人类学家欧根·斯特劳哈尔博士做了补充。我想他们应该没看错人。我正在干的是同一种活儿：接合、拼贴许多记忆的碎片，拼成一只不完美的、有裂痕的花瓶。我只是中间的空心。

在那下面，我们跟随充斥着粉尘的头灯光束，在沙地上匍匐而行。头顶上是一簇簇张牙舞爪的晶石，长而且软，让我想起惠特曼关于草的诗句："and now it seems to me the beautiful uncut hair of graves（这下它像极了坟墓没修剪的漂亮头发）."献给芭丝特②的猫木乃伊的破烂布条到处都是，成千上万只跳蚤从这些木乃伊身上跑出来，在热气里噼啪响，散发出微臭（古老的腐败物的气味，发甜又发酸，后来我在哥伦比亚的阿尔梅罗，站在漂浮着内瓦多·德·鲁伊斯火山喷发遇难者的泥地里，

---

① 古埃及人制作木乃伊时用来保存尸体内脏以供来世使用的器具。
② 埃及神话中猫首人身的女神。

也闻到了这种味道）。某条坑道一拐弯，正好是墓室。我的埃及学家朋友手指着象形文字的痕迹，兴致勃勃地向我介绍墓室主人：哈以什，他心爱的儿子梅里–普塔，国库官梅里–谢克梅，努比亚人内赫西（他指挥队伍出征邦特之地也就是我很久之后会涉足的苏丹）；梅里–拉，法老年纪尚幼时的王室管家。黑底红画的横楣，有收割工、放牛人、造船匠，绿松石色的图案弯弯曲曲地围着赭石色的方块，欧西里斯深色的侧面像，伊西斯在他的脚边，一双巨大的红足，真正的大脚，从沙地里伸出来，从黑夜里冒出来……

Una giornata al mare...Solo e con mille lire...（海边的一天……独自一人和一千里拉……）你漫不经心地听着一首老歌，跟你同一时代的歌手保罗·孔蒂唱的……Ti splende negli occhi la notte/Di tutta una vita passata a guardare/La stelle lontano dal mare...（夜晚在你眼中闪烁／穷尽一生去追寻／远离大海的星星……）用不着翻译了，对不对？不是太欢乐，就跟《永恒与一日》一样。但你们是否有义务一直保持欢乐，当你们的朋友死去，你们生命的某些部分也随之而去，你们还收到信件提醒要考虑自己的葬礼的时候？当你们一小群人，至少每年一次聚集在拉雪兹神父公墓的火葬场的时候，这惆怅的聚会每次都有点像著名的盖尔芒特亲王家晨间聚会的简易版——那些智慧又充斥着残忍幽默的精妙页面？布满星星的蓝色穹顶之下，那是我们最后的沙龙，踩着穹顶能到达某种理想之城。没有将军，没有殿下，这里有的是多年不见的老同志们，飞快地互相打量，眼神焦虑。身材臃肿，所有人，几乎都像老肥皂一样面目模糊（但肥皂们却是越老越瘦）。马克，长发灰白，变样不少，但归根结底也没变太多，你觉得他好像缩了——他本来就不高，安托万，老牛皮一样的脖子垂挤在绿色的围巾里，头戴白帽，脚踩蓝鞋，看起来像个老太太。希尔薇还是那把颤巍巍的老烟嗓，但真是骨瘦如柴。儒勒，黑眼镜，白丝巾，大背头，裹着深色大衣的身形很挺拔，他保持得不赖。文森也是，皮肤晒得黝黑，灰头发茂密得跟钢丝刷似的。每个人都不由自主地对比自己和别人，尽可能保持优雅体态。尽管很累，你还是挺直了背。嘎吱作响。你不想让别人背地里说你："话说，他可老了不少，我差点没认出来。不像样了……"想想你这辈子灌下的那些酒，抽过的那些烟……可千万别有人在你脸上读到"智力衰退的老旧衣商的微笑"[1]，那是德阿让库尔先生脸上令马塞尔吃惊（也乐见）的微笑，你希望别人在你身上看到的，是老公爵的派头，"废墟，但壮丽，这浪漫的美物，谈不上废墟，可比暴风雨中的岩石"。见鬼！连哀伤都被虚荣腐蚀。维克多还有一头蓬乱的黑发，你在他耳边说了几句悄悄话，他往四面八方不停扭头，然后像只母鸡一样垂下了脑袋，试图明白你的话：他聋得像根木头。难以置信，你们曾经全都是热情澎湃的年轻人（但是你们都应该知道"老翁正是由持续多年的青少年制成的"[2]）。很快就会轮到你们中间的某个人

---

① ② 出自《追忆似水年华》第七部《重现的时光》，译者徐和瑾、周国强。

了，每个人心知肚明又都禁不住寻思谁会提供下次重聚的机会。然后，《马太受难曲》回响。我们站在台阶上，犹豫着不愿告别。也许，正是为此？

我讨厌火葬的现代用途，当然有历史的原因，也因为我喜欢墓园。（天哪！我都说了什么……）不是出于阴郁的乐趣，不，不是出于浪漫的造作，而是因为墓园是过去悄无声息地流淌的地方。它无欲无求，它就在那里。哦，我知道过去是被摈弃、被放逐的对象，被当成是倒胃口的东西，是可耻的疾病，妨害人们享受当下，毕竟如今才是唯一。但是亲爱的人啊，我们都是从那里来的。我们都是由过去一手策划的，它甚至也是文学的素材。在我看来，要了解一座城市，得从两个地方开始：去火车站，认识它现在的居民；去墓园，把自己介绍给它死去的居民，也就是说，它的历史。且不说有的墓园非常美丽——不是那些当代的墓园，到处是带亮片装饰的黑色大理石，抛了光的，波浪形的，这厢摆把吉他，那厢装个帆板，甚至还有安摩托头盔的，（干吗不弄个什锦砂锅，或来个狗窝？）毫无意义的丑陋坟墓，阴森又可笑。

布拉格造纸厂，放眼望去全是宣扬社会主义的红金两色口号。犹太公墓就在不远处，野草遮蔽了小

径，树木繁茂，其间有许多鸟，白丁香和红花七叶树
挤推着石板和石碑——弗朗兹·K博士、赫尔曼·K、
朱莉·K……开罗，高速大巴车站后面，萨拉丁的古水
渠附近，有座荒芜的基督教墓园。老守园人拉着你的
手——这个动作比在报纸上读到的任何宣言更让你相信
人性——带你看残缺的石膏天使像下方敞着的墓穴，简
直就是做坏了的复活像。戴胜在十字架之间穿梭飞翔，
三角梅给瓦砾染上血迹。（在等我的朋友内辛姆的工
夫，我去参观了这座墓园和附近几处废墟。内辛姆是个
老汽车的收藏家，收过一辆伊索塔·弗拉西尼和法鲁克
一世的母亲娜兹丽王后的劳斯莱斯，"全世界仅有的三
辆表盘刻有阿拉伯文的汽车之一"。他在不远处艾因埃
塞拉贫民窟的一条小道上耐心等候着，一位亚美尼亚的
机械牛人正在为他的1952版宾利听诊。那辆车——车尾
渐薄如游艇，车头带三盏大灯——似乎有个不对劲的小
声响，我这种外行的耳朵完全听不出来，内辛姆却很恼
火。发动机的声音应该极小，小到我们"感觉在被牵引
着走"，他用他迷人的埃及口音对我说。那个亚美尼亚
人用听诊器听发动机的动静，帮手们在一旁给他递更换
的零部件，包在油纸里，一件件奇迹般地突然出现。就
在这贫民窟的深处，内辛姆坐在小圆凳上，一小杯一小
杯地喝着茶，我得等他这个在我看来百分百的怪癖得到

满足。我真是等够了。）

新喀里多尼亚松岛，某个小山谷里，有一座被流放的巴黎公社成员的墓园。高高的草丛掩盖了地面的石头，没有十字架，只有一座金字塔，刻着人名和这句"致他们死在流亡中的兄弟——纪念1871年的流放者"。不远处，大海在棕榈树下闪烁，这自然的壮丽，只有露易丝·米歇尔懂得欣赏。果阿邦，东方三王墓园，高高的椰树下，红色的尘土中，墓穴残破，颅骨和胫骨散落，点缀着牛粪。墓碑上的葡萄牙语也慢慢瓦解，然后一点点被英语替代，然后就什么也没有了，因为墓园已废弃（就在旁边，东方三王监狱前的告示牌无意中向文学致了个敬，将其列为越狱工具之一，禁止它出现在高墙之内："酒精，大麻，鸦片，烟叶，竹梯，木棍，刀具，火器，书籍"）。圣–我–不–记得–什么（神父们的活儿干得很不错，留尼汪岛外围一圈全是圣这圣那——而岛的内陆有那么美丽的、那么有画面感的名字，雨川，杜郎的土豆沟……）的海滨墓园，有一口墓就在拍岸的惊涛边上，葬着一个当过远洋航船船长最后死于决斗的家伙，在我看来，是美好一生加美好结局，还有一口，装点着一尊相当难看的半身金色小雕像，是那个老勒贡特·德·列尔①的墓，以前上学还得学他的诗……塞尔日，我亦父亦兄的朋友，许多诗他都倒背如流，他给我讲解《海滨墓园》②的章节，喜欢背诵德·列尔的《亚勒马尔之心》："夜空明，寒风冽。雪色鲜红。/ 勇士千名沉睡在此无葬身之处 / 剑在手，目惊慌。无人动弹。/ 一群黑乌鸦在他们上方盘旋嘶叫。"这才叫诗体！阿拉贡也想到了，在他的《鲁莽的人》中，甚至说不定兰波的《山谷沉睡者》也是如此，谁知道呢？瓦尔帕雷索的万神山墓园只有流浪狗和鸟光顾，像一艘被抛弃的幽灵之船，在海湾晃荡。海湾里的其他船只在忙着抛锚掉头……凯尔·卡纳的墓园，坐落在山丘之上，俯视喀布尔。火箭弹胡乱往城市里掉，碑石或普通的石头往简陋的坟头上掉，绿色的旗帜在雪子集结的云团中啪啪作响。墓碑上的铭文写着比如"亲爱的儿子，暴君将你杀害，现在你是上帝的客人了，你在花丛之中，但我漂亮的花儿，你在地下"。

当年前往喀布尔，搭乘的是一趟找不到的航班，德里机场没有任何一块信息牌发布阿利亚纳航空这趟飞机

---

① 勒贡特·德·列尔（1818—1894），法国诗人、法兰西学院院士，出生于法属留尼汪岛。
② 法国诗人保尔·瓦莱里的一首诗。

的消息（很长一段时间里，我一直在我的一只旅行包上保留着这家稀罕的航空公司的标签。在我看来是个值得羡慕的纪念品）。我们在巴格拉姆降落，那时候那里还不是美国的空军基地，而是苏联的军用基地。一落地，我就被眼前的景象扼住咽喉：图波列夫战斗机伸着细爪停在跑道尽头，那片高地尽是石块，到处散落着战斗机器的残骸，轰炸机，直升机，坦克和各种扑了雪粉的装甲车，有些还像模像样，有些已经完全被抽筋去骨。武装的大胡子圣战者给了我应有的热情接待，让我放心，称França（法国）和阿富汗是friends（我不晓得为何我们经常被当做"朋友"，这应该算是我们的天赋）。兴都库什的白色山峦从北边拦住了平原的去路，很近（或看起来离得近）。如果我是戏剧导演，我会在这布景下排一出莎士比亚的悲剧，比如《理查三世》。

看着地图，沿着喀布尔河走，我只能放一半的心。控制河对岸的人估计不会把我当friend对待：他们是阴险的古勒卜丁·希克马蒂亚尔①（在我写下这些字的时候，这个ISI三军情报局的爪牙依然活着，死亡真不公平）的

---

① 古勒卜丁·希克马蒂亚尔（1947—　　），阿富汗政治人物、军阀，曾率领游击队抵抗入侵阿富汗的苏联军队，二十世纪九十年代两度出任阿富汗总理。阿富汗内战中，希克马蒂亚尔与其他军阀之间进行过血腥的混战，几乎毁掉了喀布尔这座城市，人称"喀布尔屠夫"。

党徒。对于废墟爱好者来说，这景色真够叫人"陶醉"
的。落日在这座被剁碎的城市中投下的诡异阴影，和周
边群山的褶皱交融混合，棕衬着黑。起了皱的铁皮屋顶
在风中发出响雷般的声音。好像有一把巨大的斧子砸
向这些砖房，这儿留下一座带考林辛式白柱和蓝色小尖
塔的清真寺，基本毫发无损，看起来像意式建筑（或圣
彼得堡风格的），那边幸存一座昔日富商的英式-摩尔
式小宫殿。一座砖建筑的城市和一座水泥建筑的城市的
毁灭方式是不同的。我记得黎巴嫩内战时贝鲁特的烈士
广场，那时候还叫大炮广场。黎巴嫩武装的一位独臂上
尉开着他的丰田车带我去那里，汽车的风挡玻璃前面挂
着一尊圣母像。高楼依然矗立，但从上到下全是大小不
一的弹孔，好像被巨大的蛀虫蛀过。野草和灌木将柏油
路面顶起，鸟儿们安静地享受着战争。我心想，这场战
争，如果有一天结束了——当然它必须结束，至少暂时
结束——我们应该保留广场的样子，让它见证人类疯狂
所能及。这些本来称得上最辉煌的古迹，人们本会愿意
为睹其风采远道而来的。然而这不是被采纳的方案，房
地产投机有的是理由，尤其是在黎巴嫩……夜晚，独臂
上尉请我上他在艾因雷马内的家去。他的家，是一间裸
水泥砖屋，天花板上只有一只灯泡。同住的有他弟弟，
卡拉什尼科夫步枪不离身，连吃饭的时候都不放下；有

他的老父母，身穿睡袍坐在凌乱的床上；还有一只灰
猫。一张桌子上摆着他被叙利亚的穆拉比通分子杀害的
哥哥的照片，旁边搁着一小束玫瑰花。墙上，一幅耶稣
最后晚餐的劣质彩画。"我们没有别的希望了，只剩上
帝，"独臂上尉对我说，"我们不会离开的。如果这世
界不再有信仰，khalass^①，我们就死在这里。"他的父母
表示赞同。对于他们来说，一切都已为时过晚。为了送
我回阿什拉斐叶区的亚历山大酒店，他在一阵振聋发聩
的引擎声中发动了那辆M113小装甲车。这车有点像他
的公务车，开车的是他弟弟，他则掌控那架口径12.7的
机关枪。火舌飞蹿，履带哗啦，这机器拐的都是直角的
弯。街道一片漆黑，各种架子挡路。得低下头，因为真
主党和叙利亚人离得不远，他很肯定地告诉我，他们就
在暗沟另一边（我觉着，如果他们离得那么近，我们这
种行动方式可不太低调，但我不懂啦），星星在我们头
上闪烁，我一小杯一小杯嘬着亚力酒。我得承认，我悠
闲得很。

---

① 阿拉伯语的拉丁文发音写法，意为"算了、够了"。

在人称"喀布尔的香榭丽舍"的迈万德大道附近，说实话，那里看起来更像一战之后法国东部的城市，一位圣战者坐在废墟脚下的椅子上朝我嚷嚷："Tchaï（茶）？行，那就去喝茶吧。"我跟着他穿过残垣断壁，心里对这一方的占领者的政治宗教色彩依然没有底儿。不过，他看起来挺友好。我们来到一间被柴炉烤得热过了头的屋子（外头冷得结冰，那时候不是十二月就是一月），他的十来个同伴，大胡子，头戴pakol①，围着炉子坐在地毯上。马苏德②老戴pakol。没错，有些人说，这种有点像贝雷帽的帽子，得上溯到马其顿的亚历山大三世在当地驻扎的时候。不过对面的人可能也戴一样的帽子吧？满墙的海报也给不了我任何提示：一张纽约风景，一张法国或意大利的海港（这倒是个好兆头），一张克尔白③（免不了的），还有一些卡拉奇风景（这可不好），一名头裹缠巾、留着大黑胡子的男子的肖像，这对我来说没有任何信息含量。一位旅人，迷失在战地

---

① 阿富汗传统圆形扁帽，形似煎饼。
② 艾哈迈德·沙阿·马苏德（1953—2001），阿富汗抵抗运动军事领导人，先后率领武装力量抵抗苏军和塔利班，被誉为"潘杰希尔雄狮"。
③ 麦加的天房，伊斯兰教圣地。

里。此种境地中，只要他稍微读过点书，难免会想到法布里斯在滑铁卢[1]：不敢轻举妄动。我想我在他们的对话中听出了白沙瓦[2]，我听见他们不停重复"记者"二字，但他们的确还是好小伙的样子。男子气概略盛，全副武装，不过还是好小伙。最后，他们指着邻近的南边，希克马蒂亚尔的阵营，示意我别在那边溜达，对我做了割喉的动作。一切都好，我在正确的一边。而且我好像明白了肖像上那位令人不安的大胡子是一名牺牲了的指挥官，因为人们对我做了个脑袋侧歪、枕在合十的双手上的动作，示意他睡了。我也认为，如果他是在打瞌睡的话，他们应该不会向我示意，毕竟打瞌睡这件事并不怎么符合一位长官在战士心目中的形象。我可以安心喝我又烫又甜的茶了。

为什么要跑到打内战的地方当游客？也许是为了打动自己。不能排除这个因素。这里头不见得只有荒谬——尽管的确也有荒谬的地方。我在最开始提到了成为另一个人的渴望。我们可以希望在危险的境地中，意外地、短暂地实现这一愿望。这份好奇心没什么丢人

---

[1] 出自斯丹达尔的小说《巴马修道院》的典故，指一个人对当下状况只有非常局限的了解。
[2] 巴基斯坦城市，近阿富汗边境。

的，毕竟伤害不到谁。不也有人付出高价，就为了在短短的瞬间里体验失重的感觉。不过，也不见得是为了成为另一个人，但是……得出乎意料才行。在萨拉热窝，一天清晨，我被附近爆炸的炮弹惊醒。我的第一反应是赶紧穿衣服，不是为了跑到街上，而是不想光着身子死去。这都什么念头！连我自己都吃惊，我怎么也想象不到（我经历的唯一一次车祸，很久以前，车身翻转，我得从翻到头顶的车门抽身出来。我爬出驾驶室的时候，发现自己落在一大片泥地中央，也多亏了这片泥地，车才没有继续翻滚下去。我的第一个想法，如果能称之为想法的话，是这些泥会弄脏我的鞋）。除非不知天高地厚，我们去战地不是为了给自己或别人一个勇敢的幻象（我这么说可能有些刻意解释和强调，或被怀疑是此地无银三百两，因为，在胡说八道盛行的种种后果中，我们往往哀叹其助长仇恨言语。这点容易达成一致，有道理。但我们通常忽略了自负的胜利，因为它的破坏程度没那么显而易见）。真正的勇气，我在生活在危险中的人身上见过。危险不由分说降临到他们头上，他们决定不当回事。贝鲁特的那个老人（也就跟现在的我一样老吧），生活在前线，面对狙击手，他并未缩短他每天晒日光浴的时间。他带我一直走到集装箱砌起的高墙那里，那是城市敌对的两方，东方与西方的边界线。我这

辈子唯一一次听见子弹呼啸，或者说嘶叫，像野猫那样
（《长夜行》开头包围巴尔达米的"那一道道诱人的长
钢丝"……），他可不低头（我低头）。或者萨拉热窝
那位教授，每天早上一路小跑到大学里空无一人的办公
室去，只是为了不上战争的当。无意义的行为，微薄的
对抗。如今他死了，不过我想是死于癌症。那么，即便
就是为了体验我们自己，或者说也是为了体验我们自
己。为什么不呢？而且我们也不是瞎跑，不是不看阵营
乱跑。我们再怎么没多大用处，有时候疑虑重重，还是
选择了某一边，不去对面那边，和那些被情报机构操纵
的宗教激进主义者一起，或者和卡拉季奇麾下的塞尔维
亚种族灭绝者一起，又或是和哈菲兹·阿萨德（现在这
个巴沙尔的父亲）的叙利亚军队一起。他同样残忍，但
西方媒体敬称他为中东的俾斯麦。

　　说到底，之所以去喀布尔、贝鲁特或萨拉热窝（或
朱巴、荷台达或我没去过的加沙），是因为我们对世界
好奇，而且世界也就是这个样子，充满那么多远离我
们的喧哗与骚动。然后有那么一个时刻，我们不再满
足于在广播里听到，我们想去那里，去远方，看看这片
巨大的嘈杂到底是什么样。看，学着去看，是作家这一
职业的基本功。佩雷克引用儒勒·凡尔纳作《人生拼图
板》的题词："看，睁大你的双眼看！"我正在写的

这本书，我对它开始抱有信心，我可以给它起名"所见"——没读过这本精彩文集的人不会知道维克多·雨果是个什么样的普罗透斯[1]式作家。他先后当过自由派、铜板肖像画家（为梯也尔、布朗基……）、评论作家、笔战者、斗士（为囚犯谋权利）、捍卫爱情自由的律师、谁也想不到的"目光派"[2]的鼻祖（他就泰普纳在根西岛[3]的处决写过长文，里面有几乎接近强迫症的、细致入微的描写）。

马苏德，我见过一次。有天一大早，一辆丰田车先把我送到第一个兵营，和一辆护送我们的越野车会合，然后开到第二个营地，被告知见面的地点。我们的车队疯狂行驶在帕格曼的路上，圣战者们探出车门，挥舞着他们的卡拉什尼科夫，大喊大叫，把路边的毛驴和赶驴人都吓到沟里去了。开了十来公里，路的右边出现一间曾经的guest house（客舍），是原先一家英国高尔夫俱乐

---

[1] 希腊神话中的早期海神，拥有任意改变外形的神力。

[2] 指二十世纪中法国文学界的"新小说派"，也称"午夜派"（午夜文丛）或"目光派"，强调落在物件上的写作者的目光，而且透过观察的目光对物件进行的细致到毫无意义的描写。

[3] 英国的王权属地，位于英吉利海峡靠近法国海岸线的群岛中。英国人约翰·泰普纳因在岛上谋杀被判处绞刑，当时流亡在根西岛上的雨果曾与六百岛上居民一道请求减刑（雨果长期支持废除死刑）。泰普纳是最后一名在根西岛上被处极刑的犯人。

部的残留，路的另一边是一川激流。就是这里了。"潘杰希尔雄狮"和几名身着迷彩服的指挥官在吃早餐。亚述人的面孔，细长的眼睛，很有十七世纪风格的小尖络腮胡子（黎塞留、吉斯公爵，等等。看看那一时期的肖像画，弗朗索瓦·克卢埃画的亨利二世，我发现，pakol，不管它是不是从马其顿来的，跟那一时期的大人物们喜欢戴的煎饼帽非常像）。他们的手慢慢地挑取烤鱼的肉和酸奶酪，话很少，嗓门都很低沉。激流的声响传到这里变成细语，几张脸在阴影中暗暗闪着光，场景有几分神圣典礼的味道。我被安排坐在微远处，心里有点嘀咕我到底上这儿干吗来了，感觉像在观看一场秘密仪式。马苏德时不时示意手下给我倒茶。就这么过了半个小时，他总算站起身，在楼上的一个房间里，我终于可以开始采访他。他说的话没有一句不符合我对他已有的想象——一个严肃、审慎的人，不主张宗教支配公共生活的温和穆斯林的捍卫者。我想我多少应该是被他震慑住了。十年之后，我去到他的坟墓上，简单一座白色圆形建筑，凿了六扇窗户和两扇门，绿色铁皮圆顶，立在俯瞰巴扎拉克村的小山丘之上。白雪覆顶的褐色群山在外围围成一圈如角斗场。山谷深处，潘杰希尔河在柳树下轻泛着泡沫，颜色如玉石，干玉米棒子在台地上晾晒。风把一面绿色的旗子吹得啪啪作响，旗面印着一句阿拉伯语《古兰经》经文，旗子下面摆放着一张相当突兀的曲腿写字台，两张扶手椅护驾。我坐下去，在访客登记簿上签了自己的名字，大概还留了一句并不令人难忘的话，我自己也给忘了。后来，在塔吉克斯坦首都杜尚别和"外派人员"共进晚餐的时候，我碰上了法国人引以为豪的那种嘲讽精神。在他们看来，他跟其他刽子手没什么两样（我不这么认为），而且他的陵墓那么寒碜，屋顶还是铁皮的。如果屋顶是大理石的，他们又有什么话说不出来？

　　喀布尔的许多画面在我的记忆中翻滚，还有贝鲁特的画面。在那种环境中，人会注意到更多事情。那种环境中，也的确会发生更多事情，遇到更古怪、更加远离我们所认定的人类生活的人。这也许又是另外一个前往的理由。我想起阿里·雷扎，一个十六岁的男孩，他也请我去喝茶。在喀布尔老城街区钦达武勒的废墟里，他和他的武装弟兄们一起，其中有个无腿人在一幅彩画前无法自控，泪流满面，因为那幅画画的是伊玛目侯赛因①的马从卡尔巴拉返回，马头低垂，身上中的箭比圣塞

_____

① 侯赛因·伊本·阿里（626—680），伊斯兰教什叶派第三代伊玛目，伊斯兰教先知穆罕默德的外孙，阿拉伯帝国哈里发阿里·本·阿比·塔利卜次子，死于卡尔巴拉战役。他的死标志着伊斯兰教中什叶派和逊尼派的彻底决裂。

巴斯蒂安还多，主人不见踪影。他自己（无腿人）踩了反步兵地雷，但先知外孙不幸的命运似乎更令他悲伤。阿里·雷扎戴着一顶坦克兵的头盔，腰间挂着两颗手榴弹，还有少不了的卡拉什尼科夫。他父亲是个脚夫，他自己希望某天能上学（我在想他是否如愿以偿）。他不确定自己已经杀过敌，也许他没空去确认，他不是个爱夸口的人。我想起Wahdat①（另外一派军事力量）的一位第一指挥官，他盘腿坐在一座旧皇宫残破的大厅中央，把从墙上拆下来的护墙板和珍贵的细木镶嵌木具扔到柴炉里烧，一边看着功夫动作片，胸前交叉挂着机关枪弹链（伊萨克·巴别尔在哪里写过，1917年或1918年在阿尼奇科夫宫也出现过类似场面，这个是野蛮升级版）。我记得一个疯人院（管它叫"精神病院"未免有些夸张）里那些不幸的面孔（其他人，战士们，他们脸上通常没有不幸的神情，在贝鲁特的也不见得）：老女人的脸，她们一个个比地皮还要皱巴，裹着毯子待在板床上；一个独眼女人号叫着，要求放她出去，她要结婚，她需要一个丈夫；沙哑的声音，微弱的声音，完全失声，在另外一间单屋里（那是个专门收留女人的疯人院），一个一脸怪相如老猫的男人，双目圆睁，几乎

---

① 阿富汗伊斯兰统一党，阿富汗的主要政党，1989年为抵抗苏联入侵而成立。

在笑。他在那里已经待了二十三年，不再说一句话，不发出任何声音。他转身回到床上，他母亲守着他，她真希望来个火箭弹把他们全都杀掉一了百了，这是她让别人告诉我的。就在这一群美杜莎般惊恐的面孔中央，有一口巨锅，当日的米汤正在熬着，蒸汽飘散在这个乌烟瘴气的地方。"很艰难，"有着美丽绿眼睛的护工对我说，"但我还是爱他们。"在另外一家收容所里，收留的是男人，一个孩子蜷缩在床板一头，膝盖并拢靠着下巴，瘦得皮包骨。他母亲死了，再婚的父亲不想要他。一个男人坐在窗户上，双腿悬空晃荡着，看着眼前被雪覆盖的一片荒凉；另一些人在院子里慢慢地走，一张没有牙的嘴大声嚷嚷着，指给我看被火箭弹杀死的疯子的墓。剃光的脑袋，炉子冒着烟，山里炮声滚滚，回声远远传来。

　　世界没有尽头，它自身严丝合缝。然而，有些地方，往往是最吸引我的那些，还是比其他地方更有资格接受世界尽头的称呼。这种偏爱里也许有某种奇怪的故作清高，有不跟风去威尼斯的幼稚的傲娇，但更因为那些地方比别的地方更清静更自然，远离风尚、迷恋、欲望、禁忌、神话和有多十万火急就有多昙花一现的热点新闻丛生的荆棘，远离一个时代的体态。变老，就是体验这种远离，这并非什么新鲜说法。就像从出海的船上回望海岸，风景会慢慢消隐。语言本身，有些疆域于你们甚是陌生——你们使用的语言，在你们看来纯净如水晶，到了别人面前就变得晦涩。《世界报》，这份曾以诺尔普瓦[①]文风而立世的报纸，我如今在上面读到诸如"Facebook押宝chatbot。该社交网络将使企业可在Messenger上使用聊天机器人"此类句子。也许来自火星的语言也不会比这样的句子难懂太多。（我写下这些，自嘲多过嘲讽这份晚报。）我没有完全跑题，慢慢"远离世界"（不是《世界报》……）的体验让你们对有些

----

① 《追忆似水年华》里的人物，外交家，语言生硬死板，满嘴学院派辞令。

地方隐秘的魅力更加敏感。前面说的世界在这些地方不存在，或者说被稀释到让人没那么不舒服了。我不建议任何年轻人到比如火地岛的波韦尼尔蜜月旅行，但对于一个像我这样的家伙，这座很讽刺地叫做"未来"①的城市是个值得一去的地方。

城市，这个词有点大。不到六千的人口，麦哲伦海峡边上，一个在我看来最美的名字文在地球的皮肤上。世界尽头也许称不上，但毕竟是南美洲的尽头。从智利的彭塔阿雷纳斯出发经停波韦尼尔的驳船，由布鲁姆船运公司运营，一名职员信誓旦旦地说那是una grande ciudad（一座大城市），然后又更正道：grande, no, pero...con toda comodidad（大，不，但各种设施俱全），有点夸张了。梅玲凯号驳船上，一尊圣母像立在被电子蜡烛照亮的蓝色洞龛深处，成为备受晕船折磨的养羊人边恶心边祈祷的对象。劲风驱赶着火地岛上空煤渣色的云，麦哲伦海峡的海水泛着一道道白沫。我顺带注意到"火地"这个名字，它不仅令许多缥缈的脑瓜子浮想联翩，比如我，自孩提便如此（我的童年记忆留下的不多，这是其中之一），甚至连干巴巴的儒勒·勒纳

———————————

① 波韦尼尔（Porvenir）在西班牙语里是"未来"的意思。

尔①这种稳重的头脑也心驰神往。第三共和国的这位完美散文家在他的《日记》中罕见地放飞了自我："斜阳之中，地平线之外，似乎就是幻想的国度的开端，燃烧的国度，火地岛，将我们投入梦境的地方，只需忆起，便已沉醉……"（来吧，儒勒，扔掉你的绳索……）这个神奇的疆域，我十有八九是在《世界尽头的灯塔》知晓它的存在的。儒勒·凡尔纳的这部小说里，至少他给那些穷凶极恶的强盗头头起的生动的名字是很出彩的："海鳗"，坏事干尽的可怕恶棍；他的副手"铁项圈"，"性格阴险的伪善人物"。"海鳗"和"铁项圈"这些将狡诈坏蛋们个性化的名字真是绝妙，带活了整本书……狠角色却（总）爱出现在人烟稀少的角落里，比如，十九世纪，一个名叫冈比亚佐的智利逃兵、海盗、掏肠破肚爱好者，把他的口号"Conmigo no hay cuartel（在我这里没有居民区）"写在红色的海盗旗上，他最终在瓦尔帕雷索被枪决，尸体在广场上被斧子斩成块；或者尤里乌斯·波普尔，一位半疯的罗马尼亚淘金者，有点像《黑暗的心》里的库尔茨，把赛尔克南印第安人当猎物射杀；或者离我们更近的，党卫军上校沃尔特·拉尔夫，在东欧"赤地"使用的移动毒气室的发明

---

① 儒勒·勒纳尔（1864—1910），法国作家，龚古尔学院成员，著名作品有《胡萝卜须》《自然的故事》等。

者，战后在波韦尼尔开了家螃蟹加工公司，然后在圣地亚哥度了晚年，正是皮诺切特当权时（按照现代《圣经》维基百科的条目所示，在此之前他还为西方不少情报组织，包括甚至以色列的情报组织效力过）。

波韦尼尔原来是海湾深处的一撮小木屋和彩色铁皮屋，加上一座简朴的天蓝色教堂，阵阵狂风在垂直的街角掀起尘土旋涡。拉尔夫独自和一条狗（是条德国牧羊犬，我猜）生活过的那所房子，说是要挂块牌。瞧……波韦尼尔的名人资源不足，人们也就不太注重质量了。眼下当地报纸关注的是火地岛的海狸鼠灭绝行动。之所以要对海狸鼠赶尽杀绝，是因为这种动物对岛上稀有的树木造成了危害。我住在玫瑰旅馆，和我同在餐厅的只有两位神父，非苦行僧型，罗马领上围着餐巾，不停往嘴里塞蜗牛，又是吸又是吐的，一边用硬撅撅的餐巾抹嘴，一边大概在对我主大唱颂歌。必须说，波韦尼尔是个天主教盛行的小镇，因为很大一部分人口是克罗地亚移民（我猜这里头有一些是乌斯塔沙[①]分子的后人）。我厌倦了神父的陪伴，就去了克罗地亚俱乐部。一位长得像蛤蟆的女服务员给我倒了杯号称"国民干邑"的像药

---

① 活跃于二战前后的法西斯组织，1929年成立于保加利亚首都索菲亚，主张克罗地亚独立。

酒一样的东西，喝了上头。我一走进空荡荡的餐厅（虽
然空荡荡，但蕾丝绦边的窗外有夜的海峡，两片大洋之
间的这一过道，有它陪伴就足够了：只是黑暗，却是一
种深入我心的黑暗），那倒霉服务员就打开了收音机，
大概以为这能让一位孤独旅人的晚餐更惬意一些——而
我，我感到自己如此格格不入，如此奇怪，也不敢请她
关掉收音机。然后，我走过野狗唱响夜间音乐会的街
头，带着第二天头痛舌燥的担保，回到旅馆。对这个夜
晚还算满意。总之。

　　火地岛的苔原，也就是杂草丛生的乱石地带，从街
道的尽头开始延展。风无休止地刮，撕碎天上的云条。
小路上，大概每小时能碰见一辆车，皮卡卷起沙尘滚
滚，远远就能看见。有时候，各种蓝（青蓝，谵妄和缓
慢节奏[1]！）会借由一道道的海水或天空，伸展在海岸
上方，还有上世纪初大型铁身帆船的残骸。原驼看起来
相当可笑，厚厚的下嘴唇突着，一副倨傲的样子，却被
身子另一头夹在两腿之间的尾巴破了功，一有车来就慌
忙跑开。就是在这附近，那个名叫波普尔的人开始了他
的探险家、淘金者和杀手的生涯。在一张照片上可以看

---

[1] 出自法国诗人兰波的诗《醉舟》。

到他手握步枪，姿势有如一名猎人在倒下的猎物之前，
身边躺着一具赤裸的赛尔克南印第安人的尸体，弓就落
在旁边。此人在火地岛建立了一个小小帝国，发展到打
造货币、发行以他姓名首字母为图案的邮票的地步。在
一座废弃的先驱者墓园里，我们从一块已被苔藓侵蚀的
石碑上欣慰地得知，火地岛原住民们，时不时还是能取
几条这些从欧洲过来抢他们的地夺他们的命的凶残殖民
者的性命：谨以此纪念约翰·萨尔丁，1898年7月20日被
印第安人杀害；谨以此纪念爱德华·威廉姆森和艾米里
奥·特拉斯拉维尼亚，1896年1月10日在圣·塞巴斯蒂安
附近被印第安人杀害。至于波普尔，他在游历世界，印
度、中国、日本以及美洲之后，神秘地死在布宜诺斯艾
利斯他位于土库曼街的房子的卧室里，时年三十六岁。
（我不禁对这个来自布加勒斯特的小犹太人冒险家没那
么反感了，他身上还是有点传奇色彩的。）

孤独的晚餐，在无人等待的地方，我有过太多。
也许是我自找的，或者我身上某个社交缺陷注定会是这
样。我不知道。我总能在这些自言自语（说到底，写作
不就是自言自语吗？）中找到"伤感的"（这是我最爱
的形容词。我大概是个大提琴演奏家）魅力。在加里宁
格勒，原来叫哥尼斯堡，我在伊曼努尔·康德的墓前努

力搜刮关于《纯理性批判》的记忆，然后又徒劳地寻找
雨果笔下出现过的艾劳（如今叫巴格拉季奥诺夫斯克）
公墓（"他又问：'是您吗，雨果？是您的声音？'
'是。''您那边几个人活着？''三个。'"）。我
曾经跟一些所谓的诗人也是国际笔会的成员有过一次荒
唐的见面。本来就乏善可陈的对话，被一位业余女翻译
演绎得支离破碎，从她嘴里惊慌地迸出来一连串结结巴
巴的话，就像漂浮在一锅煮沸的浓汤表面的词语在我耳
边咕嘟。我频频点头但实际上想让她闭嘴。咱就别闹
了。这倒霉翻译穿得好像要去克里姆林宫参加接见，带
褶皱花边的黑色紧身长裙，高跟鞋。她在受折磨，我很
同情她。幸好，听众席里有位漂亮的法语老师，俄罗斯
和亚洲混血的面孔（她应该有哈萨克斯坦人或土库曼斯
坦人的血统），梳着黑色麻花辫。盯着她灵动的黑眼珠子
让时间没那么难挨。安娜身穿一条宝蓝色的连衣裙，她自
己裁的。她所有的衣服都是自己裁的，这是她后来告诉我
的。她就像一片欢快的亮色落在一群灰秃秃的诗人（包括
我自己）中间。这让我忆起童年时代的简朴生活，女人们
用和专业杂志一起购得的纸样为全家人做衣裳（俄罗斯
有很多东西会唤起我童年的记忆）。我很努力地试着邀
请她共进晚餐，但她有丈夫，唉！于是我独自一人，在
游客饭店就着对她的回忆（这回忆就像点着一根蜡烛的

破旧纸灯笼照着我）吃下一块顶多只能喂饱一只中等体型的猫的肉，喝下两杯智利红酒。

两杯智利红酒让我转道芝加哥，到了芝加哥大学的四边形俱乐部。我去那里做一个我已经不记得是什么的讲座，听众稀稀拉拉（我还记得有几名学生，尽管我使出浑身解数吸引他们的注意力，他们还是举着巨型的比萨在那里大吃特吃，令我多少感到尴尬）。校园远离芝加哥市中心卢普区。天下着冰雨，于是我决定在这家专门接待老师和嘉宾的"俱乐部"的餐厅用餐。餐厅的装饰持重庄严，精细木料护墙，客人就我一个。里头很冷，我看起来像是桑贝漫画里的人物。黑人女服务员们多少有些傲慢（这位不速之客怕是要耽误她们下班的时间）。她们卷着舌头极速地说着一门我连一个词都听不出来的语言，我甚至听不出英语的语调。我非常礼貌地提了个要求，她们惊讶得目瞪口呆，我猜想大概我的要求非此地风俗，a glass of wine...（一杯红酒……）Of wine?（红酒？）Yes, I'm afraid.（是的，我想是的。）十分钟后，人们郑重其事，像端着弥撒用的圣餐杯一样，用银色小托盘给我端来那杯酒。很酸，但我不会为这么点小事找茬。当我要第二杯的时候（而且比第一杯好多了），我显然已经进入需要重点监视的醉鬼行列。

光线如此昏暗，我读着一本口袋书里收录的《如死一般
强》①。字号奇小，纸张发黄如高卢人牌香烟的玉米色烟
纸，读得无比艰难。我从哪儿扒出来这本书的？也许是我
父母的？我似乎觉得小说里那个可怜的男主人公奥利维
埃·贝尔丹（名字跟我一样，在莫泊桑的时代这是个相
对少见的名字），跟我有着某种遥远的关联。"对家庭
的渴望，对一座热闹的、有人气的房子的渴望，这种对
来往、接触和亲密的渴望，蛰伏在每个人心中，每个老
男孩都揣在心里，从一扇门走到下一扇门……"这说的难
道不是我吗？有点吧？O Lord！（盎格鲁–撒克逊人会这
么说）。我会不会就是凄惨闹剧里的这个人物？我真想再
要第三杯酒，慰藉自己一下，但没敢。我感到整个美国在
盯着我。后来我出去抽烟（这一弱点，如果我表现出来，
肯定会让我成为不法之徒），外面雨已停，再没雨点砸
下，黑色的水坑平静如镜。我也许不该畏惧天寒地冻，应
该到城里去，去试试第53街商业中心的那家比萨店……

上一次跑题的时候（不管我写什么，都可以称作
"跑题"。仰仗的不仅有斯特恩②，东拉西扯最在行的
必然是他，也有我们的蒙田："我之所以跑题，是为

---

① 莫泊桑的小说。
② 劳伦斯·斯特恩（1713—1768），英国小说大师，代表作有《项狄传》。

不拘一格而非无心之举。我的异想天开没有间断，但有时候相隔遥远，或中间迂回曲折。"），说回上一次偏离正轨的时候，我引用了《艾劳之墓》（再之前，甚至还引用了勒贡特·德·列尔！）。我们在学校里学的这些作品，充斥着过时的诗意。为什么当我们年纪大了，反而重新在它们身上发现了某种老魅力呢？反正我是这样。但我不单是我，我跟其他许多人一样，都听过皮埃尔·米雄①朗诵雨果的《沉睡的波阿斯》（如果我没记错的话，正是一次这样的朗诵，催生了我最喜欢的他的文字之一，《上天是个伟大的人》）。正是通过这些赞歌，我们（我那一代人）最初领略了语言的华美。我很清楚，我们的时代是"赞歌终结"的时代，如果借用另一位作家朋友的话（顺便交代，我和这位朋友有天晚上在圣彼得堡差点动了手，他在我面前声称在二十世纪写亚历山大体诗只能让人显得像傻子——伏特加的确让我们头脑发热，也许也多少抹去了我记忆里留存的那次争端的目的）。我很清楚地知道，而且我也以我没那么理论、专业但靠直觉的方式更加相信，有些文学形式是要被淘汰的，连同支持这些文学形式的精神，所以我才拒绝撰写"回忆录"或什么"纪念"，才试图创造

_____

① 皮埃尔·米雄（1945—　　），法国当代作家。

一种破碎颠倒的书写方式，有种从外界出发的意思（据我所知，"反回忆录"这个词已经被用过了……）。没有任何事情应该以我为中心，连我的叙述都不应该以我为中心，必须坚持这一写作原则。无论如何，这些"老派"的诗篇，从维庸①到马拉美甚至更多"新派"诗人都没能让它们失色，让我和其他许多人不仅领略了语言的排场，甚至到了几百首诗如今依然在我脑子里打转的地步。它们会出其不意地突然给我在海边小道行走的步伐打上节拍（"主，您令我威武又孤单"，接着，又非常突兀地在今天下午我游完泳回来的路上——那里，在"绿水"里，"清甜赛过孩子们贪吃的酸苹果"②像海藻一样漂过来），也让我们领略某种过时的伦理（"呻吟、祈求、哭泣都同样懦弱"③——这种《狼之死》风格的箴言）。好吧，这么一个长句子，应该不会让"现代"派对我有好感。怎么办？〔一位友人读了我的原稿，提醒说我引用的维尼的诗句不完全准确：摩西跟上帝说的是"哦，主！我这一生威武又孤单"④。我惊呆了，因为这傲慢的投诉（我坚决不会算到自己头上！）

---

① 弗朗索瓦·维庸（1431—1463），法国中世纪诗人。
② 出自法国诗人兰波的诗《醉舟》。
③ 出自法国浪漫主义早期诗人阿尔弗雷德·德·维尼（1797—1863）的诗《狼之死》。
④ 出自阿尔弗雷德·德·维尼的诗《摩西》。

就是这样原原本本铭刻在我记忆里的。去年夏天是什么样的诗句为我在海滨小道上的脚步伴奏，我就保留什么样子。就跟对待佩雷克和巨鲔一样，这抖动模糊属于我杂乱记忆的一部分。〕

现在雨果"迂回曲折"地把我往另一个"世界尽头"带，不容争辩，它比其他"世界尽头"更极端，因为从纬度上看已经无法再走远，而且即便气候变暖渐渐把它变成一摊冰冻的沼泽（这是为数不多的我们还能说"还是原先好"的地方），那里的条件依然极端严酷：北极。跟雨果有什么关系？是这样：我是在北极读完了《悲惨世界》，它属于那种就算你没读过其实也还是读过的书，因为这些书已经完全渗透在文学、历史和政治文化中。但是在那里，北纬90度，我读到了最后，直到拉雪兹神父公墓里冉阿让墓碑上最后的诗句："他安息了。尽管命途多舛 / 他仍偷生。失去他的天使他就丧生 / 事情自然而然发生 / 就如同夜幕降临，白日西沉。"在北极读完《悲惨世界》，我承认我觉得这事相当潇洒，是我值得炫耀的荣誉之一，不容争辩。我在北冰洋边上的一个小村落哈坦加，待了两周，每周有一个航班往返莫斯科。哈坦加，只有几座小小的砖房，木屋铁皮顶上高高的烟囱靠支索固定着，冰冻的港湾之上是冰冻的街。这鬼地方跟波韦尼尔没差多少，但还是明显冷很多。零下三十度以下，鼻子就冻住了。生活在这里的人都不一般，比如曾经是陷阱猎人的弗拉基米尔·艾斯讷，来自伏尔加河流域的一个德国家庭，他把自己在极夜的日子里远征叶尼塞河河湾捕猎的经历写成了故事——冬天是蓝狐狸和紫貂的皮毛最美的时候。他的生活不能远离这里，他向我解释道，这些地区是原先逃离独裁统治的人们的藏身之处，北方人粗犷且自由，son hombres de armas tomar（是手握武器的人）。奇怪得很，我们之间的对话用的是西班牙语，他自学的语言。因为他觉得西班牙语听起来像海盗说的话，而且，他认为那也是迁徙的鸟的语言。那时候他在大北方的一个气象站里，有时候看着陨石坠落，点亮黑色夜空……他去过一两次德国，他的十个兄弟姐妹（！）已移民过去，但那儿的天气太温和了，雨下个没完，他想念雪。他讲起极地的动物滔滔不绝，雪鸮，驼鹿，熊，狼。我也喜欢这样的对话，远离我习惯听到或自己老说的那套话。我们总是生活在同一个狭窄的话语圈里，这该有多懒啊！还有什么更有趣的呢，当你听他讲冬天里北极熊出于好奇或饥饿，跑到了泰加林的边缘，与棕熊狭路相逢，它就逃掉了，因为它是muy cobarde（胆小鬼），而oso pardo（棕熊）是骁勇的猛将？或者得知狼在二月里最危险，因为它们在度蜜月？我感觉像在与杰克·伦敦对话——弗拉基米尔喜欢的作家。

在哈坦加，接待我的是个热情的人物。他的朋友
们叫他斯代夫，所以我也这样叫他。他是出生在阿尔及
利亚的法国人，说起话来像唱歌一样，很匪夷所思地流
亡到了这个地方。这里既没有橄榄树也没有酸橙树，干
脆就没有树，除了冰雪在窗玻璃上勾画的冰树。他最着
迷的事或者之一，总之我有机会了解到的只此一件，就
是猛犸象。西伯利亚的永久冻土下藏着一群又一群猛犸
象，时不时会在冻土解冻之后露出地面——一些被俄罗
斯人定义为"小民"①的当地人，相当诗意地视猛犸象为
地下鲸。斯代夫弄来一架米-26巨型直升机，从冻土里硬
拉出一大块来，他认为里面冻着一头处于或者几乎处于
行走状态的猛犸象，存放在冷战时期用来储藏导弹的一
个地下仓库里（那时候的哈坦加是个大型军事基地，因
为跨过北极另一边就是北美洲）。冻土块上的冰就像化
掉的蜡烛，一簇簇冰针张牙舞爪。我们用吹头发的吹风
机解冻猛犸象，获得一块块类似黏土的东西，里面全是
又大又粗的红毛，我们把土块放进温水桶里溶洗。我还
记得地窖里弥漫着的那股野兽味儿，有点像两万年前的

---

① 原文Petits peuples，全称为Petits peuples indigènes du Nord, de Sibérie
et d'Extrême-Orient de la Fédération de Russie，指少数原住民族。

味道（我不敢保证这是准确时间，但总之是我能接收到的最遥远的过去的信号）。土块包裹的动物好像终究是一副被剁碎了的样子，但我不知道故事的下文，因为后来我们便出发去了北极，斯代夫在那里有联系人。

我们往一架安东诺夫安-74运输机上装了三十桶煤油，桶桶满满当当。油喷出来，流到飞机地板上，我们拿旧粗麻拖把擦擦了事，没啥大不了了，Davaï①，我们可是在俄罗斯。飞行三小时后，我们降落在一块被讽刺地叫做"婆罗洲"的浮冰上，在那里把所有东西全塞进一架米格-8直升机，便往极点去了，也不完全是极点：十五天前，浮冰上那三个像半截南瓜一样的大帐篷准确地位于极点上，但位置一直在变，现在离极点有三十多公里。所有的经线在这里汇集，我们想是几点就是几点，我们的"一天"（但现在一直是白天）始于隔壁帐篷的俄罗斯科学家安德烈、阿列克谢和沃洛佳结束他们一天工作的时候，他们自己挑他们的格林尼治时间。我们去他们帐篷里吃早餐，放在地上的伏特加冻住了，但一放到桌上，柴油炉的热量很快就让它变得爽口。我们谈论海底火山、白熊、陨石和漂流基地。海洋学家安德

---

① 俄语Давай的拉丁文写法，意为"得了，行了"。

烈活泛起来了，声称令他骄傲的事有两件，战胜纳粹和加加林的飞行，还说他依然是"百分百的马克思主义者"。气象学家阿列克谢沉默不语，他是个头发蓬乱的巨人，一对浅色的眼珠子跟狼一样（很遗憾那时候我还不知道后来写成《古拉格气象学家》一书的故事）。等他们去睡觉了，我们便到周围溜达一圈，手里揣把霰弹手枪，以防万一真的遇到熊。有些日子阳光勾勒出一切，每座淡蓝色冰山每条冰脊的轮廓，在耀眼的完美光晕里，每个阴影漆黑到极致；另一些日子，一切如浸泡在牛奶浴中，一切起伏消失不见。我们担心迷路，到后来，反正我们也没有什么实验要做，不必钻冰取样也不必测水的盐度，干脆就到他的行军床上暖和着，打开《悲惨世界》。我们乐于莫名其妙地跑题，但不管怎样，还是被沙威的结局打动，有些句子值得圈出（"他的焦虑之一，是不得不思考"；"他最极端的不安，是笃信的消失"。士兵的肖像，笃信秩序的士兵是这样，笃信混乱的士兵也是这样）。读到最后了。书的第五部第九卷之六："在拉雪兹神父公墓里，在集体墓葬沟旁边，远离这座陵墓之城优雅的园区，远离那些非要在永恒面前卖弄丑陋的死亡模式的古怪墓穴，在一个僻静的角落，挨着一堵老墙，一棵牵牛花攀爬的大紫杉下，匍匐冰草和青苔之间，有一块石板。"多美啊，这个扔到句子最后的主语，就像一块石板落地有声，多么拉丁！

　　堪察加作为世界尽头也是不错的。对那里的向往得从我孩提时说起，那时候去一趟堪察加似乎是永远不可能的，苏联管理的这座封闭的巨型堡垒的寿命貌似比人的一辈子还长。小时候，我祖母家中有一张世界平面球形地图，我至今仍保留着。我在书桌上写这些离题文字的时候，地图就挂在离书桌不远的地方。堪察加在地图的最右边，长长的半岛，一长串的阿留申群岛从那里开始延续至阿拉斯加，千岛群岛则伸向日本。从首府彼得罗巴甫洛夫斯克出去的一些路走不了太远。其中一条我还记得，因为它终结在一个叫帕拉马或者类似名字的鬼地方，总之这地方是一群叫"难缠族"①的人的聚居地。火山的完美锥形耸立在白雪覆盖的森林之上，比如冒着烟的阿瓦钦斯基火山。我在那里的斜坡上进行了生平最初（也是最后）的几次驾驶狗拉雪橇的尝试，结果往往是脸栽到雪里。我那套车的八条狗里头，有些是蓝眼睛，有些是棕眼睛，还有一些两只眼睛颜色不同；有堪察加犬，阿拉斯加犬，楚科奇犬，其中一条不喜欢我，我一靠近它就吠，它总是老大不情愿，结果一根脚腱在

────────────

① 原文"Coriaces"，法文意为"固执的、难对付的"。

上坡的时候断掉了。陪同我朋友安娜和我的是尤里，他原是海湾对岸的维柳钦斯克兵工厂的工人。那时候他在核潜艇上工作，俄罗斯人管核潜艇叫"发射导弹的大型海底巡洋舰"。尤里是个非常温柔的山林中人，一下巴红胡子，蓝眼睛，看到一只雷鸟他都会感动到落泪。

远洋冷冻渔船阿玛雷号的船员们在列宁广场上支起棚子，一艘救生艇"搁浅"在前方，变成雪地里的一摊红。他们在棚子里轮流干活，一边用大火煮着一锅锅薄羹，一边取暖。这种活动在俄罗斯不是那么受鼓励，但反正也不跟政府对着干，所以官方也就听之任之，甚至还给点帮助。韩国船东一年前停止支付七十五名船员的工资，他们甚至连买瓦斯油重新出海的钱都没有。他们个个都有一张生动的脸，年纪最大的那些人，放到斯杰潘·拉辛[①]的海盗船上也不会有违和感，最年轻的那些一副刚出校门的乖孩子样。有着二十九年海上生涯的船长尼古拉是个碧眼的英俊男子，一头短短的灰发，笑起来灿烂如金。冒险的一生中，他曾经在新西兰当渔船的船老大。"在那边，"他说，"遇到同样情况，船会被扣押，在这里就不会，这里的司法还停留在中世纪水平。"

---

① 斯杰潘·拉辛（约1630—1671），顿河哥萨克人，俄国农民起义领袖。

另外一个活像拿破仑时代近卫队的老兵，金色胡子两端
往上翘着，一张爬满褶子的红脸上镶嵌着一双蓝色的小
眼睛，招风耳，鼻头上还有包。皮帽下，医生的面孔温
和而疲倦，他身穿土黄色的工作服，脚踩毛毡靴，沉默
寡言。一次出海捕鱼持续八到十个月，在白令海和鄂霍
次克海冰冷的海域，秋天的狂风掀起的巨浪可达二十米
高，而普通船员一年的工资也就四千美元。航行指挥官
尼古拉·伊万诺维奇是冶金工人的儿子，他一直把我们
带到停在干坞的阿玛雷号上。他戴着眼镜，看起来像个
在船上工作的知识分子，按道理看地图读仪表的活儿也
不是体力活，但他跟我们说，有一次他不得不到甲板上
去砸掉冻住了雷达天线的冰，两个同伴死死抱着他，因
为当时的风速是每小时一百三十五公里。他花了二十分
钟才把冰砸掉，双手已经完全冻僵。他有一年半没见到
妻子了，她在鞑靼海峡边上的苏维埃港邮局给人洗地
板。每次他给她打电话她都会哭。我不知道阿玛雷号的
船员们是否赢了官司，是否和家人团圆，是否又重新出
海。恐怕没有。［我也不知道曾经在雅典遇见的那位
"烈士水手"后来怎么样了。当年，他在大学对面的一
间窝棚里已经待了一年五个月零十天，要求政府支付工
伤的抚恤金。他的破屋子披着绑着各种条幅，上面写着
诸如"我是很有名的船员迪欧尼西斯·帕帕佐格诺普洛

斯，两个孩子的父亲，心脏动过手术。Justice or death（非正义即死亡）！"]

离开之前（每次离开一个如此遥远、如此人迹罕至的地方，我总是会想到博尔赫斯这首名为《局限》的诗。他写道："有一扇门，我将它关闭，直至世界末日。"），我们去彼得罗巴甫洛夫斯克的市场采购三文鱼子，准备回程招待朋友们。那里，真是蔚为壮观。几千条鱼像一块块琥珀，我们的语言里只有一个名字，在俄语里却有一大堆，lossos, sima, siomga, keta, tchourka, gorboucha, nerka，还有一些我忘了，每个名字对应一种不同的鱼（有些鱼样貌丑陋，有些鼓着背，有些如弯钩，有些长疙瘩）。几百万颗硕大的珠子在雪地上的桶里闪闪发亮，金灿灿如熟透的葡萄，红宝石的颜色，或黄玉，如火，如血，戈尔康达①或克洛伊索斯②的宝藏，阿里巴巴的岩洞，西班牙商船的货舱里耀眼的秘鲁黄金……我真希望这正在拆开的包装可以——啊，从那遥远的地方——将货摊上的美物送至眼前。而稳坐在货摊后方的俄罗斯大妈，身上穿得暖暖和和的，呼出的气息在冰冷的空气中升起，如小火车头冒出的白烟。

---

① 位于印度中南部的钻石产地。
② 吕地亚末代国王，以财富甚多闻名。

如果你们认为，"这家伙怎么能记住所有这些东西，他的记忆力得多惊人，要么就是想象力过人"，那你们就大错特错了。我的记忆力已经退化得一塌糊涂。至于想象力，我似乎也差得很可怜（你们看，我真是块当作家的好料……）。我只不过是从三十年来断断续续记的六十几本笔记本中东翻西找而已。笔记本规模不一，有的是口袋本，有的则大一些。不过除了简单的大小区别，也还是有不易察觉的变化的：大本子（最早的是一本克莱枫丹牌经典作业本，标识是个倒水的女子图案）记录的是我刚开始写作那个时期，更"小说家"一些（虽然很抗拒），有些晚上在家里，我会记下一些我觉得很重要的想法——现在读起来倒是没当时那么笃定了。小本子，能装进口袋的那种，是后来那段时间的见证。那时候我开始满世界跑，观察取代了沉思——更谦虚一点地说是纠结。我开始对着世界写生创作。大本子，大理石花纹的封面，内页纸张又白又厚，是我在里斯本的一家叫Papelaria da Moda的文具店买的，在rua do Ouro（金街）上，已经关张很长时间了。小本子有很多样式，有长方形的，封面带凹凸条纹纹理和手握羽毛笔的标识，那是以前南方文献出版社经常送的，它那时候还是个小规模的出版社。有经典的带橡皮筋的鼹鼠皮本子。有铁圈本。有国家图书馆的本子，封面是作家的手写笔迹（显然是我最喜欢的）。线装的中国笔记本，用起来不是很顺手，在北京或上海买的无印良品笔记本，标签上全是表意文字——我唯一能看懂的，是它们花了我七元人民币，这"人民的货币"从来不被人叫本名，而是叫"块"。长条形的薄本也是中国的，相当优雅，封面图案是上海外滩和平饭店装饰艺术风的尖顶，我在饭店的纪念品店买的。黑色仿牛皮的软皮小本，在罗马十字架街漂亮的Vertecchi文具店买的，是苹丘之上的梅第奇别墅作为我曲折轨迹中定期必经之处的见证——没有如我所愿的那么频繁，那是肯定，但次数也不少了。我喜欢它俯瞰全城的庄严的骨色建筑，我承认，这个庇护所有点贵族调调，毕竟它隔绝了那一群群穿着短裤、身上挂着相机、举着自拍杆的游客，他们堵塞山丘脚下的街道。我喜欢那里设施简单到影响居住舒适程度的房间，泉口小池里潺潺低语的水流，夜晚的微光投射在阳台墙上的影之舞，漫不经心的手抚摸过的早已损蚀的石刻面庞，松树下小灌木丛中石灰岩的味道，老鼠簕淡紫色和白色的花簇，透过月桂树的间隙能看到圣彼得大教堂的圆顶，钟声飘荡在罗马的空气中。是好是坏，就是在这里，这本书的计划开始成型。不仅仅是这里，毕竟一本书的缘起总牵涉原因种种——幻想、顽念、遇见、偶然——有些甚至连作者本人都没有察觉，况且是足迹如此缥缈的一本。但主要是在这里。

笔记本、记录簿、小本子，葡萄牙的、意大利的或中国的，这些装订在一起的纸张不仅让我回忆起面孔、话语和风景，它们也是我的风景的一部分。写在上面的文字也随着时间而起了些变化，我似乎觉得现在的文字更自信、更有力（也不是任何东西都会随着人变老而垮掉……）。有些笔记是用铅笔写的，几乎都模糊了。有些时候，是外部环境——路途的坎坷，下雨——让字迹难以辨认。在拉脱维亚首都里加，苏联解体的时候，市政府用红白红的拉脱维亚旗帜换掉红旗的那天正好下着雨，我的笔记，就那么一次用蓝色圆珠笔记的，满篇都是一片片晕开的蓝："人群涌上高尔基路，如今也不再叫高尔基路了，而（看不清）……身穿民族服饰的合唱团相当可笑。人们拿出新的旗子，由头戴刺绣软帽的年轻姑娘们抻着。没完没了的掌声。一线冰冷的阳光，来得正是时候。红旗降下，鼓掌，拉脱维亚旗爬上台阶，抻着旗的年轻姑娘跟苏联国旅宣传单上的很像，橘色的褶裙，长长的麻花辫，刺绣的软帽和马夹。新旗上升，帽子摘下，脑袋扬起。国歌。这一刻，每个人脸上都很高兴。然后四散，雨伞-风筝，单调生活继续。"

我是乘坐火车到达里加的，那趟列车的名字很契诃夫，叫"海鸥"，始发站是明斯克。跟我同一包厢的是两名老红军战士，一个身材高大，棕发，乌克兰人；另一个是白俄罗斯人，五短身材。两人体格强壮，身穿土黄色的针织衫。白俄罗斯人有一对蓝色的小眼睛和几颗金牙，原先是个直升机驾驶员；乌克兰人的专业我想不起来了。窗玻璃上沾满了泥，料想那背后飞驰的风景正是尤瑟纳尔在《一弹解千愁》或爱德华·冯·凯泽林在他那些优雅的短小说里面所描写的沼泽地。与此同时，两位战士摊开了他们的储备——蒜香烤猪肉、水煮蛋、难吃的泽菲酸蛋糕、桶装自酿伏特加（其中一位的祖母酿的）。他们带着俄罗斯火车上特有的亲近，忙不迭地让我品尝。这伏特加，五十度以上，他们骄傲地对我说。他们俩大杯大杯地干杯，看到我小口小口地喝就拿我开玩笑：Pioch kak jenchina（你喝酒跟女人似的），他们嘲笑我。那是第一次也是最后一次有人对我这么说。二人都在阿富汗当过兵，说不定都参加过屠杀，但这并不妨碍他们像鸡妈妈对小鸡一样对我呵护有加：乌克兰人给了我他在里加当警察的弟弟的地址，夜里他们给我铺床，怕吵醒我特意压低声音说话，车到里加一直帮我

把包扛到站台——他们继续前往爱沙尼亚首都塔林。如
果他们是粗人的话，那也是可爱的粗人。白俄罗斯人的
曾祖父是库班的哥萨克军，先后加入弗兰格尔①的白军②
和布琼尼③的（也是伊扎克·巴别尔的）红色骑兵军，一
直打到华沙城下。1920年，他可能在那里跟我的祖父对
过阵，我祖父在法军分队里，接受魏刚④指挥。这一想象
令我们觉得有必要为此干掉几杯伏特加。火车广播里播
的是苏联音乐，乌克兰人的小本子上贴着美国摇滚乐队
的照片，甚至还有一张施瓦辛格在《红色警探》中的苏
联军官扮相，能感觉到苏联快走到头了……

　　有些时候，尽管很少（不是因为我很少处于此种
状态，而是这样的时候我一般不写东西），是醉意模糊
了笔记本上的字迹。在我珍视有加的城市瓦尔帕雷索，
一次孤独晚餐之后（看，又一次！），我潦草地写下：
"大红脸——在雾中爬那该死的比尼亚德尔玛的海边公

① 彼得·尼古拉耶维奇·弗兰格尔（1878—1982），俄国步兵中将，苏俄内
　战时期白军将领之一。
② 1918—1929年苏俄内战时期的一支武装力量，以保皇党派为基础，
　1921年被苏联红军消灭。
③ 谢苗·米哈伊洛维奇·布琼尼（1883—1973），苏联骑兵统帅，苏俄内
　战时期，布琼尼的骑兵部队扮演了重要角色，帮助红军击退了白军。
④ 马克西姆·魏刚（1867—1965），法国将军。1920—1922年间任法国驻波
　兰军事使团团长，波苏战争中帮助波兰军队打退苏联红军西方面军。

路被太阳晒的，或者应该是回程的时候，雾散去了，我耽搁不少时间在看海豹（海狮）。很肥硕，丑陋的嘴脸，有些还长着鬃毛，不停地吵，大声吼叫，獠牙挂着口水，鼻子皱起，缩回。一旁，醍醐耸肩缩脖，不为所动。所以，一个大红脸，涂满凡士林（我化妆包里唯一的油，用来干吗的就不必细说了）。我应该相当迷人……阿米兰德·蒙特街下边的馆子。幸好服务员都不漂亮。傻X……（之前，找馆子。但是，索美思卡尔附近的，太年轻亮丽，太资，我可不敢顶着这张老脸闯进去）。其实，我挑饭馆的标准还挺复杂的，但是，达到一定的难看程度，有点破烂、老旧、过时，这些都会加分。"（其实这段文字还站得住脚，我应该也没喝得多高，虽然字写得有点随意。）

图画很少，或者非常粗糙，只是为了准确描述一些因为技术词汇欠缺而无法表达的细节（比如，果阿邦一扇窗户复杂的连拱饰，北京紫禁城屋顶上那串一个挨一个的尖角小动物，一辆俄罗斯BMP装甲车。或是一座不吉利的尖塔，让我想起暮色中一个黑漆漆的瞭望台，有两个小洞透出光，那是我母亲去世的医院，我越往院子里走，这两片像两只眼睛一样的光亮就越发刺眼，然后暗淡随之熄灭，我觉得那是死神的面具。偶然让我后

来在美湫的湄公河畔看见同样凄凉的钟楼，我倒是没
打算赋予这一偶然任何迷信意味。那是在越南，是她
哥哥也就是我舅舅死去的地方，他属于印度支那战争
中最早战死的那拨人）。徒手画的简略地图（大阪、
喀布尔的某些地区、鄂霍次克海边的马加丹……）。
那么多的名字和地址，我完全没有印象了，那些字迹往
往透着几分犹豫，因为写字的手，阿拉伯人的、中国人
的、俄罗斯人的手，并不习惯书写我们的字母。谁是梅
哈特·纳德尔·马哈茂德？谁住在亚历山大城阿尔莫
塔基街5号七楼？长着一对丹凤眼、一口白牙的安娜毕
斯·卡雷拉·安吉蕾拉，在古巴的教皇露天歌舞厅唱
歌？这个，我记下来了，但是我怎么也想不起别的关于
这个me regaló su vida（愿意把命给我的女人），这点我
也记下来了（不过到底还是有交换条件，一包摩尔牌香
烟和一点化妆品……我做了笔好买卖）。这个承诺应该
是浸泡在朗姆酒里面的。但假如我把它当真了，我这会
儿可能会是——我也不知道，哈瓦那某个地下赌场的老
当家。还有菲菲·阿布·迪卜、穆尼尔·布斯塔尼、帕
斯卡尔·穆贾内斯；还有那么多黎巴嫩内战时期在贝鲁
特遇见的人；还有陈丁严，他在胡志明市的地址复杂到
我都不想尝试抄在这里［也许他是那个上了年纪的法语
老师，有天晚上，在西贡河岸边一家小咖啡馆里，对着

煤油灯颤悠悠的亮光，喝着走私的威士忌，他对我说了些讽刺的话，说他们这些反对越战的老兵，曾经以为越南共产党是斯巴达，崇拜他们，而实际上他们却是科林斯①？我送了他一本在同起街（原来叫卡提纳街）的旧书摊上买的法语–东京②语–汉语三语词典，像是为了给自己辩护，不过更多是出于好感］；还有萨拉热窝的阿尔蒂娜·布克娃、叶卡捷琳堡的小尤利娅。如此巨大的时间和空间黑洞将我们分隔，也许他们和她们都已经死了。我对这些国家的人名往往没什么研究，无法知道这些曾经跟我熟到可以把名字写到我的笔记本上、也许希望我将来还记得她们或他们的人，到底是男人还是女人。我给他们造成的这种不公正（他们也应该还以颜色）让我涌起把所有名字都发布的念头，说不定，在同起街的旧书摊上，或者在但以理清真寺（《亚历山大四重奏》中出现过的地方之一）对面的二手书店里，三十多年前我在那里买过两本魏尔伦的诗集和一本小开本的《蒙田随笔集》。了不起的偶然使然，某天，他们之中有人会发现曾经和某位作家相遇的蛛丝马迹，而到那时候，那位作家也许已经死去。但你们放心，我不会这么做。

---

① 斯巴达和科林斯均为古希腊城邦，斯巴达以严酷纪律和军国主义闻名，科林斯则以崇尚财富和奢侈的生活方式著称。
② 河内的旧名。

Rossia，Moskva 107078，D/V S.V.I。这个地址的收件邮局还在，我很清楚是谁的（但我只写他名字的首字母，只怕万一）。瓦迪姆，被黑社会追杀的前"新俄罗斯人"，跟我约在一个地铁站见面。我问"你怎么样"？他只回了一句Jivou（活着），然后就带我前往他的藏身之处，那是集体宿舍里的一间屋子。一位穿着睡裙的老妇人在公用厨房里煮卷心菜汤，窗玻璃上起了雾，卷心菜汤的味道弥漫整个房子。苏联那种叫人沮丧到极点的氛围。能听见瓦迪姆的房门之外有人来来去去，他压低声音说话，只让人听见广播的声音。他特意打开广播掩盖说话声，因为担心有"虫子"（麦克风）。玻璃橱柜上摆了一尊列宁小铜像，橱柜里有几本科幻小说，一个二十世纪五十年代的黑色胶木电话机，床没铺好。他对我说，他以前的生活是鱼子酱和香槟、大饭店和赌场、度假去蓝色海岸。如今他的行李就是用塑料袋装着的几样随身物品，带着东躲西藏。他从里面拿出一张他妻子的照片给我看，一个很肉感的金发美女。他在词典里找"羞耻"这个词（俄语styd）。羞耻和恐惧（strakh）是他的伴侣。他每天都在《莫斯科共青团员报》的讣告里找，看他是不是被杀了，但连报纸都没登。他又怎么样了？死了？东山再起了？

　　做笔记，最重要的，是找到（试着找到）那么几个恰如其分的词钉住印象（也许相当于罗兰·巴特的摄影术语"刺点"？总之呢，印象这东西，得用词针把它钉住）。"恰如其分"，什么意思？无法下定义，只能说是在某一时刻，我们能感到我们的所见所闻和我们找到的词语相契合。然后，许久之后，重读这些词语，印象再次打开、舒展，有点褪色但依然在。要钉住的不是"真实"，而是"真实"投射给你的印象。找到可以钉住印象的词，是个技术活。"找到词语描述眼前所见，这可能相当有难度，"瓦尔特·本雅明[①]在他那本名叫《城市风景》的小集子中写道，"但一旦找到了，它们就会用小榔头一下一下敲打真实直到画面深深印入，就像刻在铜板上一样。"我喜欢这个印压金属的比喻，还有本雅明接下来表达的观点：如果没有这个，没有这些词语，画面难以从"太容易使人盲目的亲身经历"中现身（我经常在讲座中引用这段话，应该让不少听众心生厌烦。所有这些也相当"福楼拜"）。一个作家，只有当他找到词语描述他所见时他才真的看见了。寻找词语，意味着手捧笔记本呆滞地在某地久久停留，像只呆

[①] 瓦尔特·本雅明（1892—1940），德国哲学家、文化评论家。

头鹅似的对身边的来来去去全然不顾，如果不强迫自己进行这番找寻，那就没必要白纸黑字浪费墨水了——而且往往的确是在浪费墨水：潦草的字迹只是死字母。不必说，我的笔记里的大部分页面都是如此：一串串死字母，升华不出任何画面，但并非所有都是如此。

把我置身于画面旋风之中的（那些画面就是属于我的世界剧院），不单单是这堆笔记本里写下的文字，还有夹在笔记本里的插页，每一张或者几乎每一张都会解锁一小段故事：明信片、邮票、枯叶、地铁或公车票、博物馆门票、酒店的小票或卡片，亚历山大城塔拉·哈珀街25号的乐华饭店那张，声称view over the sea, rooms with bath and phone, restaurant and salons with all amusement（海景房间有浴室电话，饭店有餐厅、会议室及各种娱乐设施），但这卡应该是纳赛尔①当政之前就存在了。到了房间，落满灰的木地板，爆裂的胶合板，塌陷的人造革扶手椅，发灰的床单。天花板上垂下一根电线挂着一只灯泡，是这个房间唯一的照明。我站在这一切中间，不知道该沮丧还是发笑。衣柜里找衣架，浴室里找香皂、浴巾或厕纸，也都是白费力气。浴缸里还躺着根陈

---

① 贾迈勒·阿卜杜·纳赛尔（1918—1970），埃及领导人，1956—1958年间任埃及总统。

年老烟。早晨五点，穆安津震耳欲聋的声音便把我从睡梦中惊醒（当年我睡眠质量很好）。紧接着是邻居的公鸡被上帝弄醒了，纷纷跳上房顶惊声尖叫，隔壁各家的养殖场和菜园倒是长势喜人。多年以后，我想去看看乐华酒店是否在继续它堕入地狱的歹势：它似乎被改造成了类似宿舍的机构，住的是从头到脚都裹在袍子里的年轻女子。可以想象，我去那里自然遭到冷待。还有哈巴罗夫斯克阿穆尔大道46号的凡尔赛饭店，镀金的廉价水晶灯一盏接一盏，也算对得起饭店的名字；符拉迪沃斯托克的阿奇姆特饭店，我在那里和一位水手有过一次醉醺醺的交谈。我的字迹再次证明，他去过许多对我来说很有吸引力的地方，而我的大部分读者肯定无法理解：科曼多尔群岛，阿拉斯加和西伯利亚中间那道海峡的发现者维图斯·白令在那里死于坏血病，海峡后来得名白令；北冰洋上的弗兰格尔岛，最后的猛犸象生存的地方（这家伙，频繁出入于各种传奇的海岸，诧异地得知，法国人也喝伏特加。大千世界真是无奇不有）。毛里求斯岛上的塔玛兰饭店，花花绿绿的调皮鸟儿前来跟我分吃早餐；广岛中区中町7–20的全日空酒店，离种满蜀葵的本康河岸不远，有人在河边垂钓，少女们撑着小阳伞骑着自行车，灰鹤把嘴伸进浅浅水波中啄来啄去，这景象如此惬意祥和，难以想象，在遥远的某天，就在这个

地方，温度曾经达到四千摄氏度，那天应该也有骑车少
女，岸边应该也有灰鹤；巴勒莫的棕榈豪华大酒店，雷
蒙·罗素就死在那里；那不勒斯的不列颠酒店，我记得
那里的好日子；叶卡捷琳堡的沃兹涅先斯基、上海的棠
柏、北京的侣松园，如此之多的地址，有些挂着记忆的
彩带，像彩色灯带照亮一个寂寥的舞厅。比如一想到乐
华饭店，我马上会想到精英餐厅，"亚历山大城杰出人
物所在地"，萨菲亚·扎格鲁街43号，老板娘克里斯蒂
娜女士骄傲地在餐厅里展示康斯坦丁诺斯·卡瓦菲斯①
手写的诗《上帝遗弃安东尼》（"要鼓足勇气，像早已
准备好了那样，向她，你就要离开的亚历山大告别"：
apokheiréta tin, tin Alexándria pou khánis），莱昂纳德·科
恩从中得到灵感写了首歌；但在精英餐厅听到的是当年
也已经过气的金曲：阿达摩的《今夜你不会来》，埃尔
维·维拉尔的《结束了，卡普里岛》，还有《永别美丽
甜心》和《阿琳》之类的，甜得发腻。

　　克里斯蒂娜女士回忆起生命尽头的这位希腊老诗
人，穿着一身黑，头上戴着黑帽子，脖子上一条红围
巾，穿过萨菲亚·扎格鲁街走在回家的路上。她带我去
诗人原来的住处，却表现得很嫌恶，还说了一些通常会

---

① 康斯坦丁诺斯·卡瓦菲斯（1863—1933），希腊现代诗人，出生于埃及
　亚历山大城。

被认定为反动言论的话。那地方位于沙姆沙伊赫街，即前莱普修斯街，看起来像是霍夫曼故事里的主人公住的地方（我不太想得起来这到底意味着什么，但我猜应该是个讲究地儿）。那里已经变成一所寄宿公寓，一个穿着睡衣的男人很和气地把我们引到一个狗窝一样的房间，草垫子当床，直接铺在地上，间隙里塞着一袋袋垃圾。（啊，说到这里，要不回纳博科夫故居？）在所有这些卡片里面，有一张尤其令我感慨，是塔林奥林匹亚酒店的那张，因为我还记得在那栋俯瞰汉萨同盟老城所有钟楼的丑陋塔楼的十四层，有位极美的酒吧吧台服务员，齐耳金发，淡蓝眼睛，肤如牛奶。我将她视作北欧的女神，来自极北，带磁性的北方。

而且还有夹在页间的无数火车票（斯维尔德洛夫斯克—圣彼得堡拉多加，上海虹桥—北京南，北京—海拉尔……）。登机牌、法航、土航、西班牙伊比利亚航空、智利国航、美航、俄航、中国国航，还有一些更具异域风情的航空公司，比如乌克兰空中世界航空、阿塞拜疆航空、文莱皇家航空，第一家告诉我没有真主咱就飞不起来的航空公司——还好，从那以后我就记住了（飞机上的广播也提到进行毒品交易将被处以绞刑，hanging to death）。此前我在这个苏丹国家的首都斯里巴加湾度过了相当凄惨的两天，不多不少。板岩般的银色云层往下掉落温热的雨，耳边雷声阵阵如铜锣。我躲在酒店房间里读米肖，外面雨瀑一停我就出去冒险，跑到斯里巴加湾的街上，发现苏丹的头像无处不在，那时候他被认为是世界上最富有的人之一，也许现在还是，我也不清楚（稀拉的胡子，有点招风耳）。

我企图参观那座有着圆形金顶的巨大的清真寺，却被一个假惺惺的虔诚教徒一路跟随，一举一动都被此人监控，以至于我速速逃离。大雨又开始滂沱，我躲进华和购物中心，在那里花了二十二美元购得六条鳄鱼牌内裤——很可能是假的，但是内裤嘛，又不是画，谁在乎它真假，是不是？既然在读《我的财产》①，我脑子里自然而然想着康拉德，想到占据着我小小的想象图书馆一角的《吉姆爷》里的帕杜萨，就在不远的地方，婆罗洲的西北海岸。正是这点念想让我下定决心，尽管我并不那么想做这件唯一"能做"的事：趁着两场大雨之间的一线晴天去参观甘榜亚逸。那是一座小心翼翼立在桩基上的木头城市，屋子搭得歪歪斜斜，靠无数栈道连接，细长的水上的士从栈道底下飞驰而过，发出黄蜂一样的声响。河面这儿一摊那儿一堆漂着闪光的塑料瓶，像啤

---

① 法国诗人亨利·米肖的诗集。

酒壶，相当碍眼，这条热带的河应该很像康拉德笔下的贝劳河。就在那里，在水上，一座简朴的小清真寺，人们口中的海上清真寺，白色配绿色，木板走廊将其环绕，还有一座像灯塔的宣礼塔。没有任何一个国家，不管表面上看起来多么可憎（苏丹），不给我留下美好回忆并且让我渴望重返（我意识到每过去一天，愿望就更加不可能实现，这种意识甚至成了衡量流逝的时间的度量之一，我们管它叫余生）。甘榜亚逸这座小清真寺让我心中生出对文莱苏丹国徒劳的怀念。必须承认，回程飞机上文莱皇家航空一位美丽的空姐对此也有贡献。她有一张睫毛纤长、有点像略带愁容（也就是说更好看）的奥黛丽·赫本的面孔，半遮着这张脸的面纱如此轻薄透明，存在似乎只是为了被揭开。一小片云彩。

一张由隆巴尔副官签署的"军用飞行器乘坐证"，让我想起搭乘通达军用运输机从喀布尔去塔吉克斯坦的杜尚别那回。那一程给我留下一点失落感：我被五花大绑，坐在侧面座椅上。人缩在不得不穿的防弹背心里，还被禁止到机身后方唯一的舷窗旁边欣赏兴都库什山脉的雪顶，只能在飞机倾斜的时候偷偷瞟一眼。在杜尚别大使馆的图书馆发现尼古拉·布维耶的《世界之道》后我才读了这本书，之前我选择性将其忽略，因为太多朋友催促我去阅读。由于我刚离开一个女性被迫披一身酷似黑坟的长衫的国家，我（很波德莱尔地）觉得杜尚别长发如瀑的高大女子是世界上最美丽的女性（不过，说不定真是这样）。大使是我的朋友，熟悉俄语世界，我们很早以前在莫斯科认识（有天我把没读完的《朗赛的一生》落在他家了，于是我永远也没读完这本书，我也无法得知这是否真的是夏多布里昂最优美的一本书——一些似乎并不是很喜欢夏多布里昂的人如是说）。某种神经症候群导致他的一些句子结尾就像是在号叫。

拂晓时分，我们走在这个不属于世界上最繁忙机场之列的杜尚别机场的停机坪，朝法国军用飞机专用区走去：我得再搭军机回喀布尔。看守这一区域的空军特派队卫兵勒令我们不要靠近，我的朋友企图亮明身份，"我是大……"话没说完便招惹一通我们完全听不懂的训斥。想象这一幕：初升的太阳照耀着兴都库什山上的雪，冷清的机场，土黄色的机舱下，警觉的卫兵端起他的FAMAS自动步枪……这种死法可真是清奇有余，但士兵很冷静，一位军官赶来验明了我们的身份。立正。

夹在这些笔记本里头的还有：一张罚单，开具地点是亚速尔群岛圣若热岛的韦拉斯，开具人是警员阿尔特米西奥·卡布哈尔·贝当古尔，罚款理由是在公园对面违规停车（我在警局里拒绝交钱，因为我觉得在这个停车场里的车不超过十辆的小村落，这个罚款理由太荒唐了。当晚警员阿尔特米西奥直接来到我的酒店，告诉我，要是不交罚款会让他在同事面前没面子。我被他这个朴素的理由打动了，同时打动我的还有他念起来相当有排场的名字，颇有十六世纪航海家的风范。我立马对自己处以罚款，后来我们甚至还一起喝了一杯）；一些香烟盒，那时候的香烟盒还没被可耻的画面覆盖，黄蓝标的德国雷瓦尔，埃及艳后大号烟，葡萄牙阿伦海香烟炫耀着挂着鲜红十字架的快帆船，夜蓝色配金色的中国金圣（广州的出版人送了我一整条，向我保证这是全世界最贵的烟），正如胡安·巴斯托斯烟，"不会引起嗓子干燥的高级保健香烟"，由位于乍得蒙杜的烟厂生产；一些名片，一些剪报［Monstro que dámedo a pescador é só uma baleia（吓倒渔民的怪物原来只是一头鲸），拉普拉塔市议会一桩丑闻的来龙去脉，一名贝隆党的官员用手枪对准党内同事发出死亡威胁，接着又用这把手枪崩了几名声称上前居中调停的议员的脸，导致他们bañados de sangre（躺在血泊之中）。这样的行为，即便在阿根廷，也是不该发生的，更何况，（用现在的话说）是在经选举而产生的议会里］；印着诱人图片（但诱惑不了我）的小卡片，每天晚上出现在上海的酒店房门下（Full-body massage 98 rmb，配上中文的赞叹之词，我无法了解其中含义，但穿着小内裤和高跟鞋、故作楚楚动人的女子的含义，我是懂的）；某个Nostalgie酒吧的纸巾，我现在已经说不上来这酒吧在世界的哪个角落，但我肯定是在那里进行了一番醉酒的冥想，只有我知道其中秘诀；几张大头照——一名年轻女子，我喊她Abejita①，因为她有一张可爱的脸，长得像蜜蜂；一个陌生的埃及男人（但当年肯定不陌生），如果叫他萨阿德·格布朗他应该会回应，这名字就写在同一页上；一个俄罗斯人的正面和侧面照（这是张档案照），此人叫瓦西里·科瓦列夫，他，我记得很清楚。

鄂霍次克海的港口城市马加丹，就是沙拉莫夫在《科雷马故事》中所称的"地狱的月台"，因为那些要被流放到西伯利亚远东劳改营的不幸者（有男有女，得读一读叶甫盖妮亚·金兹堡的《眩晕》和《科雷马的天空》），就是被关在条件极端恶劣的船舱底运到这里的（运送犯人的船是以"运输各类商品"的名义登记的）。我的朋友安娜和我在那里的时候，纳加耶夫湾已开始上冻。大海就像一大片灰色的酱，苍白的太阳每天

---

① 西班牙文，"小蜜蜂"之意。

好赖在酱上挂几个小时，低低地悬在天边。成千上万的流放者被狗和士兵押送着，走上从海岸通往城里的路。许多人没有再回来。

我在别处已经说过，但我还要再说：这故事多少也是我们的故事，即便我们不愿承认。共产主义曾经是欧罗巴的激情所在。纳加耶夫斯卡亚路沿途的墙上，有人写了句讽刺的话：Vsie plokha, chto nie Revoloutsiia?（一切糟透了，为何不革命？）瓦西里·科瓦列夫是个活泼的小个子，说话如连珠炮，一微笑就露出口中全金属的配置。尽管天很冷，他也只是在毛衣外面套件伐木工的厚衬衣，灰白头发上罩着一顶巴斯克贝雷帽——"只要不冻耳朵，就还好"。他的父亲，一个富农，1933年被枪毙，那年他三岁。瓦西里·伊万诺维奇干过各种工作，码头工人、水手、伏特加灌装厂的工人……1952年被捕，发配至科雷马，斯大林死后被释放，大概是的（我忘了）。他对苏联恨到了骨头里，可以理解。在这座选择遗忘的城市里，他带我们跑了个遍，从一个囚禁点到下个行刑地。在一栋栋墙皮剥落的五层建筑之间，在一个被铁皮停车棚包围的院子里，他说："这里是执行枪决的地方。住在周边的人不知情，或者说选择不知情。没人在乎。"来到一片被雪覆盖、种着松树的大广场上，他说："这里原来有栋房子，人们就在房子的地窖里执行枪决。后来变成一个木工合作社，再后来就关掉了，再后来就被铲平，浇上沥青，那是一年前的事。"有必要说明：在斯大林时代的苏联，"枪决"（rastrelet）意味着"顶着后脑勺来一枪"。瓦西里·伊万诺维奇还把我们带到一栋砖砌的平房。我们从一扇通风窗爬进地下室，地面覆盖着一层厚厚的冰。我们跟着他的手电筒的光束，透过冰层能辨认出地上的废铁、旧轮胎和鞋子。霜结在墙上、天花板上，像星星。金属门，巨大的门栓，破旧床架的残余。他曾经和另外五十个人被关在这里，关了四个月。"每天给两百克面包。没人说话，一说话，就浪费了卡路里。那些人蹲着等死，抱着胳膊，摇摇晃晃的，等到不晃了，就是死了。"我们上到地面。屋里全是瓦砾、空罐头和瓶子。这里是劳改营头儿的办公室，头儿是个亲自手刃犯人的普通犯。墙上覆盖着一层涂刷成绿色和红色的石膏。不知道为什么，我挖下来三角形的一小片，如今和瓦西里·伊万诺维奇的档案照一起，贴在同一个小本子里。

纳加耶夫湾边，一片被很奇怪地叫做"上海"的木棚屋区和一个凄凉的住宅小区之间的沙岸上，散落的啤酒瓶在积雪上投射出金褐色的闪光，我在那里遇见了一名韩国来的女子。她原来是个裁缝，为了爱情来到这里。后来她遭人抛弃，也没了工作。她想把房子卖了好回国，但没人要她的房子，哪怕她标价只是可怜兮兮的两万美元。她几乎已经失去了逃离的希望。歪斜的电线杆子划破杏色的天空，她沿着折断的栅栏孤独地走着。"在这里活着好难。"她说。我信。

　　你撒谎？什么，我撒谎？对，刻意遗漏，就像以前的神父说的。你的本子里肯定还有别的，比这些机票、火车票、香烟盒、酒店卡片，甚至石膏碎片更让你在意的东西。"二十世纪末莱瓦镇的那只哥伦比亚小飞虫"，被压扁了粘在某一页上，还被圈起来的那只？那次出行真是灾难（而灾难，就是我），在两天的醉酒和差劲的性生活、睡了不到一个小时之后，我踏上哥伦比亚之旅。我整个人处于一种精疲力竭和慌张的状态，几乎把最基本的生活必需品都落在了巴黎，内裤、袜子、书，等等。莱瓦镇，很美，一个西班牙征服者的古村落，我从殖民建筑的阳台上望出去，能看见香蕉树油亮的大叶下，萤火虫在小河岸边幽暗的草丛里一闪一闪，但我依然很萎靡，而且极度惶恐不安，因为我身处一个离波哥大有四个小时路程的地方，没有办法回去。而且，在那里，在书展的通道里，我碰见了一个非常漂亮的女子，她对我微笑，我似乎觉得要是有了她，我跌入谷底的生活应该能重新出发。普鲁斯特在哪里说过，人一辈子要死无数回，这可是我的拿手好戏。"爱的焦虑扼住你的咽喉／仿佛你从此应该不会再被爱了"，多少

次你给自己念阿波利奈尔的这首诗……（我自嘲着写下
这些话，然而就在现在，这一切可能又一次重来，千真
万确的最后一次）那位年轻的哥伦比亚女子穿着一身黑，
发色棕红，肤色如陶，脸上不知道什么地方有颗痣。我几
乎不敢怎么看她，不敢回应她的微笑。此刻，在莱瓦镇的
夜里，智利白葡萄酒又开始让我觉得天昏地暗，我想回波
哥大，找到她。在爱情上，我狂热，但慢热。她如今是什
么样子，在做什么，嫁给了谁（通常来讲，结局都是这
样，尤其是在哥伦比亚）：我愿意付重金得到这些难题的
答案。如果当年我找到了她，今天会如何？也许我会在波
哥大或（我更倾向于）卡塔赫纳安度晚年。在一枝三角
梅下，面朝加勒比海，一撇灰胡子横在脸上（在南美可
以这样），几乎忘掉了法语，膝下儿孙满堂？或者被哥
伦比亚革命武装力量干掉了？（夏多布里昂在《墓畔回
忆录》里想象他若娶了夏洛特·艾福斯为妻会变成什么
样，他曾经爱过的这名女子，是他流亡时期寄宿的英国
人家的女儿："我会成为一名绅士猎手；不会有半行字
从我笔下流出；我甚至可能忘了我的语言……"）我们
的生活是小径分岔的花园，正如博尔赫斯笔下一个故事
的标题。我们走的那一条不见得就是我们自己选的最合
适的那条，如果我们有闲暇（或者勇气）去选的话。

　　我第一次去哥伦比亚，几乎也是同样手忙脚乱，不过好歹还算略有条理一些。内瓦多·德·鲁伊斯火山爆发，山顶积雪和冰川融化，引发的火山泥流（科学术语称lahar）埋没了小城阿尔梅罗。两万人死亡。一份与我时不时合作的报纸将我送上了飞往哥伦比亚的第一趟班机（我记得抵达波哥大是在夜里，无数的亮光围着城市颤抖摇曳，好像土地上种的不是花而是蜡烛）。到了阿尔梅罗附近，道路因为这儿一摊那儿一片的泥而有了软绵绵的起伏，道路之外，更远处可见蓝绿色的山丘。各种残骸从颜色像咖啡渣的海洋中冒出，拖拉机的座椅，轧坏的汽车，变形的铁道，屋顶，甚至还有架小飞机。直升机开着大灯在超低空飞行。空气灼热而沉闷，弥漫着一股类似腐烂的旧粗布拖把的恶臭，让人脑壳疼（在科托努的当托帕市场，为巫毒教准备的动物干尸也散发出同样的酸臭：鸟，变色龙，青蛙，狗头，鹿头，猴头，小型食肉动物的脑袋，猪头，猪鼻，咧着嘴，黑洞洞的眼窝，咬紧的牙在黑色的唇瓣之间很是显眼）。越靠近原来的阿尔梅罗所在地，尸体就越来越多，肿胀，发亮，红与黑，像被烧过，有些好像是在泥里滚打过，赤身裸体，因为夜里突然降临的灾难没有留给他们穿衣服的时间，又或是强烈的冲击撕烂了他们的衣裳。那是我第一次看到非家庭成员的死亡，像是《伊利亚特》中

的场面，尸体被遗弃给了鸟，被死亡虐待、强暴，秽不
忍睹。那是一次严峻的死的洗礼，无疑有助于全身心投
入生活。小女孩奥玛伊拉的生命尽头，用今天的话来说，
被"实时"记录，那是电视的无礼冒犯在全球范围内的第
一波试验。回程，我和一群年轻的志愿消防员同路，看见
一条狗被困于一片小岛上，一身乱毛，被吓坏了，不敢往
污泥里跳。我们一起将它救起。派翠西亚、玛尔塔、格莱
蒂斯、迭戈·费尔南多、埃德加和威廉，都是大学生，他
们说着笑，排解心中的恐慌，也许也因为他们都是年轻
人。有一刻我们从搁浅在路边的一台电视机前经过，其
中一个人说："打开它，我们看看新闻。"另一个人错
误地担心这话会引起我的反感：Faltamos de seriedad（我
们这样不太严肃）。我还记得一张照片，在一堆废铁
上，旁边是一具发黑的尸体，伸着一只胳膊正在往路上
攀爬的样子，像是为了挣脱火山泥流。照片上还有个年
轻女孩，嘟着嘴像在赌气，佩戴着金项链和耳环，身穿
绿裙：照片躲过了灾难，破碎的只有玻璃。

　　啊不，我在意的，不是莱瓦镇的小飞虫，也不是
页面上这一小坨棕褐印记引发的回忆。那是什么？对，
没错：十几页粉红色的纸（粉色在这里并非为了装点
情感，当时用的活页纸就是这个颜色），当年你爱的女

人也是爱你的女人（她不喜欢你称她为女人，她喜欢你
说"女孩"。她的确也很年轻，女孩的称谓也不是那么
荒唐）在上面写道，跟你一起生活很难。"活着很危
险"，这是你小小的想象图书馆中另外一本书的主线。
巴西作家吉马朗埃斯·罗萨的*Grande Sertão : veredas*[①]，法
文版的名字被乏味地翻成*Diadorim*，取自书中那难以捉摸
的主要人物的名字，其实本可以尝试"广阔荒漠：条条
小径"或"广阔荒漠的条条小径"，如果非要找到一个
让普通读者（首先是编辑）能接受的叫法的话。反正，
是二十世纪最伟大的著作之一。你顾左右而言其他，或
者说，你把太多东西混为一谈。才不是。我跑题，我跑
题——于是我前进。在广阔的荒漠里头？是的，也许。
那是个夜晚，可能，甚至夜已深。你在书桌前，抽着
雪茄，就在这房子，如今沙比的继承人要把你从这里赶
出去，他们当然能做到——在他们和他们的执达员护卫
队面前，你算什么？你在写，你打算写。她，坐在你对
面的贵妃椅上，屋子里已经有很多书，但是比今天少，
也许还有干花，但我觉得应该没有，干花是之后的事。
她用这些粉红色的纸给你写，她写得很快，字像被风吹
过，她写她爱你但是跟你一起生活很难，有时候感觉很

①《广阔的腹地：条条小径》。

孤单。这封信，重读是要付出代价的，你没有一开始就提起，也许正是这个原因——谈堪察加容易多了。但也是因为你不想谈自己，你是萨卡拉那只修复的花瓶中央的声音空洞，你想待在那里。不过，总还是需要一点坦诚的。

然后，有一天，她走了。而你疯了。被鲁道夫抛弃的包法利夫人。面对某些考验，可能出于骄傲，你多少表现出一点坚韧，但面对爱的考验则不然。你的智利之旅有如灾难（继哥伦比亚那趟灾难程度旗鼓相当的行程之后——接待你该是一件多苦的差事……如果当年接待我的人读到这些字，望他或她能感受到我真诚甚至羞愧的懊悔）。你读着昆德拉的《被背叛的遗嘱》，对诸如此类的段落画重点："叫人震惊到目瞪口呆的奇怪之处如果显形，那它不会是被搭讪勾引的陌生女人的样子，而是我们曾经的亲密爱人的样子。"你有点戏精上身，但你的确吃了苦头。你吃了很多苦头。你写下这样的东西，阿波利奈尔对你的影响隐隐可见（"而你也退回到你的生活里慢慢地／爬上城堡区，夜晚听着／小酒馆里唱着捷克歌曲……"）

太阳铅融

安第斯山的雪流进马波乔河

而我喝了太多酸皮斯科

我在森林公园读《漫歌集》

身佩卡宾枪的士兵牵马步入小径。

昨日在贝拉维斯塔的小餐馆

我独自晚餐

一个年轻男人看起来被压垮

他长得像詹姆斯·迪恩

喝着啤酒

我应该去跟他说话

我们从来不做该做的事。

身穿淡紫衣裙的茨冈女子

一对丰乳如香料面包

让我说出一个愿望

Que alguien vuelva①

她偷了我七千比索

还顺便诅咒了我。

在瓦尔帕雷索开来的火车到达的车站里

我更年轻的时候

遇见了我的人物之一

我用墨水和血给她画了大教堂

---

① 西班牙文，指"让某人归来"。

她放了我鸽子

她母亲对我说别伤害"小鸭子"

她比我醉得更厉害。

夜晚我走在蓝花楹地毯上

尾随一名长着悲伤的嘴的姑娘

我们从来不做该做的事。

我在阿玛斯广场一家廉价小馆独自晚餐

布道者在大声嚷嚷

月亮在山上圆润又苍白

像一杯潘克韦的白葡萄酒。

这个出现在我某本书中的人物，一名年轻的女演员，我为她割破手指，a sangre y tinta①画画。多年以后，我再访圣地亚哥，在国家图书馆查阅资料，看到她的照片刊登在杂志封面上，标题写着：¿Qué tiene ella que no tengayo?（她有什么是我没有的？）我成功拿到她的电话号码，打给她，声音发抖，在酒店房间里来回踱步试图让自己平静。她的声音年轻，友好。我对她说usted（您），她立即对我以"你"相称。她记得我，como no（当然），似乎并没有对我的疯狂往事耿耿于怀。不，我不molesto（招人烦）。她忙着拍电视剧脱不开身。一

---

① 原文为西班牙文："用血和墨水"。

周之后？我第三天就要离开，我们不会再见了。

　　回国之后，好心的朋友们强行将我送进一家诊所。西郊，有钱人的郊区，被公园包围的别墅，诊所是其中一幢。在那里治疗过的名人有一大堆（我可不把自己算在内……），其中包括阿尔都塞[①]，我年轻的时候一直把他视作我的导师。这个地方，被我叫做"梅第奇别墅"，我的房间在转角，有三扇窗户，雪中的公园也是我窗前风景的一部分。留下的记忆倒是不坏。那一时期听的某些音乐，每次再听到，都会带我穿越到过去（莫扎特的C小调大弥撒，赛扎尔·弗兰克的钢琴和小提琴奏鸣曲，《女人皆如此》，尤其是其中的曲子《希望风如此轻柔》，犹太歌谣改编的大提琴曲，索尼娅·维德尔-阿瑟顿演奏）。楼上的纳迪娅，非常可爱的法国-摩洛哥混血女孩，出于对我的精神状态的担忧，说我不该只听"悲伤的音乐"，并且借给了我一张雷鬼舞曲CD。她自然是好意，但我享受一边吃我的早餐一边听《女人皆如此》，再说这音乐一点也不悲伤。我怕得罪她，只好强迫自己听艾迪·格兰特、艾罗尔·邓克力、圣丹斯孩子那帮人的音乐，直到她收拾托盘走人。"您瞧，"我对她说，"我也开始尝

----

① 路易·皮埃尔·阿尔都塞（1918—1990），法国马克思主义哲学家。

试现代的东西。"她对自己的疗法取得成功看起来很是欣慰。莫克塔莉娅，一位年轻聪慧的护理助手，我对她颇有好感，甚至有些被她吸引。她告诉我，她不想找人修坏掉的电视机，因为她更喜欢看书。考虑到我毕竟算是这里的寄宿者中病得最轻的那个，也可能因为大家多少知道我入住此地的原因。我有点像是这群女士的宠儿，纳迪娅、莫克塔莉娅、留尼汪来的安妮可、于格特、乌莉娅，这让我备受摧残的虚荣心得到一些抚慰。一个散架的苏丹。这不打紧。医院生活独有的什么都不用操心让我得到休息，药物令我嗜睡。朋友们一个接一个来探望，他们无限的慷慨，为了给我带小礼物费尽心思。安娜、阿兰、赛尔日、安妮，那么多人今天都不在了……我画水彩（以矿泉水瓶为主角的静物画，对我来说是个新主题，加上那些透明和反光，相当有技术难度。"您是位全才艺术家。"精神科主任医师绷着脸说笑：可一点儿也没夸张），我读吉本的《罗马帝国衰亡史》，写了半本书，将是我所有书中最受欢迎的那本，生命际遇真是奇怪（我记得刺进右手手背的输液针头让我产生了安拿芬尼直接流进钢笔的幻觉，我用来写字的不是墨水，而是抗抑郁剂）。我写了本日记，今天再重读的这本。读到这样一句我吓了一跳："我抽到第六根烟的时候，太阳火红的脑袋刚爬上对面房顶，两只山雀飞来啄食我放在窗台上的黄油。"

也就是说，那个年代（虽说不是沙可医生①的年代），我们可以在房间里抽烟！精神科主任医师是个优雅直率的人，胡子修得整整齐齐，彬彬有礼，有点距离感，表现出一种雷打不动的仁慈，（有些晚上他过来聊几句的时候）永远穿着威尔士亲王西服三件套，如此资产阶级的打扮，使得我给他起了个"弗洛伊德医生"的（平庸）外号。和他的副手我倒是经常聊很久，此人是个乌力波派，怂恿我挑战造两个句子，句中单词的首字母分别按字母表顺序和倒序来排列。我着手造句："Alarmé bizarrement contre des étreintes fugaces, grandes heures imaginaires, joules, kilowatts lumineux mêlés nuitamment, obscènes péchés qualifiés ruts salaces, tu urines vers Washington, xylognathe, yeux zappeurs. Zibelines, yacks, xérus, wapitis vautrés unanimes te saluent ravis, quidam psychiatre oulipien, nouveau maître, lettré kabbaliste, jeune inconnu hier, grave fantaisiste ennemi des cons. Basta, assez !②"我管这叫"新俄耳甫斯"。（我得

---

① 让-马丁·沙可（1825—1893），法国神经学家，现代神经病学的奠基人，被称为"神经病学之父"。
② 大意为："短暂的压迫感，想象中的重要时刻，焦耳和光明的千瓦在夜里混杂，被定性为污秽之罪的淫荡的发情，这一切让你异样惊慌，朝华盛顿的方向撒尿，xylognathe，视线不停切换。紫貂，牦牛，地松鼠和驯鹿，欢乐地集体打滚向你致意，你，某位乌力波派精神科大夫，新的大师，犹太教神秘哲学文人，昨日不知名的年轻人，蠢货极其不严肃的敌人。行了，够了！"

说清楚，我已经不太确定xylognathe究竟是什么，长着木头下巴的人？而xérus只不过是一种危害棕榈的田鼠）我在公园里散步，为了正在写的书研究起了落叶。夕阳西下的某些时刻，我似乎看到落叶堆散发出某种淡紫色的微光。我由于表现良好，很快就得到短暂外出的许可。我趁机在几个同谋朋友的陪伴下喝上几杯葡萄酒，就在附近的餐馆，在那个叫"上帝恩宠"的十字路口，天黑了我便返回（那时候正值冬天）。梅第奇别墅的窗户亮起，透过黑色的树枝看过去，我想起《光之帝国》①。那是我的家。

诊所的公园不是我研究落叶的唯一地方。卢森堡公园是另一个观察场所，我也不是一辈子都耗在西伯利亚或火地岛，我时不时也会在法国，在巴黎甚至在巴黎中心。卢森堡公园是我在世界上出入最频繁的地方之一。很久以前的一天，我在那里的音乐亭下看到一个年轻的指挥，我以为是我的朋友伯努瓦转世。这个朋友在极左的冒险年月结束之后死于药物过量。那天下着雨，亭子里飘着水尘（在留尼汪，人们给这样的水尘起了个漂亮名字，叫"雨粉"）。他薄薄的嘴唇紧紧地抿着，宽阔

① 比利时超现实主义画家勒内·马格利特的系列油画。

的额头，似金似红的短发，略带嘲讽的表情：简直跟我那死去的朋友一模一样——他是我的朋友中第一个去世的，那么年轻。那人指挥着一个小乐团，我想伯努瓦应该也做过同样的事（他生前是音乐家）：显然带点自娱自乐的意思（毕竟指挥的不是柏林爱乐乐团，他也没当自己是卡拉扬），但也没有刻意作怪，只是动作里有那么一丝不易察觉的夸张，表示不必把给普通观众演奏的施特劳斯的华尔兹当做一件太严肃的事。

所有的季节都围着卢森堡公园的水塘流转，一年四季如此，人生四季也是。那是我的北极星，我的天文钟，我的黄道带的中心。冬天，湖鸥立在结冰的水塘上，龟缩着脑袋在风中凌乱，喷泉的水柱冻住了，像根巨大的蜡烛。低斜的白日照得锌钛板屋顶发亮，草坪尽头可见天文台的圆顶投来一刹那绿色的光，花坛里的黑土上闪烁着一些小晶体，正融化的雪（俄罗斯人给它起了个很象声的名字griaz）在行人脚下咔咔作响。黑色的树枝划破天空，红日像颗钉子一样钉在树枝上。乌鸦在枝头栖息，有些聒噪（这些不是大嘴乌鸦而是小嘴乌鸦，我弟弟告诉我的，他对鸟类学颇有兴趣）。一名女子快步走着，身穿海军蓝长大衣，从劳拉·德·诺维斯（叫劳拉·德·萨德①更准确些）的雕像之下走过，她可能只属于我的回忆。我和走了的那个女人，我们经常约在那雕塑下见面（就是在卢森堡公园"贴着苗圃护栏的那条小路上"，马吕斯遇见了珂赛特；但那时候我并不知道，得等到在北极读了《悲惨世界》之后才晓得）。春天里，海鸟们在水面颔首低头的画面就像梦境，去往一种更自由、更冒险的生活的梦。栗树的新叶像手指弯曲并拢的小手，绿得煞是温柔。到了秋天，大树小树们都染上了成熟葡萄的颜色，阵阵秋风掀起树叶闪烁飞舞，天上的云你追我赶，倒映在降雨积成的水洼上，就像地下是另外一个世界的天空在更迭，从地面的缺口窥探下去，也许那个世界更好。一滴水在枝条的末端闪闪发光，从这颗小小的液体钻石里出其不意地迸出来的，是《说吧，记忆》里的几行字，是纳博科夫叙述一滴水珠在椴树叶子上滚动的景象如何造就了"他的第一首诗喷薄而出"。这个段落里面有点炫耀天赋的自信，这是纳博科夫有时候招人烦的地方（对了，他的故居呢？）。一个女孩，穿着红色半裙、黑色高筒靴、黑色夹克，戴着黑色太阳镜，黑头发间插了根绿铅笔，手

---

① 劳拉·德·萨德（1310—1348），萨德侯爵的祖先，意大利诗人、学者，彼特拉克的缪斯。又一说称劳拉·德·诺维斯和劳拉·德·萨德其实是不同的两个人。

指精准地在黑色的电话上敲来敲去。栗子散落一地，光溜溜的桃木色小鹅卵石，让人禁不住揣一两颗在兜里，那是童年未尽的残余（让我想起我和父母的唯一一次旅行，去的是"卢瓦河谷的城堡"）。栗壳开裂，果肉包裹在光滑的白膜里面。又是童年记忆，梧桐叶子在脚下嘎吱作响，就像踩着一层极薄的冰片（而柠檬黄色或灰珍珠色的椴树叶子长着绒毛，脚感则像软软的地毯），令我想起许久之前学校老师让我们画的叶子。棕榈树依然完美地立在那里（它们很快会跟橙树一起被挪进温室。一名日本女子在橙树面前摆造型，她身穿一袭海军领的黑裙子，摆出路易十四那样的腿），影子投在地上仿若一只巨型蜘蛛（《神秘岛》的记忆）。不久以前，我曾在其中一棵棕榈树下等过另外一个女人，俄罗斯女子，猛烈又短暂的爱。"你会在这棵棕榈树下找到像骆驼一样的我。"我告诉她，然后往往在信息后面加上一个骆驼图标（其实是单峰驼）。卢森堡公园的夏日很挑逗。轻衫薄裙，裙边（啊，波德莱尔！）温柔地拍打着古铜色的腿，紧身衣露出纤细的胳膊，小热裤，轻薄衣衫下的文胸，隐约可见的乳房，细带凉鞋，网球鞋。来来往往的脚步摩擦着砾石。日本女孩们头戴小帽，手撑阳伞，扎着马尾，苍白的腿，叽叽喳喳。飘扬的头发，飞舞在肩头，绾起在脑后，有一缕掉了下来……小雀斑……上帝……飞扬的金色尘埃中，世界上所有的语言都围着水塘流转融汇，纠缠打结又迅速松解。这所有的语言，世界上的无数声音，我热爱它们如同热爱我自己的语言，我多想把它们通通掌握，就像掌握自己的语言。

九月的夜晚。我面前的海呈现出铜的所有颜色，从绿色到西边的粉色，灰色的斑痕点缀其间。相邻小镇的钟楼在天边刻出一道黑色的凹槽，颜色的缓慢渐变似乎就围着这凹槽发生。再往上，是鸽子灰。对面海岸亮起第一批灯火。绿色黯淡下来的树叶，大海，铺着小卵石云的天空，一切完美凝固。有那么一刻，万籁俱寂，然后，远处有条狗吠了起来，带着犬类愚蠢的顽固和不抱希望，至少爱吠的品种是这样（我感到我正失去读者）。渔港的冷冻机仿佛得了这突兀噪声的鼓舞，开始轰隆作响。两只燕子叽喳叫着飞过，然后是一只翅膀簌簌作响的野鸽。接着，一切都沉默了，包括狗。一架飞机拖着一长条云尾巴，如果要准确用词（的确要），并且造成过时的讽刺效果（我倒也不是不乐意），我将用，我现在就用白蔷薇色来形容这条云尾巴。机身依然被阳光照射着，像颗闪亮的十字星。它在往南飞，更准确地说往南偏西方向飞。能去哪儿呢？也许去里斯本，我一个月后会去的地方。从伦敦飞过来的？一棵孤独的松树突兀地立在一道三文鱼色的天幕前，树下一圈光环如项链。渔港入口的红灯开始闪烁，一切都缓缓转向淡紫色调，即将消失在难以分辨的黑夜之中。

　　现在是夜里了，我重新坐在电脑苍白的亮光前，一边写一边听着舒伯特的G大调奏鸣曲。我对这首奏鸣曲有着特殊的感情，因为那是我在多年远离音乐及一切形式的艺术之后开始听的几首曲子之一，由阿尔弗雷德·布伦德尔演奏。多年之后，我在我的出版人朋友家中遇见了阿尔弗雷德·布伦德尔。因为到早了，只有我们两个人，在一个有点像画室的地方，应该是。我记得他很高大，戴着很大的眼镜。我想跟他讲这段往事，但因为我有些紧张，便开始哼第一乐章（然而那是"如歌的适度中板"）的头几个小节，哼得很糟糕。我想他应该当我是个白痴。我现在所在的这处海滨住所和卢森堡公园一样，是我毫无规律的运动轨迹上的另一个家。我在此拍过几百张天空的照片，都是一样的角度。只要来到这里，我就感到平静。我在这里度过了幸福的夏日、勤奋的冬天。记忆中有一天，在水边，沙岸上（"海滩"这个词不太合适），和粉红活页纸的女孩在一起，我勃起到不敢起身下水游泳。我们一直抱在一起，直到潮水舔上我们的脚。那些小浪花无比欢乐，仿佛是我们愉快的同谋。那个下午至今仍是我生命中最幸福的时刻之一，幸福到满满当当、无可争议甚至不合情理。并非因为这

幸福没有理由，而是因为它不需要解释，没有任何余
地。它就在那里，完整的一块，我们在里面，像被困在
琥珀里的两只虫子，仅此而已。我们是海岸的一部分，
包含在美景之中。从那以后，我时常会在漫步海边的时候
寻找"这事"发生的确切位置，但海水给原来是沙子的地
方带来了砾石和鹅卵石，我再也找不着了。安详的大自然
啊，您忘记得真叫快……"奥林匹欧的哀歌"①……

我依稀记得某位很有权势的哈里发（哈伦·拉希
德②？）临终回望自己的人生，发现自己真正幸福的日
子不过区区几天。我想我的荣耀比这位哈里发更少，运
气倒是比他多，不过我的幸福时刻几乎都是跟水有关。
有时候是爱的幸福，但不总是。在巴西东北部沿海的阿
拉戈斯州，我和一位绿眼睛的女子在一起。夕阳下，我
们沿着海湾走着。云团在光照下膨胀，像极了色彩缤纷
的水果糖。对岸的椰子树下，两团火在燃烧，一家酒吧
的灯光尤其刺眼，在一片淡紫色中挖出一片白色方块。
远离海岸的洋面上，石油开采平台依然被斜阳照耀，像
一个发亮的金属群岛。广场上，立着特里同和那伊阿德

① 雨果为他和朱丽叶·杜蕴小姐的爱情而写的诗篇之一，见1840年出版
　的《光与影》。
② 哈伦·拉希德（764—809），伊斯兰教第二十三代哈里发，阿拉伯阿拔
　斯王朝第五代哈里发。

斯雕像的码头对面，欧几里得大师，矮壮的小个子，身着宽松的金线饰白色丝绸衬衣，头戴一顶海军军官帽，黑眼珠子，嘴里含着哨子，用苏格兰老酒鬼的嗓门嘶吼着查理曼和他的勇士们的传奇。他身边围着一群女孩，红裙白袜白运动鞋，头上套着金色王冠，缠在上面的金绿红缎带闪闪发亮，正打着手鼓。一个大胡子男人脑袋上顶着一个熠熠闪光的教堂形头冠。我们往北京餐厅走去，将吃到一些香辣炸虾，喝下卡沙夏甘蔗酒。一辆卡车经过，它有个名字，叫"做爱"。好主意。夜晚，风吹得棕榈叶互相拍打发出清脆的声响，我们漫步在海滩上，两个巨大的影子歪斜着，清晰地投射在白色的沙子上。被风吹得直摆的裤子，女人们的光腿，迷失在粼光闪闪的浪花里的我们的心绪。

又或者，我在意大利，拉韦纳滨海区，和一个让我异常兴奋的女孩在一起。她有点克劳迪亚·卡汀娜年轻时的味道。"Che bellina（真美啊）！"博洛尼亚（还是米兰）火车站有一哥们儿喊了一句。我呢，虚荣如公鸡（没辙），得意得不得了（许多年后，我经历了相反的情景。我在卢森堡公园的棕榈树下等过的那个女人，在我们走出Arlequin电影院时，要求我别像以往一样牵她的手，因为我们这一对年纪差得太大……）。那是冬天，可能甚至是一年的最后几天（火车在夜里穿越波河平原，我们看见圣诞灯饰在黑暗中一闪一闪）。外头，冰雾模糊了防波堤。堤两边都是渔场，渔网固定在桩基之上。平静的水面和天际难以分辨，大网悬挂在横梁上，横梁又由金属网般的支索固定着。这些复杂的装置在雾中探照灯的照射下，颇有几分幽灵战舰的梦幻意味。八边形的白色灯塔，塔身有些弹孔，相当"基里科"[①]，灯光的十字架在塔顶旋转。一艘货轮从岸边驶出，灯火通明的庞然大物缓缓而行，财政卫队的小艇在货轮的尾流中摇晃，能听见机械粗重的喘息声。周围，泛紫、潮湿、发霉的平坦地块上，立着仓库、烟囱和工业厂棚废墟——这是安东尼奥尼的《红色沙漠》里的风景。也有拜占庭风格的教堂。白天，我们去参观了克拉塞的圣亚坡理纳圣殿，蓝金镶嵌画，遨游在青金石波浪中的动物天使，还有但丁的墓。而就在此刻，bellina躺在床上，试着给她的祖母写明信片（三只白鸽，圣维塔堂祭坛上的果盘和一串葡萄），但我预感我很快就不会让她安生地写明信片了（甚至明信片是写给她祖母而不是别人这一事实也让我愈加兴奋）。爱情中的她有一种我很少碰见的快乐和毫不压抑的自由。不过她也有令我恼火的地

---

① 乔治·德·基里科（1888—1978），意大利超现实主义画家。

方：她在迪迦酒店我们的房间里抽烟（我无数次声称要戒烟，那是其中一次）；她早餐吃起巧克力酱来如狼似虎（她觉得里面有"很多乳化剂"，而且不知道为什么她就是喜欢）；她把埃乌杰尼奥·蒙塔莱①的名字读成蒙塔累。我真是不公道到了滑稽的地步。的确，跟我一起生活应该不是件容易的事（意识到这一点已经有点晚了）。她在我面前念一些诗句，声音如笛，而我，却小心眼地认为她故意掉书袋，想让我刮目相看，其实无非是想表现出"跟得上"的意愿，我本该感动才对。佩索阿说的"a entonação das vozes que nunca ouviremos mais（一把永远不会再听到的声音）"，它的抑扬顿挫太难在我们脑海中再发出回响了，往往不可能。然而直到今天我依然记得她的声音，而且现在我觉得是迷人的。就算这样，就算我这么苛刻，我们还是很快乐。我们一会儿就要去海边晚餐，享用海鲜和气泡白葡萄酒。为了逗她发笑也顺便教育她一下，我会自比为查士丁尼大帝②，而她是美丽的狄奥多拉，拜占庭马戏团驯熊师的女儿。就算寄希望于皮格马利翁效应③对她已经是一种肯定，我这种教育法应该也很快就会招人烦。

---

① 埃乌杰尼奥·蒙塔莱（1896—1981），意大利诗人，1975年诺贝尔文学奖得主。
② 查士丁尼大帝（482—565），东罗马帝国皇帝，狄奥多拉是他的妻子。
③ 即期望和赞美能产生奇迹，又称罗森塔尔效应。

我弟弟和我，我们还是孩子的时候，曾在塞内加尔的达喀尔生活。在城市低处沿海，有一座旧水泵站，后来变成了我父母的朋友的房子——她身材高大，有点古怪，他则是个胖胖的波兰人，反正在我记忆里是这样，大裤衩配敞开的衬衣。他们时不时组织点聚会，我们才不在乎，那不是我们的世界，那是大人的世界。我们的世界，是那个花园，那里有色彩鲜艳夺目的鸟儿飞过，跟我们低调的燕雀很不一样。那里闪耀着我们从没见过的水果和花朵，鲜红的花瓣和雌蕊招来展翅平飞的大蝴蝶，这一切让我们这两个从北方来的小孩看得心醉神迷。就是在这里，在那个迷你伊甸园里，我生平第一次掰开了一个石榴，面对晶莹透亮密密麻麻的红果粒（就像半个世纪后堪察加的如宝石般闪烁的三文鱼鱼子，令我惊叹）感到目眩。我似乎觉得（或者是到了现在，走在人生的另一个坡道上，我才这么想）那代表着生命。不过，我们的世界，更多是那道红土小海堤——总之是我们给那块铁锈色的岩石起的名字，它坎坷的表面有许多深坑，回卷的浪花汩汩地往坑中注水。有伸缩触手的海葵在坑里驻扎，像一簇簇微观的花火。这里的海和我们在此之前见识的那个有时叫人发慌的蓝色世界不一样。海水是透明的，透过亮闪闪的波纹，可以看到满身长长黑针的海胆和紫色的柳珊瑚丛。珊瑚礁中有鱼像箭一样穿梭，一群群斑纹鲷鱼投来阵阵闪光。我们钓鱼，体会鱼线那头铁钩上的鱼颤动的重量，鱼竿弯下去又突然弹起，鱼跃出水面，那种兴奋跟性行为的兴奋并非没有半点关系（不过那时候的我还远不能够想象）：海明威在他的短篇小说中说得特别好，尤其是在《大双心河》里。在"海滨木屋"——那地方就叫这个名字——的日子，我最早体会到幸福的滋味。

三十多年后，我和简·B一起，回到达喀尔。我们一起旅行，在巴西，在越南，在非洲。有意思的是，被邀请的人是我，法国文化机构的客人，但显然，大明星是她。我学着当女王的丈夫，尽管表现不总是那么优秀。在圣保罗，我们有些尴尬但又还是饶有兴致地见证了文化专员和总领事之间的相互嫌恶。前者，五短身材，横向发展，秃头但靠一把乱糟糟的灰胡子挽回点颜面，他曾经是玻利维亚左派革命运动的一员，跟切·格瓦拉干过点事，自认为——可能也有资格认为——为伟大信念冒险一生。后者是个内阁出来的外交官，善于交际，自信满满，相当自命不凡，曾经当过爱丽舍宫的顾问，自然也不放过让人知道的机会。他总是把头扬得老高，双手插在修身的休闲西服衣兜里，抽高希霸雪茄。

专员呢，一打领带就给人乔装的感觉，他嚼的是平民的臭托斯卡尼雪茄。领事责骂起专员来毫不含糊，尽管专员的年纪都足够当他父亲了。专员只好在晚上喝点烧酒振作精神，直到面色发紫满头冒汗。一连串的蔑视和侮辱，戏剧感十足，不失为这个我们叫做"社会"的东西的滑稽表演。我们还自己吓自己，跑去参观布坦坦研究所和那里的蛇、蝎子、蜘蛛以及其他精美馆藏（后来这些馆藏都被烧掉了。又过了几年，里约的巴西国家博物馆也被烧掉了，那里的馆藏更可爱一些）。保存在广口瓶里的脚，像是煮烂了的胖鱼，白色的肉已泡碎，黑色的皮开裂，催促我们——相当有说服力——穿上靴子以免遭蛇咬。另外一些宣传牌则建议人们遇到这些凶险玩意儿的时候别弄死它们，而要把它们送到研究所来，"铁路运输可免费"（铁路免费运送狼蛛，我觉得马尔科姆·劳瑞应该很乐于听到这样的消息）。一只仿佛在头胸部中央长了个肛门的可怕的母蜘蛛刚杀死了一只雄蜘蛛，死者掉了条腿在沙子上，由一块壳支棱着，活该它的。在越南，河内，我们去看了远东法国学校的老博物馆，里头已经没有任何艺术品。"先生，他们偷走了一切。"一位老看门人在我耳边说。在西贡，我们在洲际酒店的露台上喝着汤姆科林斯，不出意料地谈起格雷厄姆·格林①。他似乎和我一样都在想方设法远离那个能称为"我的家"的地方——更准确地说，是我们都无法找到一个能称之为"我的家"的地方，除非在记忆里。（她比我更有优势：她认识格雷厄姆·格林）在达喀尔，我们把我所有的童年地标都走了一遍。"海滨木屋"已被绿植掩盖，我只能瞥见有四个斜面的瓦片屋顶，被白水泥丑陋建筑包围。恩戈尔海滩上的那家餐馆已成废墟一片，在那里，我生平第一次听见理查·安东尼唱《我听见火车汽笛声》②，多么激动！阿尔马迪角如今满地都是酒店和特权阶级的别墅。瓦坎姆海滩前的一片大工地上立着灰色的水泥砖楼，那是一座有两个宣礼塔的巨型清真寺，沙特阿拉伯送的。没怎么变的几乎只有我上过的中学，我在那里的阶梯教室做了个讲座。我上学的时候，讲台上站着的是我喜欢的教自然科学的女老师，如今我面对一百多名热情的学生，他们有着问不完的问题，其中许多我都没有答案，但我临场发挥，见招拆招，他们听得高兴，拿本子来让我签字。总算有了我当明星的时候，我都快以为自己是帕特里克·布吕埃尔③了。夜晚，大片的秃鹫在海面盘旋，密密麻麻如灰

---

① 格雷厄姆·格林（1904—1991），英国小说家、剧作家、评论家。
② 美国民谣《500英里》的法文版。
③ 二十世纪八十年代末至九十年代法国当红流行歌手。

烬的雨，马努埃尔角的灯塔亮起了，海角上还有一间挂着串串灯泡的茅棚也亮了起来。突然之间，有个名字从我记忆里冒了出来，绝对确凿，是当年我父母时不时会去晚餐和跳舞的地方："尼亚尼"。这个被遗忘了如此之久的名字，埋在三十多年的积淀深处，如何突然蹿出记忆表面？在这之后，其他已经消失的词也纷纷回来：一辆马拉的板车经过，我其实并未真的留意，未料脑中却闪现专指塞内加尔此类马车的词：carrossa。在孙贝迪温市场，看到一个摊档上摆着厚嘴唇和锯齿背鳍的鱼，"石斑"这个词跳了出来，多么必然却又久久被抹去的一个词。时间改变了地点和面孔，周密地安排了词语的藏身之处，为的是它们有朝重见天日，完好无损。就像一粒粒永恒生命的胶囊。

水，水之欢乐。达喀尔之行的若干年前，夏天，在撒丁岛附近的一座岛上。一动不动的海，落满灰的棕榈叶。游着游着，我看见自己映在海底的影子在晃动，庞大的身影，周围是乳白色的光束。幽灵一般，但我还完全没觉得自己像个幽灵。沙滩上，年轻的女孩们穿着黑色的泳衣，有的把绑在头发上的塑料头绳拧成了一朵花，用来把水挤掉。纤臂细腿，沙粒闪亮。我侧着耳朵希望能捕捉到她们的名字：玛利亚·格拉齐亚，艾丽

卡，斯代法妮亚。她们会看我吗？我想应该不会，但这
个以往会让我感到一点点痛苦（不过还是在可以完全接
受的范围，不然我可能早活不下去）的事实，这次并没
影响我。阳光、"无数微沫形成的钻石"和眼前年轻优
雅的身体令我沉浸在某种真福之中。也许因为我还年
轻，在那许久之后，另一日，在伊兹密尔的共和国广场
附近，我暗中观察一个可爱的女中学生，心头感到一丝
刺痛——她身穿校服，苏格兰格子裙和蓝毛衣、白衬
衣、蓝袜子，坐在沿海而砌的矮围墙上，和女伴说着话
（女伴也很漂亮，但稍微逊色一点），一艘红色的集装
箱船正缓缓从海面驶过。聊天，打电话，爽朗的笑声。
时不时地，她用手揽住搭在脖子上的半长头发往左边拨
（她知道我有多爱这个动作！）。我想起博尔赫斯写的
《情节》：一个加乌乔人，和恺撒一样被他儿子所杀，
"并不知道他的死是为了历史重演"。她是否会把我这
个海边的老偷窥者当做利奥波德·布鲁姆呢？不会，很
简单，她不会看我。总之呢，那天，在撒丁岛旁边，我
心情平静。傍晚时分，我走到一条蜥蜴窸窸窣窣的荆棘
道路尽头取水（我的朋友赛尔日和他的妻子多米尼克，
两个漂亮的人儿，他们住的房子没有自来水。如今赛尔
日已经离去，多米尼克正在与死亡做斗争）。大海呈现
一种雾蓝色，撒丁岛的海岸笼罩在金色的薄雾中，轻风

带来密林和热烘烘的石头的味道。水从长满青苔的小石洞里流出，深暗，柔滑，温和。我凝视着自己映在水中的脸，那喀索斯的倒影很快被桶里溢出的水打乱、抹除。石井栏上刻着名字：皮埃罗，玛利亚。一只绿色的青蛙姿态警惕，随时准备跃入水中。我捧起清凉的水往脸上洒，水花落下，我感到一种罕有的充盈和快乐充满全身，觉得自己就是陌生的皮埃罗和玛利亚，并非我是他们，而是我的身体里包含了他们，还有其他许多人。我身形巨大，是个希腊半神半人。

　　游，只是游。越过边界，越过大地宽阔的边缘，暂时离开属于自己的那方世界，不再"脚踏实地"，不用行走。进入另一种统治，去冒险。复返孩提，因为迟钝又笨拙的前进莫不与生命的最初相似，还有在辽阔空间中无比渺小和脆弱的感觉。出生。赤裸。飞翔，慢慢地，笨拙地，但是在飞，被托起，不再有重量。做梦，水里有不连贯的纷乱画面，缺乏条理的思绪，生活的碎片，沉醉、含混①（幸福的偶然使得我们语言里的这个形容词和海水的起伏是同一个词），变化无常。进入水

---

① 法语原文vague，形容词，既有"含混""模糊"之意，也可作名词，意为"波浪"。

中，是体验"悬置"①这一中止一切判断的哲学概念。也有点死亡的意思，我们都知道坚持不了多久，那里面，那下面，没有地方留给"沉思的溺水者"②。游，任凭无边险境抚摸身体，与其游戏片刻。九月来了，海边人迹稀少，潮水在沙滩上留下黑色流苏一样的海藻，夏日的热气依然被封存在平静的海里。你在水下睁开眼睛，看见自己的手有节奏地扎进水中，搅起亮晶晶的泡泡小旋涡。你听见水流汩汩滑过身体；呼吸的时候，你猜阳光一定碎成了千万道彩虹。你感到自己更自由、更有力，几乎更年轻了，就算只是幻觉也无妨。米肖说："灵魂爱游泳。"

---

① Epochè，希腊语，哲学中指"对不明之物终止判断"。
② 出自诗人兰波的诗《醉舟》。

　　重返苏丹港。我曾经写过一篇同名文字，在那之前，还写过一本书叫《苏丹港》。不在我偏爱的书之列，却是最受欢迎的之一。因为它很短，很灰暗，甚至黑暗？反正是我唯一获得过能称得上"大奖"的书。对于把奖授予我的评委会的女士们，我心存感激，但我不喜欢看颁奖礼的照片，应该是在克里雍饭店。我顶着一个有点像牛首的脑袋，一头神色悲伤的牛，厚厚的下嘴唇，而且还打着领带（这不是昨天才发生的事，那年代还是流行打领带的。看到五月风暴的照片上，一半的示威者脖子上都勒着这配饰的时候，人们总是感到惊讶）。那本书大部分写于梅第奇别墅，我有一半脑子在药物的作用下昏沉迟钝，不过得相信，另一半还是好使的。这样的背景可以解释为什么该书色调凄凉，当然也不能完全归结于此（在那之后我试着写一个相似的故事，也不太愉快但更复杂，更讽刺。这本书在我看来更高级，却不太受欢迎，也早该料到）。那时候我对苏丹港一无所知，我选择这座城市，是因为在我们的文学传统中，这一地区的世界不是消遣娱乐之地。"人在这里老得很快，全苏丹皆如此。"兰波在给他母亲的一封信中写道。还有那年代所有年轻文人应该都读过的尼赞[1]，在《阿拉伯的亚丁》中将红海称作"地狱的深沟"。这很契合我当时的精神状态，我就拿来用了。样稿一改完，我就搭上了去开罗的飞机，从那里又乘汽车或巴士去苏伊士，在苏伊士上了船，前往苏丹港。倒不是为了核实什么，毕竟"我的"苏丹港纯属虚构，但还是想看看那地方究竟是什么样子，是否跟我虚构的那个一样可怕（我希望是这样）。八月里，天热得跟发生热核反应似的，当然，没有啤酒可以给嗓子降温，除了一种叫Birell的稀淡的无酒精饮料，我还给它发明了广告词"Birell avoids the hell"（Birell帮你躲过地狱）。这一切都很完美。苏丹港的入口立着一座可口可乐瓶样的水泥雕塑（我想我从来没喝过那么多可乐，这头一回苏丹之旅创了纪录，有些日子我就靠可乐撑着，不想别的），还有一座监狱，我有个朋友（可能也算不上朋友，毕竟我已经忘了他的名字）曾经在那里蹲过，甚至被鞭打过（有气无力的鞭打，他跟我说），仅仅因为他在外套里面藏了几瓶红酒，打算和另外几名"外派"的同胞一起庆祝圣诞节，或者是新年，我不记得了。

---

① 保尔·尼赞（1905—1940），法国哲学家、作家。

我在葡萄牙，塔霍河河口的一座改造成豪华酒店的十六世纪堡垒中写下这些字。我受邀来这里驻地创作（葡萄牙一直对我很友好）。中断了一个月的写作，在这里重新开始。人们很客气地给我找了个工作的地方，是一间巨大的会议室。他们把桌子都推到墙根，拿罩子罩起来。我的书桌孤零零地立在屋子中央一盏灯下。这样一来，我倒是有地方绕圈踱步。我当自己是个什么总裁，某个空洞荒诞玩意儿的总裁，比如贩卖落叶的跨国公司之类的，或者（也许因为二战期间这些地方是间谍的老巢，弗雷德里克·普罗科什①在他某本书里是这么说的，我几乎已经忘了书的所有内容，包括书名）是名特工——我应该不会不乐意从事的职业，像格雷厄姆·格林那样。我听着风在棱堡之间呼啸，看着亮着灯的船只进出塔霍河。手机应用Marine Traffic（海洋交通）显示，刚才有两艘邮轮经过，分别叫"麦哲伦"和"蓝宝石公主"（蓝宝石，与我喝的蓝瓶金酒同名。每天晚上，结束一天的工作之后，我都会来上满满几杯），一艘前往南安普顿，将在三天后的凌晨四点到达；另一艘去往爱尔兰的科芙（我完全不知道这个海港的存在），也会在同一天到达，不过晚两个半小时。我瞟了一眼手

---

① 弗雷德里克·普罗科什（1908—1989），美国作家、诗人。

机：此时此刻两艘船位于佩尼谢的纬度，一艘航速14.3
节，另一艘14.4节。周边有嘉印号（邮轮经营者们到底
会去哪里给他们的邮轮找名字，在哪个丑陋的当代想象
世界里？），荷兰的子午线号和马耳他集装箱船维苏
威特快号。我可以一页接一页，一直这样写下去，这些
船都航行在通往菲尼斯特雷角然后是韦桑岛的海上高速
路上：屏幕上到处是小钢笔头，绿的红的蓝的或绿松石
色的，象征着船只。时至今日，没有什么不被登记、定
位、跟进、追踪（除了MH370航班①，话说回来，也不
一定呢）。我突然有了个足以写一本书的念头，但我不
会写，因为我写不了：一个家伙（比如，我），不知不
觉被人粘了个芯片或不知道什么玩意儿在身上，所有行
迹都被追踪了：从巴黎到这座葡萄牙堡垒，从床前到浴
室，到五十米开外的那间巨大的办公室，他在打了蜡的
地板上踱步转圈，等待过去人们所说的"灵感"；另一
个家伙，或者说是一个轮换的团队，在几万公里之外，
盯着屏幕监视那个家伙的行踪，但并不知此人是何人。
又或者有人告诉他（应该是告诉他的头儿）这只小白鼠
是个西方的作家。监视这人干吗呢？这是屏幕前的人会
问但不会过多考虑的问题。好像，不干吗，这恰恰是其

---

① 由吉隆坡飞往北京的马来西亚航空公司航班MH370，于2014年3月8日
失联。

美妙之处。不过，也许借此也可以（在这只小白鼠身上做的实验继而被推广到另外几千只小白鼠身上）发明一些控制人类的新技术。尤其针对这类（人们以为）非典型的变种：（西方）作家。我应该写这样一本书的，但我几乎缺乏一切条件，首先我连写的欲望都没有。再说，这样的书可能已经有人写了。或者类似的。

在我眼里，所有跟电子或信息相关的东西都有魔法般的威望和魅力。年龄使然。孩子玩得得心应手的东西，我却只能对着干瞪眼，这种不知如何是好很快会化作怒火，只要那东西不听我使唤，而且这种事经常发生。不久前我重读了一遍此前给我留下深刻印象的一本书，依然深受触动：《贾恩》，作者是遭迫害的苏联作家安德烈·普拉东诺夫。小说以朴素史诗的基调，讲述一位年轻的共产主义者试图集结残余的人民，一群赤贫的、一无所有到连活着的欲望都没有的穷苦人，前往寻找幸福。他们在这位无产阶级摩西的引领下，漂泊在中亚的旷野荒原，大概位于哈萨克斯坦、乌兹别克斯坦和土库曼斯坦交界的地带。他们以树根和芦苇为食，咀嚼湿沙解渴。这是一本极富诗意且充满泛神意味的书，有点沃尔特·惠特曼①的意思：万物皆有灵魂（《贾恩》也就是这个意思），包括草。对某些人而言，在二十世纪留下灾难与斑斑血迹的某某主义，最开始是对共同幸福的追寻，回想一下不免令人动容。但正如弗兰纳里·奥康纳②所说，最后赢的是暴力者。那么，这跟信息技术有什么关系呢？是这样的：这本书让我动了去那个地方的念头。

我于是在谷歌地图上输入"巴黎-阿什哈巴德"（土库曼斯坦的首都就叫这个名字，万一你们没听说过），就这样，看看而已。搜索引擎转了几秒，给我送上直抵阿什哈巴德市中心的陆路完整路线。六千二百九十三公里，两天零十七小时的路程，按照他们的算法（他们是谁？）：他们很乐观。Digo que el mundo es poco（我说世界很小），确认这一点的是哥伦布——他也的确了解。我前面说到完整路线，那是真的完整，没有忽略任何一个环岛、一条匝道或一个分岔路口。从"沿奥戴翁路前进，左拐进入四风路，然后右拐进入图尔农路"开始。这么说吧，好像我要去的是塞纳河路上的洗衣店。而且一路六千二百九十三公里一直如此！在普罗夫迪

---

① 沃尔特·惠特曼（1819—1892），美国诗人、散文家，代表作有诗集《草叶集》。
② 弗兰纳里·奥康纳（1925—1964），美国小说家、评论家，被认为是福克纳之后最杰出的南方作家。

夫，进入66号公路，往波波维斯塔／斯维伦格勒方向；在安卡拉，选择克勒克卡莱／开塞利／萨姆松方向；在埃尔祖鲁姆沿阿拉斯河前进；在德黑兰，过了奇特加地铁站之后右拐进入阿萨登冈快速路；在沙赫鲁德，有家快餐馆被认为是"友好的地方"；在霍丹·格奇第，穿越土库曼斯坦国境线（在我查询路线的时刻，当地的超市已经停止营业，它将会在第二天早上八点半开门，当地气温八度，下次祈祷会在三小时五十一分十八秒之后进行，Islamic Finder网站上的数字按秒在流逝，如同倒计时）。终于到了阿什哈巴德，他们给我安排的目的地是一家鞋店，我也不知道为什么。对我来说，这些东西（除了最平庸的这个词，我找不到别的词。这些奇迹？这些魔法？），就叫这些东西吧，只教我说不出话来。不过在一种可以说有些愉快的惊愕中，我想立即上路。世界上那么多鞋店（我是不太关心的，所有的鞋，或多或少都在折磨我的脚），我就想见识离我在巴黎的住所六千二百九十三公里的这一家（现在我在葡萄牙了，距离是七千六百零七公里）。也许有什么东西、什么人在那里等我？仅仅是一些舒适的鞋子？话说回来，我为数不多的穿着舒服的鞋里，有一双是在内蒙古的一个市场上买的，价格不值一提。我想起克洛岱尔的一句话，我用在我的书《世界的发明》中做题铭："如果不记账，作家有什么用呢？不管记的是他自己的账、鞋店的账，还是全人类的账。"也许智能手机屏幕上显示的这道蓝线，穿过巴尔干、阿纳托利亚、伊朗，途径大城市和灰扑扑的小村落，路过高架桥、环路和国境线，指引我到达的阿什哈巴德的这家鞋店里，有什么为全人类发声的东西？也许有个阿莱夫在那里，就像在布宜诺斯艾利斯加拉伊街的地窖里一样，博尔赫斯在那里观察到"不可思议的宇宙"？值得去瞧一瞧。

不过土库曼斯坦不完全是理想中的乐土。沙尘遍野的荒漠上一口口天然气井冒着火光，这是世界上最封闭的国家之一，有点中亚的朝鲜的意思。如今当政的这位原先是位牙医，自封Arkadag（保护者），他的前任身形如摔跤手，他则是有名的"土库曼巴什"①"土库曼斯坦之父"。关于阿什哈巴德，我记得大街宽阔到能供客机降落，有某种精心安排的空旷的意思，偶尔可见一辆汽车开过。一个行人也没有，除了几名持细枝笤帚的妇女在移动灰尘。道路两旁是过分雄伟的纯白大理石大楼，带小尖塔的，带圆柱的，带圆顶的，斯大林风格建筑在这里往精雕细琢和东方风情的方向演变。如果依照

----

① 意为"所有土库曼人的领袖"。

夜晚亮灯的窗户来判断，这些大楼也是空的。士兵们列队走着正步，从带柱廊和粗笨花饰的会堂前经过。一座博物馆，外头看起来像极了一把巨型撅子，用来清通下水道的那种，手柄朝着天。里头，在一堆水晶和金色的装饰中间，展示着人们梦想着能了解的关于"保护者"的一切，学校里（他是个好学生，谁都猜得到），军队里，在跑步，在骑车，在练武术，祝贺其他同僚……土库曼巴什的包金雕像在一座活像《奔向月球》①里的登月火箭的塔尖跟着日头转。还有那本书的雕塑，《鲁赫纳玛》②，土库曼斯坦之父送给他的人民的大杂烩。我记得有家书店，《鲁赫纳玛》是他们唯一的储备，我试图在那里弄一本法语版，工作人员找了半天，没找到如此有异域风情的版本。芬兰语的，也许也可以，她向我建议。应该也差不多吧，毕竟，都是以"f"打头的？终于，她还是翻出来一本——似乎是布依格资助的译本，这慷慨大方真是再正常不过，毕竟前面提到的浮夸玩意儿，大部分都是由这家公共工程企业盖的。《鲁赫纳玛》的雕塑高达十米，是我见过的唯一的图书雕塑（连同时代著名的"红宝书"似乎都未曾有过同样的荣耀）。

---

① "丁丁历险记"系列漫画之一。
② 土库曼斯坦前终身总统尼亚佐夫的半自传体哲学作品。

阿什哈巴德有两样美好：高挑轻盈、四处摇曳的蜀葵，仿佛在嘲笑建筑的豪华排场，以及和蜀葵一样苗条、优雅、缤纷的，身裹鲜艳长裙、头戴刺绣软帽的年轻姑娘们——毕竟城区里还是有人的。有个大型的露天市场，得一边逛一边扒开挂着的裙子、地毯、锦旗般的奢华织物，每迈一步就换一面旗，猩红，靛蓝，祖母绿，星星点缀的黑。还有托尔库什卡市场，或者说曾有托尔库什卡市场，那里有骆驼和瞳孔如蛇的绵羊。因为，一位土库曼友人告诉我，那位牙医心血来潮，要搞"现代化"，下令将市场搬迁到了毫无个性的建筑物里——干吗不盖个商场替代？（我在那边认识的这位友人，多年以后，我们偶然在法国重逢。她是俄罗斯乐团里的青年小提琴手，音乐家的女儿和妹妹，尝试一切可能，歌曲、爵士、戏剧——她扮演过缪塞的《玛丽安娜的喜怒无常》里的玛丽安娜，我想她应该是令人难以抗拒的。她想要一切，活泼，美丽，爱笑，戴大金耳环，纤手细踝，脖子上系着小方巾，脚上穿着凉鞋。我们的相识是我在土库曼斯坦短暂旅程中的高光时刻之一。）

想起在那边给我开车的家伙，托里克，也是一段美好回忆，另外一种类型的。他带我穿过卡拉库姆沙漠，去看非常古老的梅尔夫城壮观的遗迹，马其顿的亚历山大曾在那里留下足迹，欧玛尔·海亚姆①在那里生活过。他是个开朗的小个子壮汉，灰白寸头。他在阿富汗打过仗，但不愿再提及那段经历："只有恶。"看到我系安全带他差点没笑死过去。不过我这辈子吃过的最难吃的一顿饭就是拜他所赐，那是在沙漠中央的一个小馆子，挨着一条土路，卡车开过卷起沙风阵阵。我们一边用自己喂蚊子一边吃着鲶鱼，从餐馆旁边的水沟里直接捞上来的：这脏东西油腻恶臭，但绝对新鲜。托里克倒是吃得舔嘴，他也喜欢更横的菜肴：自己猎捕野猪，不嫌弃野猪肉，虽然那也算是猪（只不过他不会往家里带，他妻子是个虔诚的信徒）。"各自的罪孽各自想办法吧。"他是这么看事情的，我完全同意。我第二次（或者第三次，我也不记得了）苏丹之旅的司机，他也是这么看事情的。他来自努巴山区，后来我们成了朋友，但很遗憾我忘了他的名字。他可以开着他的兰德酷路泽在沙漠里飞驰，也会一丝不苟地按时停车净身祷告。不管去的是清真寺、教堂，还是在家里（犹太教堂不在他的选项之列，但他应该是不知道其存在），在他看来，那都属于神与个人之间的事。出喀土穆的时候，我们路过一座由啤酒厂改造的兵营，他不无惆怅地忆起在尼罗河

---

① 欧玛尔·海亚姆（1048—1112），波斯诗人、哲学家、天文学家。

畔的小咖啡馆里吃油炸食物喝啤酒的往昔。在他看来，神也没啥意见。我认同，尽管我并非乌理玛[1]。像这两个家伙这样的人——或者像在苏丹港营运阿拉伯帆船的穆赫塔尔，我曾搭过他的船去外围的珊瑚礁，他会在甲板上面朝北边不远处的麦加祈祷，但不会拒绝一杯递到面前的红酒——这样的信徒让人相信温和宽容的宗教还是零星存在的，而大多数的法国知识分子，他们不明其中缘由，却爱言之凿凿地假设这样的教徒占大多数，因此不管怎样这才是事情的本质（而只有本质才是最重要的）。

于是我便在苏丹港登上了穆赫塔尔的帆船，我们在温盖特礁（如此命名我猜是为了致敬曾任苏丹总督的雷金纳德·温盖特爵士，而不是他的侄子，古怪又了不起的奥德·温盖特[2]，先是赶走了埃塞俄比亚的意大利人，又到缅甸与日军作战，最终在那里死于飞机失事）抛下锚。除了对酒的爱好，穆赫塔尔本身就是个不那么循规蹈矩的人。他出生在离厄立特里亚边境不远的卡萨拉，七岁那年去苏丹港看姐姐，第一次见识了红海，暗自发誓要当海员。他脑后扎着小辫，嘴边留着小胡子，俨然一位黑皮肤火枪手的古怪模样。夜晚，当海水的白沫

---

① 伊斯兰教学者的统称。
② 奥德·温盖特（1903—1944），英国陆军上将，特种作战模式的先驱。

覆盖温盖特礁，北边，桑加内卜礁灯塔的光束在旋转；西边，苏丹港的灯光在闪烁。穆赫塔尔讲起了可怕的故事，专吃渔民睾丸的巨型海鳝（苏丹语里叫sharguma），或是只要听到一点动静就会把船身捅穿的某种疯鱼——辛巴达离得不远。在船身木板的吱呀声和浪花拍打礁石规律的轰隆声中，我度过了少有的完美如斯的海上之夜。清晨，初升的太阳照亮了天际线上的库房、油库和集装箱吊车，竖立的摇臂让这些吊车看起来有如巨型鸵鸟，苏丹港的筒仓、天线和宣礼塔也沐浴在阳光中——苏丹港的风景，我曾经凭想象为几位朋友画过（与我眼前所见相去甚远），当我还在梅第奇别墅的时候。那是我的家。等到日头升高，我潜（准确地说是戴着呼吸管游，咱不吹牛）到一艘沉船的残骸之上。1940年，这艘意大利的翁布里亚号沉没在这里，载着一船本来要输送给意大利军队的菲亚特汽车、炮弹和炸药，军队后来也被奥德·温盖特赶出了埃塞俄比亚。不过这艘船对我意义非同寻常：在梅第奇别墅的房间里写《苏丹港》的时候，我就通过《航海须知——红海西岸，从群岛到卡萨尔角》知道它的存在。严格来讲，那是我手头唯一一份关于该地区的资料——我也不想要别的。我想象了翁布里亚号沉船的一幕。而这会儿，我就在它上方游着，在水下几米的地方，清澈的海水被剑一样的阳光刺穿。一切清晰可辨，绞盘、锚机、风向袋，左舷的吊艇杆与海面齐平，正如《航海须知》里所描述……船尾下方，一条巴拉金梭鱼定住不动，像枚虎斑鱼雷蓄势待发。旁边，一支螺旋桨长眠于蓝沙之上。铁皮皱如羊皮纸，长满苔藓和一簇簇薰衣草色或欧石楠色的海绵。右舷的首尖舱扎入闪烁着小彩虹的深蓝之中。我在自己写的一张书页里，心满意足地（我已经写过我与水的关系）畅游。

十五年前第一次前往苏丹的时候，我一路穿过埃及到达苏伊士湾（拐了很多弯，一直到赛法杰和古赛尔南边，红海沿岸，再从那里到西奈半岛），乘坐了各种交通工具，某个叫阿赫马迪的人开的那辆完全散架的丰田不能算是最没有诗情画意的，大太阳底下（正值七月底八月初）每天要坏好几回，但每次我们也好歹都能找到解决之道。因为车一开不动，很快便有一群游手好闲的人围过来就问题根源发表各种诊断意见，有些还相当中肯。最不济的，就是被卡车拖着走（这是当时被称为第三世界国家热情的一面——也可能变成难以忍受的一面——那就是你落单的时间永远不会长）。阿赫马迪很容易激动，经常唉声叹气，每次丰田车掉链子他都几乎要哭出来。更何况他还患感冒，不停摇下车窗大口吐痰，我还记得他有个特别的法子用来刺激自己打喷嚏以求缓解症状，

那就是把香烟的过滤嘴插到鼻孔里。我们在古尔代盖告
别之后，我很快开始想念他。阿赫马迪和我最特别的一
次停靠，是在Deir Mar Boulos（圣保罗修道院），红海岸
边一座脏兮兮的神圣堡垒。阿赫马迪对在异教徒的地盘
过夜的确是有些犹豫的，但很快被油渍金枪鱼和免费床
铺的前景说服（他也是一位温厚的穆斯林）。人们借着
煤油灯光在城墙上来来往往，男男女女，有未蒙面的年
轻姑娘，总算！我乐于把她们想象成伊利昂①城邦的特洛
伊女子。落日最后的余晖为这一切笼罩上一种悲剧的美
感。一位讲英语的修士领着我参观了修道院、教堂及其
中始于六世纪的壁画、为阻挡贝都因人的进攻而修建的
城堡主塔和吊桥。他想知道我写的是哪种书，我怕自己
会让他失望。我又为什么吃那么多药（那时候我随身带
着一整套的抗抑郁药和安定片等）？我再一次不知该怎
么回答。"为了让自己平静。"我最终嘟囔了诸如此类
的一句话，他回应说只有在上帝那里才有平静和安息。
他跟我讲起为隐士保罗带来食物的乌鸦，为他挖掘墓穴
的狮子，他和山那边的安东尼的关系，也就是《诱惑》②
里的那位，还有奇迹般的水源，就像这一切都是他刚在
报纸上读到的一样。不，或者说：这一切像是现实中理

① 特洛伊的别名。
② 福楼拜的小说《圣安东尼的诱惑》的别名。

所当然的事情，但比一般的事重要许多。我忘了他的名字和面孔，但不管怎么说，这家伙的讲解很受用，我甚至暗暗有了请求圣保罗修道院收留的念头，但那里的脏令我有点望而却步。早晨，阿赫马迪还在熟睡中，我去参加科普特语的弥撒，听着（在我的耳朵听来）奇怪的旋律，伴随着某种我不认识的金属打击乐器打出的节奏和白衣白帽的修士们的吟唱。有些人在角落里睡觉，茶盘传来传去，人们说话、推挤、转圈，等着领圣体，手帕举在下巴下面接着，防止神圣的面包掉落地面。弥撒结束，教堂门口开始分发上帝赐给隐士保罗的那一点点水，人们抱着水瓶水罐奔将而来。空气中还有凉意但阳光已经开始变得猛烈。"This people very good（这些人很好）。"阿赫马迪评判道，他收回了头天晚上的担忧。我同意。

我在苏伊士登上了朱迪号，沙特阿拉伯的轮渡。我的小隔间又臭又热，没有舷窗，但我也没讲究，反正我把这趟旅程当做神意判决，抱着某种自虐型的快乐，将兰波在某封信中的一句话视若己出："显然我不是为了幸福才来到这里。"（不过我还是有过短暂的幸福，意想不到的，比如我在苏伊士找到了一瓶啤酒，真正的啤酒，而且是冰的！能怎么乐就怎么乐。）值得被记住的，是救生衣穿法宣传海报上露出的小片女性肌肤——手，脸——被一只特别虔诚的手给涂黑了（不管怎样，这些所谓的救生衣应该已经消失许久，也许它们压根就没存在过）。我在船上结识了几个朋友，一个印度水手，两个埃及人，萨米尔和穆罕默德，他们要去沙特阿拉伯工作但并未表现出多少热情，一个要当电视技术员，一个专注冰箱和空调，的确是那边需要的专业。萨米尔和穆罕默德教了我一些基础阿拉伯语，我认真地记在本子上，sama（天空），chems（太阳），qamar（月亮），ana awez eekoul（我饿了），ana atchaan（我渴了），总之是最要紧的那些（尤其是最后一项）。还有samak al-khersh（鲨鱼），并展示了一幅鲨鱼的画。我读着圣书（后来我在喀土穆采访教长图拉比的时候发挥了用处，他当时是整个国家的精神领袖：我事先储备了一些对女性和不忠者不太客气的经文段落，这让他大为光火：他一把将圣书从我手中夺走，对我说，当然了，这是一个女人翻译的！那是七星文库的版本，由德尼丝·马松翻译）。我还得知渡轮的名字朱迪，是我们所称的阿勒山：第十一章第44节，"船（挪亚方舟）停在了朱迪山。"一位黑袍裹身的女子引起我的好奇（我甚至被她吸引），我只能看到她的美丽眼眸和纤纤玉手。她独倚舷墙，身姿挺拔而修长，正望着那颗硕大如车厘子的太阳消失在东方沙漠蓝色的山脉背后。她会想些什么呢？一座灯塔在海岸线上亮起。她从我面前经过，从她（自然不会看我）的眼睛判断，她应该很年轻。第二天，她又出现了，身边多了三个小孩和她的丈夫，一个身穿长袍、留着大胡子的高大男子（非礼勿视）。有一个像黑幽灵一样的母亲，这是一种什么感受？在吉达下船的时候，她连眼睛都蒙上黑纱，隐身术进入最高级。应该说前几天她穿在身上的丧服是游轮上才允许的装扮，是某种水上服饰。对我而言她象征着（说成"化身"显然不恰当）文学（除了兰波、尼赞，还有索吉德·汉森，我正在读他的《福地阿拉伯》[①]）令我想象到红海和死亡之间的关系。

我在苏丹港探索我曾经靠想象搭建的城市，游荡在我曾经杜撰的风景中。我并不指望我杜撰的风景多符合现实，甚至不指望它说得过去，但有时候，很奇怪，它就是"行得通"。我虚构了一座地狱般的城市，本可以叫它马萨瓦或亚丁，或库奥纳瓦克。我漫无目的地穿行在现实的城市里，汗湿的衬衣贴在身上，时不时发现，它跟我书中的那座城很相似。在不那么可憎的方面。火

————————

[①] 英文原名 *Arabia Felix: The Danish Expedition of 1761—1767*，作者索吉德·汉森(1927—1989)，丹麦作家，以历史小说著称。

车站后头，英国殖民时期遗留的建筑几近废墟，大片潟湖上漂满残骸，再往远看，云灰色的山丘上竖着铁灰色的宣礼塔和椰枣树以及一些可被忽略的住房。男人们身着白袍，女人们围着鲜艳的头巾，绿松石色、三文鱼色、紫红色，沿铁道的弧线而行，丝毫不担心会被火车打搅。在通往码头的一条沙路上，有座铁皮屋顶的房子，外围一圈游廊，旁边立着一座黑白方格饰的水塔，那是harbour master（港口主人）——我书中的叙述者的家。科普特人俱乐部附近有一片带刺铁丝网包围起来的住宅区，全是老式的殖民风格房屋，在几辆通通缺一两个轮子的军用卡车中间，一个穿着迷彩服的家伙陷在一个老旧的皮沙发里，腿上架着一台突击步枪。他抬眼看着我，一副不太好说话的样子。Marine Service Directory（海事服务）的办公室前，两名士兵身着橄榄绿，自动步枪靠在墙上，看起来亲切一些，他们对我喊道："Give me a cigarette（给我一支烟）。"我一开始有些吃惊，因为我听成了Give me a secret（给我一个秘密）。我的秘密，他们永远不会晓得，那就是：他们混日子的这些地方，我在亲眼所见之前就下笔描写了。我也写了他们，写进了更邪恶的角色里。

　　我的秘密依然是秘密。我的第一次苏丹港之旅已经是很久以前的事，自那以后我又去了好几趟——至少三趟，但是鉴于我已经有点记不清所以也有可能是四趟。我已经开始喜欢这座城市（对整个苏丹也是如此，除了当局者），甚至到了提议去那里免费教授法语的地步（至今未果）。我喜欢看夕阳把码头前的大广场染成淡紫色，那里聚集了玩台球的人、贩卖贝壳或龟壳的人。火炉上热着茶，有些人在打牌，有些人在祷告，有乐队在演奏，人群中跟着响起刺耳的歌声。我喜欢这样的黄昏里的女人的身影，尽管她们各自抱团，但起码不像红海对岸的女人们那样，被包在黑色的裹尸布里。苏丹是非洲最文明的国家之一，这种文明程度尤其体现在从来不会有人以任何方式威胁你、辱骂你、哀求你、奉承你、纠缠你，就因为你是外国人，白人，异教徒：没人烦你。我最后这次去苏丹港，人们让我给法语联盟新址剪彩。我剪断了绿绸带（我这辈子唯一一次给什么东西剪彩……），然后，在楼顶露台的星空下，给小一百来号人讲了些话。男孩在一边，女孩在另一边，女孩们头上包着彩色头巾，画了眼妆，眼里有笑意，比男孩们更有笑意，通常如此。他们对我们的语言有一种天真的热情，尽管大部分讲得很费力。人们告诉他们说，我是个"大作家"，他们就信以为真了，因为我来自遥远的地方，而"大作家"尴尬无比，因为那本让他在这里小有名气的书（所有人都知道我写了一本跟这座城市同名的书，尽管没人读过），让这些单纯的心充满感激甚至自豪的书，把他们的城市想象成一个地狱般的地方。"大作家"答应要给他们寄书，当然他永远也不会寄——不然他们会太失望，太愤怒。这位和他们一起自拍了又自拍的"大作家"自觉像个骗子。（我想正是出于这个原因我才提议去苏丹港教法文：为了弥补。就在我改书稿的时候，我收到那边一位朋友发来的信息："告诉你，苏丹人民战胜了总统巴希尔。我们等你一起来红海庆祝自由。"各界之神啊，如果我不去，就让我下地狱吞开水吧！）

A angústia da partida...（出发前的焦虑……）O frio especial das manhãs de viagem...（旅途中的清晨格外寒冷……）我曾经像个年轻人那样轻率地爱过的那个女人，我之前说过的，住在里斯本一座时不时掉一些现代世界残渣的老房子里的那个，是她让我知道了佩索阿（先是知道有过那么一个奇怪的男人，头戴一顶小帽，鼻子上架一副小眼镜，跟卡夫卡一样在很丧气的办公室上班，不过跟弗朗茨不一样的是，他是个爱酒之人，而且他想要"独自坐拥一整个文学世界"）。我很无知，那时候（现在也一样，但肯定比当时强点），但那的确是很久以前（我几乎可以用桑德拉尔的话说，"那时候我还是个青少年"），我想当年在法国，很多人跟我一样，完全不知道这位二十世纪重要作家的存在。我记得我和她在沿塔霍河而行的小火车上，我昨天才得知过了这么久也没变（我指的是小火车，不过塔霍河也没变），除了票价，当年的票是九十五埃斯库多，检票员会在票上轧出一个心形的孔（葡萄牙才有的小巧思）。她穿着一件暗蓝色的长大衣，脖子上系一条米色围巾，戴着小耳环，一枚铜质别针扣住衣领，金红色的头发飘到了眯起的眼睛前。当她跟我说她会留下来跟我共进晚餐尽管这样做非常不谨慎的时候,我激动得差点昏倒在艾什托里尔火车站的台阶上。然后呢,这份感情被我弄成什么样了,跟其他那些一样下场吗? "她没给我打电话," 离开的前夜我如此写道, "发生什么了?也许只因为我匆匆离去。" 我的猜测倒也没错。今天我应该是想再见到她的,但她大概不想见我,当然了,导一出展现岁月无情的戏码除了让彼此伤心之外别无他用,但有些书里的场面是会让人记住的。在我看来,艾玛·包法利和莱昂在马车里做爱的一幕就不如一头白发的阿尔努夫人前去再见弗雷德里克那一幕。我希望,如果我完成这本书(我越来越相信自己能完成),她有天会碰巧看到我动情地回忆她的这一页,书本也可以用来向远方传达讯息的。不久前,我去荷兰见一位昔日情人,我担心自己当年的行为伤害了她。我的担心也许并非没有理由,我想让她知道不管怎样那时候我是爱她的。为了见她我得先搭火车然后在乌得勒支转公车,我差点没赶上公车,幸好发车时间推迟了五分钟。401路公共汽车在黑夜中穿行于平坦国度的那一路,我直担心我们互相认不出对方,毕竟三十多年过去了。车停靠于斯里维捷克站,她在等我,还是同一个——同一个人,除了金色的头发里掺了灰色,道道细纹刻上了皮肤,人比以前更苍白更虚弱,

可能会被现在的年轻人叫作老太太。但我无法如此看待
她，她的香水味没有变，我立即就能闻出来。她的嗓音
她的轻笑她冷面笑匠的幽默她修长的手也没有变。她被
那么多往日的画面包围，我是透过这些画面在看她，过
去像一层玻璃保护罩一样罩在她身上，能通过保护罩的
那点现实非但不可怕，还有些动人。我希望，也许她看
着我的时候也有相同的感受。我正在做的事情，这本
书，就有点魔法透视镜的意思。

那就来说说出发前的焦虑。不要以为出发旅行的
人都满心欢喜。也许有人是这样，但我不属于此类。我
没有形而上学地解析旅行的企图，我不想让你们累，也
不想累着自己：没有什么比这更徒劳的做法了。所以，
简单来说，促使你们出行的，是好奇心。世界怎么着也
是个相当辽阔而且五彩斑斓的东西，值得我们去看看。
那边是什么样子呢？然后，更难说清楚的，是一种消
失的欲望。不是完全消失，我们毕竟非圣人，而是更温
和，像是隐身、消融。拉开距离。让自己被渴望，也许
（逃离里有种暧昧）。而且也并非真的是欲望，而是接
受某种必要性。不管怎样，既然必须下定决心，必须放
弃，不如进行练习。这也跟没有一个真正可被当做属于
自己的地方有关。没有真正的住所，没有"家"？于是

四海皆为家，居无定所，没什么大不了的。撤退的起点，往往是塞纳河右岸，河的另一边，国家图书馆四座直角两面塔闪着光。坐在开往戴高乐机场的出租车里，再想是否忘带什么为时已晚，缆绳已解船已起航。我喜欢国家图书馆，我跟一些机构保持着良好的关系，国家图书馆是其中之一（之前我提到过梅第奇别墅，还有我的母校，乌尔姆路那所①，尽管他们曾经把我赶出校门，但那已经是太久以前，而且他们也不是完全没有道理……），我差点想写一本关于它的书，也许我应该写的。我的手稿都在那里，和许多更了不起的手稿在一起，它们挤出了点位置给我。我每次进入"塔基"总难免心中亢奋，那些浩瀚的水泥井外围披了一层金属编织物，将投射过来的光切割成碎片，从那里能进入下沉花园，据说兰斯大教堂的塔楼都能搁得下。这种粗暴的审美似乎要将人引入一个秘密又可怕的地方，比如布莱克和莫蒂默②发现的某个非同寻常的基地。但下去之后发现却是红色地毯"非洲大地"和满屋子热带木料的阅览室，那里释放的不仅仅是全世界的知识，还有现代生活所敌视的肃静。知识与肃静的保留地，就是这些披着锁

① 巴黎高等师范学院。
② 比利时漫画家埃德加·雅各布斯的系列冒险、谍战和科幻漫画《布莱克与莫蒂默历险记》的主人公，一个是科学家，一个是英国军情五处要员。

子甲的大井通达的疆域。国家图书馆的这几座塔就像河堤尽头的灯塔，巴黎最后的信号，过了那里就算离开了。我们已经有点在变成另一个人。

　　待过的图书馆里头，我记得秘鲁利马的那座，位于诗歌路和飞行路之间：这个地址我喜欢，阿波利奈尔也喜欢。其中一位馆员，阿尔弗雷多，小个，黑人，小胡子，他的怪样和热心肠让我想到加里波第派，他对我非常慷慨。外露的性格也不妨碍他表现出谨慎的一面，这是处于恐怖或经历过恐怖的国家的人都会有的谨慎。在那家他经常去的意大利小馆子里，当我问起他对弗拉迪米罗·伊里奇·蒙特西诺斯（为纪念某领袖而起的名字！）的看法——那人是武器和可卡因贩子、死亡大队统领、前总统藤森的拉斯普京[1]，他突然压低声音，然后开始讲法语。隔壁桌那两人看起来也没有特别留心别人对话的样子，但谁知道呢？拉法雷尔先生，一位说话吃音的出租车老司机，每天送我去BNP（Biblioteca Nacional des Perú[2]，跟银行没有半点关系），穿越城市高速、交换道、广告牌的森林、丑陋的水泥、排放的尾气、利马

---

[1] 格里高利·叶菲莫维奇·拉斯普京（1869—1916），俄国东正教神父、神秘主义者，沙皇尼古拉二世及王后的宠臣。

[2] 秘鲁国家图书馆，而BNP在法语中一般指BNP Parisbas法国巴黎银行。

的汽车喇叭声，总之是一座我不怀念的城市（这种情况很少）。拉法雷尔先生说话吃音，但我还是能听明白，这也成了我屡屡重提的骄傲事。他的一位祖先，一个加利西亚人，靠捡鸟粪发了财，也就是说——如果你忘了《太阳的囚徒》①里著名的一幕——海鸥的屎：最天然的肥料，也许值得重新启用。顺便一提，《悲惨世界》为我的极地阅读带来愉悦的章节中，就有关于巴黎下水道的一章。雨果动用他无人能效仿的、激情澎湃的、极具画面感的、雄辩的、滔滔不绝的、博学的文风，为人类粪便肥料当起了辩护律师："我们花重金派远征船队前往南极收集海燕和企鹅的粪便，而那些多到无法计量且唾手可得的材料，我们却倒进海里。这世界失去的人类和动物的所有肥料，如果返归土地而不是丢进水里，足够养活整个世界。"这律师的话风比雨果本人还要直截了当。拉法雷尔先生嘟囔着跟我说，有过那样的事，就是运送污秽又珍贵的货物返回欧洲的船实在太臭了，人们不得不把所有东西都倒进海里。一来二去祖先的生意日渐衰败，祖先的儿子在第二帝国的巴黎过的放荡生活对此也有贡献（据说这位儿子甚至还跟拿破仑三世共进过晚餐呢）。就这样，他的后人如今只得当个出租车

---

① "丁丁历险记"系列漫画之一。

司机，不过他言语中并无苦涩。为了写一本书，我在BNP顶层查阅十九世纪的报纸，工作人员装在大纸箱里搬来的。有些干脆只剩一页几近无形的发黄的纸，被我的手指一碰就化为粉末，像蝴蝶的翅膀——这让我很为难，但我又能怎么办呢？那时候没有微缩胶卷，更别谈数字化。这些报纸里满是奇闻逸事，斗兽场里举办的熊牛大战，血腥的政坛纷争和爱情丑闻，看得我目不暇接，一刻也没闲着（当代的报纸，我在报刊亭买的那些，也没逊色多少，比如名字起得不怎么样的《理性报》，头版刊登的《叛徒将领空拱手让给智利》，关于不知道哪条航空协定的）。到了晚上，拉法雷尔先生就把我送回我住的小酒店，在时尚繁华的米拉弗洛雷斯区，巴尔加斯·略萨残酷又精彩的首部小说《城市与狗》的主人公阿尔贝托一家住的地方。（我忍不住在此报告早餐时见证的一幕，尽管这跟图书馆没有任何关系：两名身穿短裤、体形庞大的美国女人高声朗读着《圣经》，然后向一位体形同样庞大但穿着牛仔裤的秘鲁女人发问："耶稣升天的时候谁在场？"对她们的问题，我很想回答："我。"虔诚的巨人们发现我在听她们的对话之后，变本加厉地积极起来，声音又提高八度，也许可以多俘获一条灵魂。我对宗教之事并无蔑视之意——不像我的大部分同代人——而是惊愕，每每看到西班牙式极尽夸张之能事，我就跟看待斗牛一样难置可否。利马的各个老教堂里人头攒动，闪光的圣母，带血的基督，头上竖着金色羽毛饰的童年耶稣，戴冠加冕或穿着裙子、花里胡哨的圣娃娃躲在神龛深处，就像霓虹灯管照亮的水族缸里的热带鱼。不过这两个美国洗脑客，加上她们被太阳晒得成粉色）的巨腿和发飊的口音，我会选择送她们上火刑场，让她们学学什么是分寸，不管是身体上的还是道德上的——得，我又要失去一些读者了。

记忆中的另外一座图书馆：喀布尔大学图书馆，我在第一次喀布尔之行期间去过。大学就在战场前线，起初我打算翻越电视山和加达纳山之间积雪的山口前往，但向导们认为太危险，统一党（与伊朗关系密切的什叶派政党）的战士们可能在那里埋了地雷。于是我们决定借道德玛赞区，出租车把我们送到了动物园附近。野兽和图书不经意间位居一线，但没什么理由欢欣鼓舞：头天晚上，一只老虎死于榴霰弹下。荷枪实弹的人比动物园里的动物还多。剩下一头公狮和一头母狮，对爆炸的巨响和电视山那边传来的回声表现出相当堂而皇之的冷漠；还有一头野猪，窝在一摊死水里。一个家伙正好从那里经过，提出给我们带路到大学，要价五千阿尼，倒也非偷非抢。校园里的松树上鸟儿在唱歌，我们一路小跑穿过条条小径，碎玻璃和大大小小的弹片在路面积雪上闪光。就在我们经过经济系的时候，楼上有架高射炮突然开炮，画成虚线道道，伴着巨大的响声。和我一起的圣战者们，留长发但不留胡子（令人安心的细节），看起来（而且不仅仅是看起来）十足瘾君子的样子，爆发出歇斯底里的笑，我对他们的信任相当有限。他们想让我坐上步兵战车，一种俄罗斯产的运输装甲车。我尽管不是巷战专家，但知道这种车一旦被炮弹击中，人基本不太可能从里面活着出来，我宁可接着走路。更何况我感到这条"前线"处于某种混乱中，友军的炮火跟敌军的炮火同样有落在我们身上的可能。我很自然地想到马德里的大学城——这是必然的。我这代人出生在政治运动风起云涌的年代，我们读着关于西班牙战争的故事长大，《希望》《丧钟为谁而鸣》《向加泰罗尼亚致敬》等，但我不确定眼下打的是一场具有决定意义的战役。终于到了图书馆。雪从裂开的屋顶飘落进来，地上散落着出入卡、破碎的书页和火箭弹的碎片，几千册波斯文、英文、德文和法文藏书这儿一堆那儿一堆，依然摆放在变形的书架上。圣战者们从中抽取了一些，用来取暖泡茶。我拿了两小册塞缪尔·皮普斯①的日记揣兜里，觉得也不是什么坏事。这两本书如今还在我的书架上，在佩吉和佩雷克之间（许多年后，我重返喀布尔，大学也已经重新开放，我试着把书归还，甚至天真地以为这样的行为会换来某种敬意。我从办公室溜达到阶梯教室，怎么也没能把尼尔森文库这两本粉色的小书出手：没人在意，我于是将它们留着）。

这是我唯一一次从图书馆里偷书，不过是为了挽救它们。我当然还去过许多别的图书馆，从儿时的马萨林图书馆（我在那里读了什么书？我不记得了，只记得有个同学经常陪我去，他对图书馆的态度不像我那么恭敬，甚至会很大声地用手绢擤鼻涕，让我觉得丢人。当时手绢有个优雅的名字叫"抽汁儿"——这种旧日之物消失了也不会令人感到遗憾）到乌尔姆路巴黎高师的图书馆，甚至在我的极左年代，我也可以以从未偷过书为荣——我的诚实更多是因为当时我对书本毫不掩饰的蔑视，而非出于某种离我甚远的社会礼仪。路过法国国家图书馆塔楼的时候，另外一座图书馆出现在我记忆中：

① 塞缪尔·皮普斯（1633—1703），英国作家、政治家，曾任皇家海军部首席秘书，1660—1669年间，他以日记的形式记录自己的生活和工作，这些日记在十九世纪被发表，被认为是英国复辟时期社会现实和重大历史事件的第一手资料和宝贵素材。

天主教耶稣会士在上海创办的徐家汇藏书楼，我偏爱的
自己的书《韦拉克鲁斯》结尾的灵感就来自那里。深色
的木地板嘎吱作响，衬得四下更加寂静，就像暗淡的光
照让红木家具、深色木质楼梯和走廊亮得更加深幽。
八千册古书整齐排列，在一位沉默看守的密切注视下，
我随手拿出几本翻阅，法文和拉丁文版《礼记》，译者
顾赛芬（Séraphin Couvreur S.J.），英文版《论语》，译
者苏慧廉（William Edward Soothill），同样由顾赛芬翻成
法文和拉丁文的《诗经》《远东中世纪——根据一位比
利时弗拉芒人和一位亚美尼亚王子的手迹》……我快速
浏览了一下，没能完全领会我正在读的句子的深刻含义
（"The master said: 'The wise man is his attitude towards
the world has neither predilections nor prejudices. He is on the
side of what is right.'"[1]）。我能估量自己的无知程度
（像是通过这无知的折射，我看到了自己所处的人生节
点，即便我再有什么计划去填补我的无知，也永远不可
能有时间了），在陪同人士略带猜疑的目光中，我在本
子上摘抄了一些满足自己无聊心理的选段：

　　"公有战车千辆，每辆车上架着两杆红缨装饰的长
矛和两张绿绳缠绕的弓柄"[2]，尤其这一段，我很是喜

---

① 出自《论语》："子曰：'君子之于天下也，无适也，无莫也，义之与比。'"
② 出自《诗经》的《鲁颂·閟宫》："公车千乘，朱英绿縢，二矛重弓。"

爱："鱼居何处？在水草中，鱼头渐硕（变体：鱼尾渐长）。王居何处？在镐京。饮酒作乐。"①藏书楼的楼梯像舷梯，扶手如舷墙，木地板的吱呀让人联想到船的内部，拉丁文的题字（SCRIPT SACRA, THEOL MORAL, RES SINESES, SS PADRES），高高的尖顶窗，漕溪南路刺眼的阳光透过紧闭的百叶窗照进来。这些又容易让人想到教堂——两个形象都适合这座图书馆：一叶装载着寂静和勤勉的方舟，在上海这片翻滚着现代浪潮的海洋中漂泊；一座纯粹的知识庙宇，独立于金钱主宰的世界之都。

外面，夜晚在钢筋森林里迸发出灯光，蜿蜒曲折的，彩虹系的，纺锤形的，网状的，箭头，闪电，各色星星。有些很好看，或交缠或轻盈；还有一些像热水器或咖啡壶，或四不像。城市高速立在水泥巨足上，大型的火车站，老上海的里弄四下遭推土机攻击，吊车夜以继日在运作，气铲，小瓦房前，身穿背心的老头们在葡萄棚下纳凉，晾衣竹竿上的衣服如彩旗飘扬，一摊摊油腻的积水，散发出恶臭的大水缸里游着的鱼，鸟笼，外白渡桥上的垂钓者和放风筝的人，手握地书笔在石板上

---

① 出自《诗经》的《小雅·鱼藻》："鱼在在藻，有颀其首。王在在镐，岂乐饮酒。"

写下一行行大字的书法家，人群，川流不息的人群，人群的喧闹，喧闹中人群大声地叽叽喳喳。农民工黯淡的面孔和皱巴巴的身影与迷你裙少女挑逗的倩影擦肩而过，穿着打扮过分精致的女子正从某家店中走出来，身后是无数家闪烁着电子屏幕的商店。身穿白色衬衣和黑色西服的保安们守着铜仁路和南京西路上奢侈的橱窗，警察执勤摩托车的红蓝警灯，商场大楼楼身亮着世界各地皆可见的招牌，H&M，Gucci，Sephora，Calvin Klein，Estée Lauder，Victoria's Secret，Paul Smith，Armani，三轮车负重的车架之下是摇晃的车轮，黑色的是奔驰和奥迪，黄色的是法拉利。西岸的当代艺术画廊和里面超级优雅多金的观众，地铁隧道全程的电子广告屏一路闪着彩色的像素，一秒钟也不放过你们。白色或红色长裙拖地的新娘们在浦东的高楼前摆拍，黄浦江上的人字形尾流和发动机颤动的声音，外滩上自拍的快门声如连发的机关枪，大钟奏响《东方红》，巨型广告用英语宣传全球化，World class complex, A top gathering place of global luxury brands, The fourth Bulgari Hotel in the world（世界顶级综合大楼，汇聚全球奢侈品牌，全球第四家宝格丽酒店）……一边是高调展示经济实力，一边是老城的市场上味道十足的喧闹，就在文庙牛血色的外墙旁边。用来喂鸟的虫子密密麻麻挤在大盆子里，鳞片挺立的火龙果，发臭的榴莲刺角密生，酷似病毒。柿子，外皮呈胭脂红色的红薯，"丝"的瓜，"鸡毛"的菜，非常大颗的紫葡萄，一盆盆血淋淋的动物内脏，花纹如大理石的鱼，灰粉渐变色的螃蟹在卖蟹人手里转两圈蟹足连同蟹钳就被折叠妥当紧紧勒上了绳，变成了大肉卷（除了偷偷溜走与逃离竹筐的巨蛙一道在大上海碰运气的那些）。三轮货车铃声叮当，挤在小弄堂里艰难错车，磨刀人转着砂盘，回收废旧电器的人诵唱着他们单调的叫卖，杂乱交错的电线下人们在玩牌或打麻将……

现在，国家图书馆已经远远落在后面了，巴黎在远去，巴黎在消逝。有那么一阵子，人本身几乎什么都不是了，只是一只隐隐有些忧虑的幽灵，任凭自己被人流、车流和指示牌指引，机械地配合空港流程，摘下腰带和手表，袜子也得脱？是的，袜子也要脱。再穿上。航站楼的巨管像是一套消化粉碎系统。也许，是最后一通电话了，然后就结束了，启航。再过一会儿，人就不再是人了，只是一个座位号。还能听见自己的语言，和别的语言交织，熟悉的、平淡无奇的词语，很快也会结束。很快会飞上海拔11000米，mobilis in mobile[1]，被黑夜

---

[1] 拉丁文，出自儒勒·凡尔纳小说《海底两万里》，意为"动中之动"。

的阴影大罩吞没，看着下方的城市像苍白的大水母在漂流。左侧，格但斯克。就是在这里，苏联的崩溃就是从这座汉萨同盟的老城开始——早在柏林墙倒塌之前。第二次世界大战的第一波炮火就是在这里打响。你，多少年前去过来着，四十多年前？正值茶色眼镜将军雅鲁泽尔斯基在全国实施戒严之时。你们带了两车东西，准备运给团结工会。那个运动，是二十世纪历史上唯一一个成功实现了知识分子和工人联合的乌托邦（就是你年轻时梦想的那个乌托邦）的运动。带了什么东西？纸张和墨水，也许还有些药物？你记不清了。给你们带路的是一名极其狡黠的特工神父，嗜饮伏特加。他属于一个有着滑稽名字的组织，帕罗丁①，在那之前你一直以为帕罗丁只是阿尔弗雷德·雅里②杜撰的人物。你们，就是一小撮极左分子和工人民主联合会成员。在什切青，帕罗丁神父向一座修道院借来一顶主教小瓜帽，经过路障的时候，有些民兵会对他下跪请求他赐福，我们没被盘查顺利过岗。一年后，你在暴动的某天回到那里，心想（有点刻意夸张的意思）若是因为攻击红旗而死那可真是奇

①　原文为Les Pallottins，天主教普世使徒会，由神职人员文森特·帕罗丁于1835年在罗马创立。
②　阿尔弗雷德·雅里（1873—1907），法国小说家、剧作家，被视为超现实主义戏剧的鼻祖和欧洲先锋戏剧的先驱。

怪（那天确实死了人）。很久以后，最近的事了，你受邀到大学里演讲，你给他们讲了讲你的回忆，发现不仅学生们（确切地说是女学生们——学法语的大多是女孩子，全世界皆如此，这大概是我们的语言的幸运）不是那个年代生人，这是当然，连老师们也不是。这一发现一下子把你打回你在年龄阶梯上该在的位置。想这些事情的工夫，已经到了加里宁格勒，还是在左侧，地面相对速度每小时874公里，海拔10058米。你想起身穿宝蓝色连衣裙的安娜，然后，更远处，在黑夜里见不到的，你知道在可见的圣彼得堡的光晕之外是白海，白海中央是索洛韦茨基群岛，岛上有另外一座对你很重要的图书馆，尽管它已经不存在，或者恰恰因为已经不存在。

你记得第一次去那里的时候，那个蓝色枞木板小空港，修道院的围墙和矮胖的塔上冒出"金色脆皮"，正如桑德拉尔所描述的克里姆林宫，以及"教堂的白杏仁"。清冷的空气中还有"蜜金色的钟"。一片片的湖泊像是大片深暗密林中的窟窿，傍晚，极地的夕阳将树林染上荧光色，如火烧一般（有时候，在夜幕刚刚降临之时，绿色的极光毯会在夜空舞动，像是有看不见的风将它吹拂）。周围全是海，奶白色的海一直延伸到天际，垂钓者在冰面凿出洞，伸着长长的鱼竿耐心等候。

你住的那家迷你旅馆的老板娘卡缇娅是个活泼的人——不得不承认，这一优点在俄罗斯相对少见——她极尽善意去试着明白你蹩脚的俄语，甚至夸你说得好。1923年，就是在这地方，出现了古拉格的第一座劳改营，里面曾经有过一座大图书馆，藏书均来自犯人，这些犯人多为知识分子或至少是跟图书有着某种戏剧性关联的前知识分子。劳改营关闭之后，图书馆也消失了，只有寥寥几页文字和几张照片可以佐证。人们知道它曾经存在过，但不知道它的结局。出于对俄罗斯历史、图书、被遗忘的受害者和未解谜团（以上通通包含）的兴趣，你开始寻找遗迹。就这样，经历曲折种种，你总算在大陆某个村子的简朴公立图书馆里找到几本迷失在俄罗斯二十世纪（也是我们的二十世纪）血色浓雾之中的书。叶尔采沃是一片劳改营联合基地的中心，这片营地以"卡尔戈波尔拉格"的名字为人所知（一个被流放到那里的波兰犹太人，朱利斯·马格林，写了古拉格题材的最美的书之一，《泽卡国度之旅》。还有《另一个世界》，出自另一个波兰人古斯塔夫·海尔林格）。从飞机上看下去，左边那一小簇颤巍巍的灯火应该就是。你去那里的时候是个冬天，破败的乡野，积雪压抑一切。白雾之中，木板屋半歪在白棉花里。集中供暖的管道外皮剥落，横跨街道，属于俄罗斯特色景致的一部分。村

子入口处还残留着铁丝网和几座瞭望台见证着过去。图
书馆管理员艾莲娜接待了你们，你和你的朋友瓦莱里，
她和善的敦厚也是那个粗犷国家的特质（这是让你喜欢
俄罗斯的理由，不管其他一切如何）。胖胖的艾莲娜非
常开朗，爱笑而且慷慨。如今她已过世，别人告诉你
的，ona oumirla①（如果不是因为那么多你认识的人已
过世，你也许不会着手写这本书）。一间不对外开放的
屋子里，有几本从SLON"索洛韦茨基特别监狱"脱逃
的书，书上盖着格别乌②的三角形紫色章印。斯丹达尔
的《自我中心回忆录》和《亨利·勃吕拉传》；《战争
与和平》，一些人种志书籍，一本莎士比亚，一本契诃
夫，一本果戈理……这些为囚犯打开的小小的自由之
窗，都是即将赴死之人的生的希望。

　　你正回忆着叶尔采沃的感动时刻，莫斯科的巨
大光团在右侧出现了。莫斯科，有那么些日子里，你
曾经以为在那里有个家。早晨，玛莎起床送孩子去上
学，头天晚上你从巴黎给他带了玩具（你，送人玩具！
igrouchki③！你戴了顶红帽子，涂上剃须膏装白胡子，扮

① "她死了"，俄文的拉丁文写法。
② 格别乌，或欧格别乌，即国家政治保卫局，1922—1934年间的苏俄秘
　密警察机构，前身为契卡。
③ "玩具"，俄文的拉丁文写法。

成圣诞老人，看起来变了个样。你还担心弄错，是这款乐高吗？是呀，还好，没弄错）。她回来之前，你从厨房的窗户看出去，只见脏兮兮的黎明从列宁大道升起。马路对面是儿童医院，灰色天空下的灰色塔楼外墙点缀着苍白的光斑如鳞片，雪泥里还残留着最后几片秋叶。晨间的路人裹得严实，手里拎着塑料袋，脚步匆匆地走向地铁西南站。这片悲伤的风景此时看起来却很温情，因为她就要从学校回来，然后你们会做爱，你似乎觉得新生活正在开启。下午你们会去树林里散步，所有的树都像水晶，孩子用雪球对你们狂轰滥炸，等着你们经过树下的时候晃动低处的树枝，快活极了。你有一种不是人父又胜似人父的感觉，这样也挺适合你，毕竟你一直抗拒当父亲却又一边遗憾没当过父亲，几乎到了自责的地步。玛莎穿着黑裤子黑毛衣，毛领大衣，那么瘦削挺拔又美丽，脸冻成了玫瑰色，也是一副幸福的样子。她跟你讲她小时候，还是苏联时期，人们什么都没有，她只好舔冰柱当甜点。在那些平静的时刻里，你爱她，而且几乎也爱你自己……然而有一天，不是闹着玩的，一切回归正常，你游荡在雾蒙蒙的莫斯科街头，从涅格林纳亚到大教堂，因为醉酒而耳鸣，嗡嗡响的感觉蔓延全身。你独自一人吃晚餐，在尼基茨卡亚大街的教堂附近的一家食堂，据说普希金是在那座教堂里结的婚，也没给他带来什么好运气。

　　飞机在黑夜里继续向前，现在到了西伯利亚上空，altitude 31 000 feet ground speed 515 mph time to destination 5h30（海拔31000英寸，地面时速515英里，距离目的地飞行时间5小时30分），乘客不是在睡觉就是在看白痴电影。你鼻子贴在舷窗上，出神地望着月光下条条道路没有尽头的线条，从一个远处到另一个远处；一小簇灯火在蓝色中幽幽颤抖，像大烛台的火焰。你熟悉这些风景，因为你乘火车途经过千万遍。你的脸映在车窗上，车窗后景色更迭，无穷尽的桦树和松树，泥炭上的黑树桩，一片散架的木板和铁皮搭成的乡村，高高的烟囱吐出煞白的烟，泥泞道路上颠簸的拉达汽车，汹涌河流上的一座铁桥，挂着霜的一堆堆原木，小嘴乌鸦在空中飞，然后重新出现了细密如道道栅栏的林海。随着火车的缓慢节奏，这些风景填满映在车窗上的你形状模糊的脸，好像你只是一幅中空的图画，这些树木、木屋、沼泽、河流和桑德拉尔所言的"一大片一大片沉默者的影子"从中穿过。写着写着，你想到这幅你试着为地球艺术家而画的肖像，又是一个相当不错的比喻。你在开始写《世界的创造》的时候已有预感。

　　很快就要经过伊尔库茨克的经度了。很久以前你在那里教过课（如今，一切都是很久以前了），总之某种课程之类的吧！你不是一个好老师。你不怎么高明地试图让你的学生认识对他们来说大概有点难以理解的作家，米肖、克洛德·西蒙。那一年，伊尔库茨克的天空因为泰加林的火而烟雾朦胧。语言大学里也是只有女学生，你没什么可抱怨的，其中有一位尤其让你感到极其困扰的女生，你叫她洛丽塔·库页，因为她就出生在西伯利亚尽头那个叫库页的大岛上，鞑靼海峡另一边。契诃夫在1890年去那里看过苦役犯，你有天也会去。但那时候，库页岛在你眼里真的是世界尽头——又一个。塔尼娅是她的真名，她留着一头齐耳黑发，小小的三角脸，眼睛特别蓝，苍白的那种蓝，长着一双西伯利亚蚂蚱般的大长腿。她出奇的修长、纤细，穿的迷你裙也就跟个灯罩差不多大小，脸上总是一副青春期少女赌气发牢骚的神情。离开的那天，我最后去大学里转一圈，校名的首字母缩写念"igloo"①，但谁又知道，那里对我来说并非极寒的冰冻之地。我希望能碰见她，突然就听见自己喊了起来，奇迹，是她！她的小组"值班"，她和另外两个女孩一起掌管衣帽间。她穿着一身黑，黑色的上身和小屁股几乎趴在木柜台上，细细的胳膊交叉支

---

① 爱斯基摩人的雪屋。

着下巴，黑色的双腿也交叉着，深色头盔下的蓝眼睛抬起来望向我，所有光滑、轻佻、清新的美都在了。她的姿势有点笨拙又带挑逗，不知道摆出什么姿态的少女和应召女郎就是那个样子，她告诉我她为我的离开感到难过。天呐！我大概记得瓦尔特·本雅明在某段文字中讲述了他在里加街头游荡时十分担心，若是眼神碰上一位他所爱的女子，自己会像火药桶一样炸掉。我本来也完全可以像炸药包一样燃爆的。为什么要让时间抹去如此强烈的情感呢（抹不去的影子是情感遗留的记忆）？为了掩饰我的不知所措和难过，我扮起怪相，将她前一天送给我的卢布护身符当单片眼镜贴在眼睛上。后来我们保持了很长时间的信件往来，她的信要一个月才能到我这里，信中的法语几乎完美。我得承认，其中表现出来的智慧和沉重也是我始料未及的。她讲起一片混乱的俄罗斯（那是叶利钦时代），她说有时候会让她发笑，她不想像她母亲一样当小学教师。"我绝对不想让您觉得我高傲或自负，"她写道，"我当然喜欢孩子，但我也总喜欢学习新事物，完善自己，没人能让我相信这是在学校能做的事。我不是个贪财的人，金钱对我来说不是最重要的。我更希望未来的工作是有趣的事，如果工作太无聊，我是没有办法继续下去的。"然后有一天，我们停止了通信，我至今仍心怀遗憾甚至内疚，我猜八成

是我的错。于我而言，伊尔库茨克永远不会是十二月党
人或米歇尔·斯特罗哥夫①的城市，而是洛丽塔·库页的
城市。

接着，往蒙古的方向，乌兰巴托的东边，白日刚
在天际线安放了一条火带，就在另一片黑色下方（一
"大片阴影层"，很雨果）。火带很快会裂成两道刀
锋，再往上，更多刀锋层层叠叠了一阵子，是桃子的颜
色，然后液态的蓝出现。随着目光上移，蓝色越来越
深。下方的大地依然笼罩在阴暗之中，由片片小云朵点
缀着。你的邻座们，抵抗得住睡意的那些，他们能做到
宁愿看那些过度武装的美国复仇者故事或法国风俗喜剧
而对这壮观的场面视而不见？你，如此不习惯屏幕的一
个人，在酒店房间无聊透顶的时候也会打开电视机（无
论电视里讲的是哪种语言，其实都是粗俗这种"世界语
言"。）。你瞠目，在心里问，人类啊，在丑陋、粗鄙
玩笑、虚假笑声、陈词滥调和谎言广告交织的洪水冲击
之下，怎么还没变得比现在更愚蠢和不幸。说到底，人
类的抵抗力还是很强的。那边，太阳升起的地方，是一
个特别的地方，靠近俄罗斯和中国。你经过的那些城

---

① 儒勒·凡尔纳的小说《沙皇的信使》的主人公。

市，一个个像俄罗斯主题公园，额尔古纳、室韦、满洲里，各种仿克里姆林宫和圣瓦西里大教堂，为了吸引界河那边的乡巴佬（实际上他们还真的来，身穿人造革夹克，头戴鸭舌帽，俄罗斯人常有的阴沉脸，身上大包小包，进出挂着中俄蒙三语招牌的商店购物）。一座崭新的城市，丧心病狂的仿造乐园，一百多头毛发浓密的水泥猛犸象做出冲锋的阵势，一旁的水神喷泉想必意图展现十八世纪的法国风情，一座长着水果糖球茎的圣彼得堡教堂（滴血救世主教堂），一座风格介乎威尼斯钟楼和伦敦大本钟之间的建筑，二十八栋带小尖塔的六层楼房，雷同得一丝不苟，排成一排像是立正等待阅兵。粗糙、媚俗，在审美的毫无廉耻上达到了新高度。鲜有车辆来往的高速公路的另一边，风力发电机在暴风雨来临前的天空下打着转，成功地给画面增添了几分魔幻的味道。"国门"是一座貌似升降活动桥般的庞然机械，标志着国境线所在，像你这样的外国人不得近前，离"国门"不远处有个商业中心，里头贩卖着各种物件，包括各式半身雕像，除了马克思、恩格斯、列宁、斯大林这些经典产品之外，还有普京。

　　一片杂草地上，除了嗡嗡作响的苍蝇，还有俄罗斯最著名雕像的复制品（法尔科耐的彼得大帝，1937年巴黎世博会上的工人与集体农庄女庄员，斯大林格勒的胜利，莫斯科普希金广场上的普希金）在等待整一个仿造品城区拔地而起，以成为其中装点，但目前为止只有一栋俄罗斯套娃形状的大楼，一尊三十米高的matriochka（木制套鞋）。人们一声不响地就能盖出这一块那一角的凡尔赛宫，末了还在屋顶安一个缩小版的埃菲尔铁塔（但也有百米高），任何建筑基本准则都抑制不住建筑公司的奇思妙想，更加阻挡不了开发商的贪婪。根据每个人的不同个性，你可以觉得难以接受也可以一笑而过。夜里的城市比香榭丽舍大道或百老汇还要亮，名副其实的遍地流金，每栋楼都像一块巨大的金条——这一切当然都是给额尔古纳河对岸的邻居看的。

在那个闻起来一股马味的村子里，你在一家客栈（客栈用在这里有些言过其实）找到了睡觉的地方，经营客栈的是俄罗斯移民的后代。玛丽娜滔滔不绝，满面红光，红唇小嘴长在双下巴之上，红棕色的头发盘卷着，像垂耳狗的耳朵。她让你想到委拉斯凯兹的一幅肖像画，玛丽·特蕾莎公主，或者更像菲利普四世国王。实际上，她的名字应该是Marina，但"r"很多人发"l"的音，她的客栈招牌写的是"玛利亚之家"。她应该也不太清楚自己原来的名字叫什么，她的父母出生在俄罗斯，但他们的语言她一个字也不会说。她告诉我，

我用俄语跟她打招呼她却不知如何回应，这让她觉得很
惭愧。她丈夫的名字，或者说人们对他的称呼，是"裴
大夫"。他倒是记得几个单词，但他说得比我还糟糕，
这足以说明问题。日久天长，他也长成了中国人的样
子，至少半个中国人吧！他们俩都为能接待一个法国人
感到非常荣幸。必须在木屋前拍照，作为纪念：他头戴
一顶过小的帽子，手上戴着工作手套，脚下踩着厚木底
的高帮鞋，因为拍照才放下了长柄叉；她则在粗脖子周
围围了一条有绿色花枝图案的红披肩。"你怎么能保持
这么年轻？"她问你。（有时候还是有人说客气话的）
他们既不是俄罗斯人也不是中国人，他们不属于任何地
方，只属于这个"民族"村（这是官方名字）。他们是
被全球化的个体的反面，然而世界滑坡的大趋势却能在
他们身上读到。"你还会回额尔古纳吗？"会的，你保
证会，反正你还年轻，有的是时间……她坚持说你得回
来，好像内蒙古就在你家隔壁。她向你展示她的菜园和
奶牛。这当然是个好理由。此时飞机穿过白色的雾气往
上海降落，太阳的反光穿透雾气，形成一个耀眼的光
洞。海岸的弧线在下方出现，十分城市化，道路与河流
纵横交错。白色或蓝色的铁皮屋顶，到处是工厂。云团
堆叠像大脑。一捆捆高楼，高速公路，一束束铁道。海
拔2250米，速度505公里／小时。襟翼展开，从正在淤泥

水中下锚的集装箱船舰队上方横扫而过，飞机在颤抖。起落架解锁的震动。落地。我们已到达浦东国际机场。最后一个弯道。解除滑梯预位，交叉检查。不是新生活要开始，只是生活的马赛克中即将增添一块拼图板。

在上海，有两个家伙，两个年轻人，在地铁里给我让座。见鬼！第一个，实际上我都没注意到是男是女，因为我完全愣住了；第二个是个光头，有着迷人的微笑。好吧，反正得适应。我曾下决心靠双脚走遍上海，一天又一天，试着丈量地图上的一小片。不可能的任务，那是当然，但唯有这样才叫人兴奋。对于书本也一样："文学的生存，全靠宏伟的目标，包括超越一切实现的可能性的那些。"我很喜欢卡尔维诺在《美国讲稿》里的这句话，喜欢到在我最荒诞的书的后记里引用。但我很是执着，每天搭地铁到一个新的地方，最好是还有老上海遗迹的地方。我重读《人的境遇》[①]这部对我的青年时代有过重要影响的小说（重读之日它早已过时）。这部小说属于那种为华丽辞藻、警句格言和传颂颇广的深度对话而存在的书。这样的书，已经不适合我。但书里不乏一些美好时刻，据点被奇袭，给出去的又弄丢了的氰化物胶囊的故事……我记忆中最有意思的人物是克拉皮克男爵。不管怎么说，还是比颁给勒·克

[①] 法国作家安德烈·马尔罗（1901—1976）著，曾获龚古尔奖。

莱齐奥的那个童子军的诺贝尔奖要厚重一些。在福佑路的市场，我花了二十元买了一只放大镜。由于我的两个衣兜一个放着一副眼镜一个放着小本子，每到一个十字路口，我基本上都需要从我那个"为人民服务"的布包里拽出地图，艰难地在风中或人流中展开，拿着放大镜对着端详。总而言之，不排除为街头贡献滑稽一幕的可能。毕竟，在这个年头，全世界人民，尤其在中国，就算不用联网的手表找路，也都是在手机上查看地图。但我很执着，每天步行五六个小时，我在上海也没什么事情可做，除了时不时和当地作协开个催人入睡的会。晚上，回到我位于轻轨中山公园站之上的酒店房间，我心满意足地用马克笔标出一小簇街道。耐心，会轮到其他街道的。说到底，有点像一本书。一本书里面有多少个句子？然而，还是得从第一句写起，然后是第二句，第十句，一页，坚信能写到底（也许也没那么坚信吧，但依然继续写下去）。

我把这一切讲给临终的朋友塞尔日听。得知他的治疗已没有必要继续之后，我随即从中国返回。他是个英俊的人，但他不应当为英俊负责——而善良，却是他应该担当的。我认为世间唯两大美德，勇气和善良。他反正是极有勇气的——至于另一美德，如何知道呢？我们幸运地生活在一个善良无甚用武之地的时代。他是新教徒，作为朋友，我会嘲笑他是新教佬。他有经过改革的宗教信徒引以为豪的那种道德优越感。也许他是对的，但他也有些许自满。自满不是他的强项，他不是一个非得读书的人，但该读的他都读了——"绝不平庸"，借用柯尔蒂出版社骄傲的口号。对法语了解如此之深的人，除了他我不认识其他人（不，还有一个，我的朋友阿兰·鲍雷尔）。他修改我手稿中的无数小疏忽。我们也对大海怀着同样的热爱——很快我们就会把他的骨灰撒入海中。他的年纪足以当我的父亲，但他对我而言就是一个宽容的兄长——天知道跟我相处有时候得多宽容。认识这么多年来，我们往往每星期会见好几次面，我在他身上找不到任何可以指责的地方。得到这样的朋友是人生之万幸，失去他是无法慰藉的不幸。现在想起来，在写这些字的时候，我意识到他的离去对我的生活是多么大的打击。对我打击最大的是他的死，但也有其他人的死：数学高手克里斯蒂安，在一次失控的左派行动中被子弹击中左肺差点丧命的整整十年之后，死在了大山里；音乐家伯努瓦；年轻英俊的出版人爱德华；我见过的读书读得最多的安妮（也是烟抽得最凶的），她就是暴烈和精神本身；俄罗斯犹太王子阿兰；韦尔迪尔出版社的农牧神鲍勃，我在莫斯科一个下着雪的孤独日

子里得知他的死讯，距离遥远令我加倍哀伤，感到自己
似乎没尽到朋友的义务；有着皇后风范的安娜，我们相
识于人们还相信革命的年代，我把她写成了小说的人物。
现在是塞尔日的妻子多米尼克，我开始写这本书的时候她
正在和死亡抗争，我当时不知这本书是否能成书。我希望
她能读到，但她不会读到了。还有皮埃尔，南斯拉夫战
争刚打响时在克罗地亚的彼得里尼亚踩了地雷。他的尸
体被运到锡萨克的一处停尸房，那是一栋石棉水泥板屋
顶的小楼，立在一个小山丘上，山下流淌着萨瓦河或库
帕河，总之是某条河。救护车在医院卸下一些血淋淋的
家伙，塞尔维亚人的坦克就在不远处。克罗地亚表面看
来一派安详宁静的田园乡镇景色，木头房子的阳台精心
布置，林间的河面波光粼粼，奶牛在草地上，这和正在
发生的事情形成令人困惑的反差。殓尸人迅速完成了任
务，飞快地把塞尔日和我费了九牛二虎之力才在萨格勒
布找到的棺材运走了。塞尔日陪着我，当然。

　　还有其他人，他们的面孔更加遥远，在阴影之中。
通讯录里有那么多地址的门永远不会再被推开，那么多
电话号码永远不会再被拨打。这样的时候已然到了。然
而将这些录入信息删去似乎是一种亵渎，它们有如在书
架上为缺席的书占据位置的幽灵。这个世界的缓慢消

逝，好多年前就开始了。最初，亲近的人的离去就像虚无，可耻地闯入生活进行破坏，如今已是不可避免，几近惯例了，但还是一样那么让人伤心和震惊。我似乎觉得不得不谈及这些，即便我决意尽可能不在这部文字里触及隐私，或者只因外部世界才允许自己提及。因为友谊的疆域的缩小是促使我越走越远、朝更广阔的世界而行的原因之一：我在疏离一个被一点点地决绝抛弃的地方。死去的朋友们，他们的缺席压迫着我，使我变得越来越轻，轻如鸿毛，随时会飞起，"如五月蝶的一叶轻舟"。这本书，写的是世界，也是对世界的疏离。

跟自知将死之人说话不容易。有什么能让他感兴趣？没有，我猜。我选择跟塞尔日谈中国，既然我刚从那里归来，而他也不会有机会去了。不敢肯定他真的在听，但他是那么宽厚，也许会听的。也许画面会掠过他的脑海，而世界正在那里隐去。也许远方的故事，正因为远方遥不可及又无关紧要，能逃脱近在咫尺、确认无疑、难以描述的沉重的事情。我所有的故事，在这里讲述的和别的故事，他都知道，他是第一位听众。

这些故事，他依然是第一位听众，最后一次。我在上海走啊走，继续企图完成不可能的计划。我穿过弄堂，那些被拆了一半的老街区，有点像我们的矿工宿舍。一层由水泥砖围筑，另一些的墙上是红漆画的"拆"字。开着黄花的丝瓜棚下，老人们坐在塌陷的扶手椅里乘凉。两只小猫在笼中喵喵叫。一个穿着衬裤的人在用公用洗手池；另外一个，为了透气把T恤卷到了腋下，正若有所思地挠着自己的肚子。清洁工穿着一身带黄道道的紫色睡衣，用小推车推着他的水桶和扫帚。漫不经心。一位老妇头上罩着塑料遮阳板，坐在一堆瓦砾堆上分拣塑料瓶，瓦砾堆中伸出两条塑料模特的腿。采耳的师傅向人推荐他的小挖耳勺。肉店伙计把大块冻肉往地上猛砸试图将其砸散，一些菜肴在油乎乎的黑炉子上慢慢熬炖。给我当向导的法国青年杰雷米讲得一口流利的中文，他想保护旧上海的这些见证。从苏州河的右岸，一直到河南路的大桥，我们就在《蓝莲花》（那是我第一次发现中国，在《人的境遇》之前）的贫民区里，但这些不会存在太久。街区四周的隔断围栏上印着光鲜未来的画面，正如政府所规划的那样：晚礼服，西装礼服，香槟，从未来私人高级公寓的大窗户望去，是停靠在海边的游艇，背景是浦东的高楼。International top-level real estate（国际顶级房地产）。一名垂钓者从运河里拽出一条鱼来，这是什么样的"鱼生"啊：游出被炸着吃的结局。地铁。一位皱纹满面肤色暗沉的农妇牵着小孙女，背着一个塞满厨具的布包。她应该是一路背

着这堆东西离开村子的，大概不识字，眼里流露出面对
偌大城市的恐惧（20世纪初布列塔尼人在蒙帕纳斯下火
车的时候应该也感到了同样的不安）；另一位农妇打开
一把塑料折叠凳，坐在一堆人的腿中间，悠哉地织起了
毛线。

　　我把这些小故事讲给塞尔日听，他躺在窗户边的长
椅上，也许听着也许没听。我不知道自己是否打搅了他
的沉思，但我想应该也没让他厌烦。他开始疼，于是打
了吗啡。他消瘦的脸一天比一天更像他最后的样子，那
时候该说的都说了。神志在慢慢离他而去，词语来得越
发艰难。他有时候会弄混："我想看看你在阿富汗的哪
里"，说着他指向地图，分不清中国和阿富汗。我给他
读《追忆似水年华》的段落，知道哪些章节会逗他笑，
或者哪些是我们之间讲滥了的笑话——他很爱读普鲁斯
特。大饭店经理的口误，康布尔梅又称康康，会在鱼
端上来的时候雷打不动地说一句"看起来是条漂亮货"
（我们没有哪次一起吃鱼的时候不说这句话，不是他就
是我），维尔迪兰夫人在报纸上读到卢西塔尼亚号被鱼
雷击沉的消息，一边惊呼一边优雅地把羊角面包往咖啡
里蘸："太可怕了！这比最可怕的悲剧还要可怕！"还
有另一个段落会让他发笑，我知道的——说真的，有太

多，我一直惊讶于普鲁斯特非凡的喜剧功力没得到更多褒奖——这个段落，是盖尔芒特公爵在即将离家去舞会的时候，得知他的表亲"妈妈"的死讯，他大怒："不是吧，太过分了，太过分了！"但我有些犹豫，最后还是没给他读（他也许会注意到，在我们所有普鲁斯特保留段落里，唯有这段被我漏掉了；取而代之，我给他读了《女逃亡者》里公爵和公爵夫人相当没有分寸地跟"小斯万"说他们跟他父亲和祖父祖母很相熟的那段以及马塞尔的评论："似乎让人感觉到，如果父母和儿子还在世的话，盖尔芒特公爵会毫不犹豫地推荐他们去当园丁。"这已被他遗忘的一幕让他微微一笑，我想那是他最后一笑了）。

那阵子我开始重读整部《追忆似水年华》（一位作家一辈子至少会做一次这件事），因为有人请我（和其他人一起）去纽约讨论普鲁斯特，时值《在斯万家那边》出版一百周年。纽约在我的个人地理版图上只算得上边缘城市。莫斯科甚至北京或智利的圣地亚哥（甚至喀土穆）都比纽约更让我有亲切感。我得赶紧说明这样的偏好并非出于任何政治选择的表达——仅仅是因为，好奇心加上某种孤僻或"独行"的趋向，或羞怯，令我在身处于那些似乎与"我们的"世界距离更为遥远的地方时感到更自在，而纽约是"我们的"世界的中心（不管这么说是不是有人不爱听）。见面会在莱辛顿大道拐角著名的92Y中心进行，我表现得不是太糟。然而（也许正因为此？）中心主任贝尔纳·施瓦茨学富五车的挥洒自如和大都会派头让我刮目相看。他瘦得像把刀，寸头，一圈黑色的络腮胡子，活像埃尔·格雷考画中的人物穿上深色西服打上领带，亲切又尖锐。和他一起，充当堂吉诃德的桑丘的，有比尔·卡特，身材浑圆，笑脸盈盈，他是普鲁斯特宏大传记的作者。我说的是我已经说过的话，但那是在别的地方说的，在这个世界的外省，很遥远，这不妨碍我再拿出来说，因为我知道听众里不可能有人听过。总之，我的拿手好戏演得不错，时不时拿自己开涮，成功地让听众发笑。大厅挂了一圈来这里演讲或朗读过的著名人物的肖像：博尔赫斯、聂鲁达、鲁西迪、苏珊·桑塔格等。没有法国人。本该有萨特的，但他发来一份电报，也被挂出来了，说由于越南战争和大多数美国人民对这场战争的支持（他在哪儿看到的？），他不能来美国。法式啰唆。"革命者"的架子。萨特拒绝诺贝尔奖（毕竟还是个有勇气的行为）的理由之一，是这奖曾经颁给了帕斯捷尔纳克这位作品"在国外出版而在国内被禁"的作家。好像在苏联被禁止出版是件多耻辱的事……在这个话题上，我经常丝毫不留情面地拆塞尔日的台，他也是萨特"家"的一分子。

　　我穿过92Y所在的上东区和酒店所在的上西区中间的中央公园，年轻的文化专员罗朗斯陪同着我，我觉得她是个聪明人。纽约笼罩在雾气之中。奥纳西斯水库周边，城市似被夷为平地，像灾难片中的场景，几乎看不见任何摩天大楼，南边没有，西边两座，楼顶有些模糊。树木披上了秋天的装扮，金灿灿，如火焰般。我们完全在大自然里，有种在佛蒙特州的错觉。蓝松鼠在落叶地毯上跳跃。我曾经写过一小段关于松鼠的文字，我也乐于摘抄在这里，尽管写的是欧洲的品种，耳朵上有簇毛的红松鼠，因为我（很不谦虚地）觉得这段文字相当全面："将几乎整个身体（除了尾巴，尾巴似乎有着相当独立的存在）收拢成一团紧张兮兮的毛球，然后伸直，小爪子兴奋地往前扑，像人跳水的姿态，然后重新开始这个收缩—伸展运动，动作极其敏捷，没有任何犹豫，一丁点都没有。没有什么能让它分心，可以猜想，它已确定目标。松鼠就这样穿过马路，完全不管走路的人：它根本不在意，连看都不看。"罗朗斯坚持要拍照，尽管我表现得很迟疑。她声称照片很好看但她毕竟是个搞外交的，我看到的是一个褶子眼袋齐上阵的人背靠浓雾，一个煮烂了的纸板糊出来的面孔，鼻子的部位被刺穿。说到鼻子和照片，我还有一张，在烛光中，花了相当长的时间摆姿势，几年前让-菲利普·图森拍的，在坚尼街的Clandestino酒吧，应该不是唐纳德·特朗普经常去的地方。照片上能看到一些不可思议的亮光，其实是酒吧里的灯光。然后，在照片的右边，黑暗中冒出半张脸，鼻子出奇的大，在脸上投下阴影的悬崖，皮肉上不少褶子，一只挂着眼袋的眼睛相当恶毒：那就是我。一副老酒鬼的嘴脸，总算有一回看起来不让我心生厌恶，尽管很可怕（正因为如此……），像一条厚嘴唇的鱼，从洞里出来的石斑鱼，不准备上钩，没那么傻。然后，挨着我的脸，朝它扬起的是阿莉丝的侧脸。如果我没记错的话，她应该是个文学图书经理人。无关紧要了，越裔或华裔法国人，我也记不清，反正是亚裔。她的侧脸被强光照亮，脖子和右脸颊。她眼睛闭着，嘴唇伸着，像是要吻我（只是为了在我耳边说话，Clandestino里非常吵）。墨黑的头发，漆黑的酒吧，光滑的漂亮面孔上露出强烈的欲望和快乐的神情，而我的脸上则是见识过这种欲望的十分满足的表情。我非常喜欢这张照片，它道出了我的一切所爱（女人、亚洲、身体的欲望、夜晚、酒吧，别处），不经意间捕捉到了可能是我最高、最"优雅"的瞬间。它是我的杰作，但并非由我完成。

后来我坐上地铁五号线，像一名合格的游客那样去炮台公园看日落。列车一路往南开，我想到了埃利斯岛[①]，想到佩雷克的小书，他和罗伯特·鲍勃拍的电影，想到我上次旅行期间去埃利斯岛的时候。在刻着成千上万移民名字的钢铁荣誉墙上，我有些荒唐地（但我肯定不是第一个这么做的）试图寻找是否有和我同姓的人曾从那里经过，但不出意外，并没有——我的家族既没有在基辅或基西讷乌遭遇过大屠杀，也没在普利亚或爱尔兰经历过饥荒。（我是那种会在逝者纪念碑上找自己姓氏的人，在法国成功几率比较高）我发现了（那时候）十四个马克思，其中一个名叫卡尔，四个卡夫卡，好几个果戈理。这么做相当无聊且幼稚，然而当我走进宽敞的登记厅时依然感到揪心，那个地上铺着方格砖的大厅既有点火车站的味道又有些像监狱。我在纪念馆里凝视着那些陈列的珍贵物件，它们见证着被投入世界的暴力和偶然之中的生活：小提琴、曼陀林、刺绣的手绢和床单、某位母亲给儿子的波兰（Gorzka Czekolada牌）巧克力盒、餐具、茶炊、纺车、缝纫机、纸牌、手

[①] 埃利斯岛位于纽约港内，1892—1954年间是美国的移民检查站，许多欧洲移民通过埃利斯岛进入美国。乔治·佩雷克与纪录片导演罗伯特·鲍勃一同去埃利斯岛旅游时拍摄了纪录片《埃利斯岛传说》，后来他专门为影片撰写的旁白，结集成书，名为《埃利斯岛》。

风琴、意大利烛台、亚美尼亚《圣经》、波兰经匣[①]、意大利祈祷书、爱尔兰玫瑰经、家乡风景明信片、西班牙头巾、波西米亚刺绣皮靴、耳环挂坠和胸针、克斯图拉·安纳格诺斯博普洛斯的婚纱、克罗地亚人玛丽亚为她即将在新世界降生的孩子们带的小衣服（他们幼年就死在了密苏里）……

地铁五号线里，一个女孩在车门玻璃前对镜自览，对着自己的脸摸了又摸，没完没了地用手轻抚，嘴，鼻翼，抓起头发，用手指一根根地捋，再整理好，轻轻拍拍羊毛帽，然后重来一遍。拥有一个在镜子前令她兴奋的身体是快乐还是不幸？我又如何呢？她在中央车站下了车。我上南街海港、东河上的老码头转一圈，就在布鲁克林大桥下游，那是过去船只停泊的地方。我第一次来纽约时，就是从那里开始，很久很久以前的事了，可能已将近半个世纪。我那时是个船员，一艘比赛用的双桅纵帆船上的一名普通水手，舵手提出要打破靠风帆穿越大西洋的用时纪录（最后我们还是用上了发动机……）。我记得穿过韦拉扎诺海峡大桥底回城时，曼哈顿的玻璃鳞片在夕阳下闪闪发光，而这会儿，夕阳点

----

① 内装抄有戒律段落的羊皮纸。

亮的是布鲁克林的窗户，还把蓝色水面上的红砖墙照出
了淡紫色。纽约给我留下的最早回忆，除了上述一景，
便是我们头顶和桅杆之上的轰鸣，那是汽车从多孔的布
鲁克林大桥上开过。（今晚，我离横跨塔霍河的四月
二十五日桥不远。看着桥上的灯饰，听到的是同样的轰
鸣。我头上的柏树结着有碎纹的柏树果，散发出松脂的味
道，它让我想起儿时家中的一棵树，人们说是紫杉，但我
想是棵大果柏木。房子被卖掉、铲平，这棵树依然在一个
圆岛中央继续存在了很久，但我上次从那里经过的时候，
连树也不见了——大概有些疯子认为它对驾车者有潜在的
危险）。

一座城市，对于稍微了解它的人而言，首先是一小
簇画面，甚至都不是记忆，但它们就在记忆边上，是最基
础的存在，如同标点符号之于一段文字，往往来自我们的
阅读（比如《曼哈顿中转站》①）。这些画面里有老生常
谈的那一套（纽约的消防梯和冬天从下水道排气口冒出的
烟，里斯本的黑白小砖和沙丁鱼的味道）和其他东西，
周围开始形成真正的、更具体的画面，出现视觉、声音
甚至嗅觉的记忆。说到纽约（我对纽约很不熟悉，但这

————————

① 美国作家、画家约翰·多斯·帕索斯（1896—1970）的小说。

几乎更有利于施行这种简化法），那会是：地铁里用英语、西班牙语、俄语、汉语和日语五种语言标明的警告，出租车的黄颜色，绿灯亮起时大功率机车的轰鸣，显摆美国国旗的巨型消防车，24小时营业的Deli Open便利店，夜间堆积在路边的黑白垃圾袋，马路边的帆布雨罩，难以摆脱的汉堡（或是芥末、酸黄瓜、炸洋葱？）的味道，油腻且发甜。海风起，吹散了味道。

莫斯科的话，那会是：到处是坑的马路牙子，属于水洼多发地（得看季节，那倒是），藏匿着一排排蹩脚小商铺的地下通道，在那里碰见的都是神色疲惫的人（要穿过大马路，必须不停地上上下下，这是莫斯科生活让人疲乏的——最细微的——事情之一），克里姆林宫塔尖上的红星，各色军人头顶硕大的煎饼帽（如何能不被大风掀翻？），马路边上用来扔烟头的酷似投票箱的装置，身穿黑色连体服的保安，另外一些穿得更讲究，深色西服白色衬衣，停车不熄火的黑色大轿车排出股股白烟，人们往往能看到副驾驶的位置有一张天使般的侧脸，被手机屏幕微弱的蓝光照亮，多到数不过来的美容院。北京呢？煤的味道，悄无声息的电动车，从正在马路边上走的你的身边滑过，把你吓一大跳，绿色胭脂红和灰色，花边一样的白色金属栅栏，把大马路从中间隔开，街边随处可见有人在练体操，戴着蓝色或白色口罩的路人看起来像外科医生；挡在汽车（往往盖着篷布）车轮侧面的纸板或胶合板，用细绳或砖头固定住，是车主防止狗往车轮上撒尿的办法（大概是从汽车还属于稀有物件的时代遗留的操作）。

　　塞尔日已经无法起身，说话也越发艰难。"我想结束这一切，"他对我说，"我想就在今天了。"又说，"真是一段伟大的友谊。"我忍不住落泪。"咱们连架都吵不起来了。"我对他说，他笑了。我对普鲁斯特是钦佩有加的，尤其是他灿若莲花的毒舌，但他也有很多让我讨厌的地方（关于"小女工""小穷丫头"的可笑段落，马塞尔声称花几个子儿，也就一顿符合资产阶级标准的饭钱，就可以请到家里来——我在这里说的倒不是这种行为本身，而是这种行为所铺展的社会想象力），还有他一遍遍重复的反友谊宣言，说友谊是"出于某些道德原因的伪装，一位放弃一小时工作时间去和朋友闲扯的艺术家知道自己是为某种不存在的东西而牺牲现实"。友谊是"如此无足轻重"，以至于他马塞尔无法理解"某些有点天才的人"，比如尼采，会花时间在上面，而他更愿意跟"年轻女子"这些与"精神生活"不相干的迷人的小动物"玩耍"。《追忆似水年华》中唯一一直挂着朋友称号的人物，布洛克，也是唯一自始至终不讨人喜欢且滑稽的人物。我讨厌"艺术家"的形象，不想以注定要灵魂干涸为代价来换取当一个艺术家（正因为此，我也许不是艺术家）。我钦佩作家们，某些作家（普鲁斯特为首），但我不明白为何非得将他们视作偶像。即使是天才，也不妨碍他同时是个爱摆架子和溜须拍马之人。（他的信，他刊登在《费加罗报》上的那些文章！）也是个蹩脚的朋友，肯定。

普鲁斯特将朋友比作家具，称和家具说话莫不是某种令人遗憾的疯狂。这些段落，我是不会再给塞尔日读的。也许，我在"浪费我的时间"，还有他的时间，他所剩不多的时间，给他讲北京，夜晚的天安门广场被聚光灯照亮，保罗·安德鲁设计的大剧院周围细致入微的管理（禁止游泳、演奏、摘花、坐在水池旁、放火、燃放鞭炮……），那建筑是一滴巨型水滴砸落在水镜表面的百分之一秒间被定格的样子。Nilzia, zaprichchino（禁止），人们曾经告诉我这是俄语中使用最多的词语。我试着向他描述紫禁城的美丽和庄严，显而易见却无压迫感，令人不由自主心生敬畏，离我们习以为常的美那么遥远：褶皱起伏的层叠屋顶，古朴的金色，优美的线条尽头一串带尖角的小动物前赴后继，像是要列队跃入虚无之中；苔藓的绿或铜器上的绿，青金石的蓝，藻井天花板下阴暗的厅房，朱红色的立柱画出红线，铺着灰砖的辽阔庭院，缓坡的阶梯，这一切不停重复，几大重要主题的变奏。从皇帝吊死的景山望去，晨雾之中（也许并非中国画里经常出现的烟波缥缈），楼阁的屋顶如汹涌的层层波浪翻滚前进，最大的在中央，两旁许多小浪护送。但不管是旧日的还是现代的，那里曾是帝王的都城，也有一些光膀子穿着大裤衩的大老爷们儿翻起脚底踢毽子，乐在其中，还邀请我们加入游戏（非常感谢！）。鼓楼与钟楼之间，墙头草在胡同屋顶的瓦片缝隙里凌乱生长，风中作响的织物，道路清洁工的自行车，收废品的自行车，磨刀工的自行车，老人们坐在椅子上两眼空洞，喝着热水，时不时吐口痰，或者打牌，红色灯笼，电线束束，水果摊和菜摊，叫不出名字的蔬菜……

　　我从他家出来，对他妻子多米尼克充满敬意（不久前轮到她去世了。我刚从巴黎回来，世俗告别仪式在那里不停上演，一点音乐，几簇鲜花，话未多说就被啜泣扼住咽喉。有一种巨大的无力感，不知还能对死亡说些什么，又因为无法忍受痛苦的流露，还非得想办法把人逗乐，大概每个参加葬礼的人都有过这样的烦恼，多少有点可笑）。她那么挺拔、准确、无微不至，棕色的高领毛衣搭一小串珍珠就那么优雅。

　　我打算去卢森堡公园转一圈。就像人们常说的，换换头脑，但也换不了多少。灰棉絮状的天空。有的树叶子已经完全掉光，只剩下黑色的枝，有的还残留着几片树叶。栗树分裂的叶片边缘有小锯齿，靠近叶柄的地方还是绿的；椴树的叶子背面是柠檬的黄，正面则是灰珍珠色。风在叶间。"秋之强音。"夏多布里昂说。地面落叶如毯，发黑，被浸湿，散发出酸味——巨人大概会将其做茶饮。

远处传来小号吹奏的茨冈音乐。塞尔日不会再看到这些了，我对自己说，他不会看到这些树再次变绿，世界正全速离他而去（我想到《阿莱夫》精彩的开篇，即使记忆力越来越欠缺，也不妨碍书本前来为生与死做评注）。感性的谬误推理：他命不久矣之于我的痛苦，如果不是跟他诉说，我又能跟谁诉说？他向来耐心地见证我的痛苦（也有欢乐）。我走出公园，在米肖曾经住过的那条街上看到茨冈人，一位大腹便便的老人，小推车上放着音响，一个皮肤黝黑的年轻人，两个人面相都很和善。他们演奏着我不知道是什么的音乐，也许是电影《赤胆屠龙》里的。我给了他们一块硬币，年轻人向我索要香烟。"爸爸的呢？"他问。好吧，两根香烟。阴天里铜管乐带来明亮。他们让我好受些。

十一月，白日的衰落让人悲伤，道道雨丝如线，闷闷不乐的水滴斑斑点点，黑色的雨伞开出黑色的花。塞尔日安静地往黑暗中深陷。我又给他讲了一两个中国故事，绝望地而且也许是愚蠢地，企图让这一叙述里的中国变成一道言语的桥梁，通往那个即将无法企及的人。正好，我讲的就是一座桥，杭州的拱宸桥，通往北京的运河上的一座非常古老的桥，双手相拱向皇帝致意的形状（如果我正确理解了导游给我的解释）。水边有一个可爱的地方，垂柳下的一座咖啡馆。《在水边》[①]，是施耐庵那部讲述一百零八个土匪冒险故事的流浪汉小说巨著，那些了不起的壮汉天不怕地不怕，不怕老虎也不怕官兵——如果这个"水边"真的存在过——在西溪湿地的角落，离那不远的地方飘着桂花香，到处是黄色的鸢尾花、樟树和竹林，婷婷立于枝头的莲花可比绿色的火烈鸟。给我当向导的是年轻的素，身材娇小，身着白裙，头戴粉色软帽（就像是从《花样少女》[②]中走出来的——顺便一说，多么媚俗可笑的标题），说得一口完美的法语。那里有一种中国的温柔，但另一边则是显而易见的暴烈。一整个上午，在这片宁静风景的上空，战斗机来来回回超低空飞行，撕破了宁静，那里本来只有几声水生禽鸟鸣叫。这般温柔可以是一个承诺，比如星期天沿着杭州西湖散步时就能够感受到同样的温柔，但承诺不一定总能兑现。水在薄雾中闪着波光，周围的风景呈现一种柔和的绿。灰中泛着蓝，金色扬尘飞舞，小

---

① 指《水浒传》，法文书名 *Au bord de l'eau*，意为"在水边"。
② 指《追忆似水年华》第二卷《在少女们身旁》。

船在光刃上滑行，随着船尾的桨漫不经心划出的节奏前进，船上载着的小家庭举着手机或iPad没完没了地拍照，而他们的上一辈举的是红宝书。一座岛上，一群人在唱京剧和《我的太阳》，指挥是个光头，活脱脱一个翻版毕加索。岛的四周被莲花和一些丝滑的（普鲁斯特应该会这么说）白色和粉色花朵包围。（就在要登上小船的时候，我的朋友湄问我带护照了没有，没，干吗？因为老年人可享受减价优惠！明白了吗，罗兰？别光顾着看中国小姑娘黑色刘海下滴溜溜的眼睛和白皙的腿！）湖边，面相温厚的人们啃着棉花糖或吐着西瓜子，优哉游哉地在各个歌者和舞者施展本事的即兴小舞台之间晃悠、雀跃、嬉笑，挤着看业余演员们演一出传统戏曲。他们化着白色和淡紫色妆容，穿着厚底鞋，脸上挂着大白须，或头戴亮闪闪的头冠。在年轻人当中也能感受到这种可能存在的温柔（在法国不可想象！），他们极其专注、友好、好奇，来到这些非常漂亮的书店（北京的单向街、广州的方所、南京的先锋……）里听一名几乎没听说过的法国作家讲演。

那么，就在杭州那座老桥后面，有一间咖啡馆，在水边，垂柳之下。店主是女诗人舒羽，她有着全世界最漂亮的耳朵、手和嘴唇，还有一双埃及人的眼睛。唯一使她显得不太优雅的活动，是吸食淡水螺：她的示范动作熟练到令人咂舌的地步，轻轻一吸溜，那软体动物就被吞进嘴里了，而其他人还在笨拙地试图往外抠（漫不经心地，只是出于礼貌，那东西在我看来相当恶心）。我不知道自己是否也无法认同她时刻都在手机上点戳，手指就像蜘蛛腿一样。她的生活在微信上直播，这与我想象的诗歌尤其是中国诗歌相去甚远。不过除了这些，她就是魅力本人，而且魅力不仅限于她边念诗边拉二胡的时候，这种中国传统"小提琴"只有两根弦，琴杆细长。她的咖啡馆里满是书。夜晚，那是一个叫人不想离开的地方。黑色的平底驳船从中间的桥洞穿过，快速交会，有时会发生剐蹭，发出悠长的金属刮擦声。船上装载着煤、砂砾、废铁或沙子（柔和的白色弧线从船底露出，让人想到月光下的乳房），运河波光粼粼，对面的河岸上人们成双成对跳着舞。

"我这一小圈转完了。"塞尔日又对我说，然后话语就离开了，再无话可说，没有叙述的可能，只剩下手语，因为从来没学过所以无比艰难。凹陷的脸，紧闭的眼睛，两条瘦得吓人的胳膊贴着身体。他越来越有他即将成为的那个谜团的样子了。我往下读《追忆似水年华》，死亡接踵而至。先是斯万，而在他死之前出现了"即将到来的死亡奇特而意想不到的形状所带来的那种吸引力",然后是阿尔贝蒂娜、维尔迪兰、戈达尔、圣卢的死。尽管有时候读着读着会让人火大(反正我会),这本书依然是一座丰碑,每个作家照着它的刻度来衡量自己的渺小。我怎么也想象不到它会伴随我最好朋友的离世,和他一起走向尾声。悲伤再汹涌,也是一阵阵发作的。回想起一些时刻会惊讶地发现——自己竟然已经在想别的事情,有时是些无意义的琐事(一篇说您好话的文章!),开始和悲伤保持距离。可能就像这些关于中国的画面,对我来说,那是和这件正发生在塞尔日身上的不可想象的事情保持距离的一种方式。《在斯万家那边》出版一百周年纪念的前夜,他死了。黑衣人来了,带滚轮的担架滑入小巴的冷藏厢。很快,我将在纽约,在纽瓦克的护照检查口的长蛇阵里排队前进的时候,我已经有心思留意一位讨人喜欢的法国姑娘了,她留着一头古书中才会出现的金发,唇峰明显的嘴,黑色帽子下一对黑眼珠子。她背着把吉他,也许是名年轻歌手?得了,还是看纽瓦克港集装箱吊车上金色的黄昏吧,满月正在升起。

　　爱情也会离开，可别心存幻想。上一次爱情叫你发疯，让你写出了几十首诗（不算太糟糕，甚至还不错，相当有精神境界，这算是人越老越在行的为数不多的事情之一），让你幸福到以为自己已经不可能再这么幸福，不幸到永远不想再如此不幸（不管怎样，这个愿望大概可以被满足——但是，当一切结束，不再受折磨，又该多么无聊啊！）。想象一个短暂但炫目的未来，心中充满自豪（这种男性的虚荣除了可笑之外，其实也是对被爱者的敬意），突然觉得自己更英俊更聪明（这倒应该是真的），以为走到了爱情生活的尽头你总算学会变得讨人喜欢，熟练掌握了年龄教给你的所有可以征服快乐的手段，尽管你很快就会变成一个不幸的男人可能变成的那样（女人也会），可怜又可笑，乞求一点爱的蛛丝马迹，其实已经不是爱却还竭力去相信，丧心病狂地去分析最无足轻重的信息，寻找不存在的痕迹，变得爱纠缠不休，这是最叫人鄙视的事，像一头掉进套索陷阱的动物，每挣扎一下就被勒得更紧。就像莱奥·费雷在《时间流逝》里唱的，失魂落魄地游荡如流浪的狗，喋喋不休地描述你愚蠢的期望，还有你的绝望，它没那么虚无缥缈却一样愚蠢。你的朋友们大概都惊讶不已（私底下很痛心），看你还跟小年轻似的，老年轻了，整夜整夜地抽烟喝酒，奋笔疾书几十页，讶异于自己竟能跌落到如此之低，每次都以为已经触底，然而并不是，底下还有个小小的无底洞空着呢……所以，上一次爱情，就是你像头骆驼一样待在卢森堡公园的棕榈树下等的那个年轻的俄罗斯女人。说到骆驼，你很快就会跟你在苏丹百卢达沙漠中看到的遗骸差不多模样，闪闪发亮的骨架，干净得好像自然历史博物馆中的展品（还有一些一层皮裹在黑黢黢的一点肉上，肠子鼓胀如同气球，从肛门冒出），风在周围刮起黄沙的涡流。

我当时正和一名摩洛哥摄影师在旅行中，我被他气得想把他丢在沙丘上（二十年后我们在丹吉尔重逢，时间完成了和平使者的任务，我们一起在他家喝了几杯茶。话说回来他是个好摄影师）。当时我自愿捎他上路，我有一篇关于苏丹考古遗迹的报道要写，必须在天黑之前赶到麦罗埃，有人在那里等我，而他路上每遇到骆驼骸骨都让丰田车停下，没完没了地拍照，全然不顾我着急怒斥。我们在太阳下山很久之后才到达麦罗埃的皇家墓地。我诅咒他，都是因为他我们才在夜色中到达目的地。我得承认，那可真是一次难忘的经历。繁星闪烁的天空下，金字塔群的台阶和棱边层叠延伸。蝙蝠贴着地面飞行。我们行走在无瑕的沙丘上，星光下沙子呈现一种苍白，似乎保留着几分白天的亮光，但我们既无法欣赏沙丘的坡度也无法感受它的高度。摄影师的闪光灯在夜里只能闪出几坨模糊的黑影。

在休息站，一个老头接待了我们，给了两个席地而卧的位置。他就生活在那一间屋子里，家具有一张折叠床、一张桌子、一把椅子和一个炉子。贴着四周裸砖墙的搁物架上堆满陶器和雕塑的碎片。1950年，年轻的建筑师弗雷德里克·欣克尔生活在东柏林，他认识了一位研究科普特文化的专家，跟他来到苏丹，后来就几乎再没离开过，他在那里成为麦罗埃古迹最重要的修复者。民主德国批给他一点可怜兮兮的零花钱："我这辈子花了他们总共不超过两百美元。"他对我说。煤油灯的光自下而上打在他脸上，如果我没记错的话，他的招风耳装满阴影（但我不太确定，那也许是我某本小说中的人物，以他为原型，是小说人物有着这样一对招风耳：比他邪恶多了，那本书被译成德文的时候我还颇有顾虑）。"但对我来说，三十年里，苏丹代表了自由。"东西德统一让他浪费了宝贵的时间，他不得不从零开始，让西边刚迈出校门的年轻人认可他的学识和职业经验，但他们多疑的傲慢伤害了他。如今他已经老了，本该继承他事业的女儿丧生于大马士革的一场车祸。他自感时日不多，必须尽最快速度以大量发表。"I'm alone（我很孤独）."他对我说。（现在回想起来，比起当时，我心中越发感到他很亲近。）

那里的另一次旅行：我从喀土穆搭大巴前往苏丹港。不知为什么，我想在这里讲讲这一趟行程。它强行回到我的记忆中，就像有些时候，我们是十足的异乡人，处于一种有点被净化的状态，那恰恰是我们寻找但又并非真的希望达到的一种状态（并不是只有消遣玩乐的成分）；更自由一些，因为我们几乎什么人都不是——方圆几千公里之内，没人在乎你。隐约带点危险的一身轻，像软性的毒品。清晨五点三十分，没有公共照明的街道笼罩在一种特别的光里，车灯穿透haboob①风掀起的沙尘，这风也刮得一个个塑料袋穿街过巷，像一群群亮闪闪的小动物。差五分六点的时候，长途汽车站旁的清真寺开门了，阿拉什么的。与此同时，甘莫里特快线办公室里令人费解的繁冗手续也开始了，就为了买张票。

外头，风将火炉的炭灰吹散在夜色中，一个姑娘经

---

① 哈布风暴或哈布尘风，苏丹北部境内的湿热强风。

过，年轻，光腿，身穿蛋糕裙脚踩高跟鞋，头发以再简
单不过的头巾绾起：不怎么太符合当地的着装习惯。是
个大胆的姑娘。她的出现振作了我的精神，我和她是一
路的（我希望现实真是如此）。有辆丰田出租车被车主
遗忘，车大灯慢慢暗了下来，这让我想到吉卜林①的一
部小说，书里写到了苏丹，叫 *The Light That Failed*（《消
失的光线》），联想方式有点曲折但思维就是这么发散
的。后来我总算坐到了大巴上，手里攥着车票。然而有
个家伙从夜里蹿出，强行拿走了我的护照，消失了，接
着又冒出来一个家伙夺走了我的车票。我于是什么都没
了，心想是不是不该表现得这么顺从。但我有得选吗？
连身份都被剥夺了的人。再后来，早上七点了，大巴开
动，胆汁色的清晨在挨着机场的塑料袋原野上升起，棕
榈叶在风中七扭八歪。喇叭里念着没完没了的单调颂
歌，十有八九是宗教内容。再后来，大巴车前方的屏幕
亮起，好让我们听一位大胡子讲道者说话（我没享受这
部分待遇）。第一次中途休息，车停在一处由纸板和布
头搭起来的棚屋前，有人在那里卖茶。平顶的干枯灌木
下，风景因塑料袋的点缀而跳跃，一直延伸到天边。又
一次停车休息，这次停在一间土屋前，狂风把蓝色屋帘

---

① 鲁德亚德·吉卜林（1865—1936），生于印度孟买，英国作家、诗人，被
　认为是英国十九世纪文学代表人物，1907年诺贝尔文学奖得主。

吹得飞了起来。有人给了我一只水桶，让我去另一间土屋里撒尿。

过了一条河，可能是阿特巴拉河，然后有了第一次检查，相当友好。有些是便衣，有些穿着制服，好几个半躺在一张铁架床上。我的通行许可证似乎让他们挺满意。通过！（大手一挥，有一种看破一切的宽宏大量。）继布道者之后，大巴车的电视屏幕上现在放的是极其暴力的美国影片（不过与性相关的镜头被仔细删除了）。前排座位上的一家人就这样看着——年轻的母亲从头到脚裹在黑色里，只有眼睛和长长的睫毛从一道缝中露出（难道不正是因为掩盖了身体的其他部分才让半遮半露的双眸更加动人吗？）。两个小女孩穿着红色连衣裙，头上编着小辫。塑料袋的原野延绵不绝，蓝色的，粉色的，半透明的，像是水母的乐园。现在，大巴行驶在峡谷中，电视屏幕上出现一个骂骂咧咧的男人，一把茂盛的大黑胡子，白头巾恨不得盖住眼睛，动作夸张，在大声咒骂着什么。我自然是听不懂的，但还是能听出一些词，像"阿拉伯""美国""百万美元"。他的红口白牙（吸烟有罪！）在黑须丛中显得很淫秽。听众（我的邻座们）看起来很受触动，但也并未对我这个从撒旦的世界来的逃兵表现出丝毫敌意。十七点三十分，在一片脏兮兮的沉闷荒原尽头一道蓝色的红海。水

泥砖或红砖砌就的低矮房屋，帐篷，羊群，单峰驼。到
萨瓦金了，我当年乘朱迪号来到这里，那是……很久以
前。然后就是通往苏丹港的路，笔直的，路两旁是游牧
的贝扎人的帐篷，右边有一艘货轮的残骸。第一次来这
里时我曾步行前往那里（差点被晒死）：船体锈成了暗
红色，右舷侧面冒着一柱柱高高的泡沫，残骸比我记忆
中的要大（但这部分记忆跟《苏丹港》某个口袋版的封
面图混淆了，就像我们称之为记忆的东西大部分其实是
记忆的记忆。我们亲历的生活保留在其中，同时也在不
断变质、自我远离，直至成为一部小说）。没过多久，
苏丹港的油罐和集装箱吊车出现了。行程耗时十二小
时，我只是简要叙述。

　　我之前的俄罗斯恋人是个感情非常外露的人，与
我完全相反。我生性倾向于隐遁背景之中（不是出于谦
逊，而是因为羞怯，包含着某种骄傲，而且隐遁往往
失败）。喝大酒，抽大麻，在桌子上跳舞，喜欢取悦他
人（所有人都愿意取悦于人，但在她身上那真是到了迷
恋的地步），而且毫不费力就能做到。任性，古怪，什
么都不怕，完美的利己主义者——但不算计，没有小心
眼，她的自私跟狐狸的自私一样自然：她就是一只狐
狸，优雅、敏捷，并非刻意的残酷。我已经不是她的对

手。"你会烧着自己的。"有天晚上她喝得烂醉，我送她回家，她警告我："你会烧着自己的。"看得很准，话说得太客气。在另一本书里，我把她写成了一位古巴女歌手（"书就像巨大的墓园"，这又是普鲁斯特说的。不过，和他的情况相反，在我的墓园的墓碑上，我能读出名字，时间没有把它们抹去。我这辈子——微不足道——的成就之一，就是进入过我的生活的女人们都没有真的离开）。

是她先盯上了我（我也贡献了自己的力量），头几个月沉浸在炽烈的快乐之中。但我大概不够洒脱，我的不洒脱反而令她依恋于我。我是个惶惶不安的老情人（和我曾经以为的恰恰相反，年纪并没有教会我什么）。"人心总喜欢给自己出问题，这是改不了的本性。若非如此，我本可以是个无比幸福的人。"亨利·詹姆斯某篇短篇小说里的人物如此回忆道（他写的是"无比幸福的女人"，因为说话的是个女人）。也许我不过是个太寻常普通的人罢了……有天晚上，她突然冷不防地说，她对我没有任何欲望（而我，傻乎乎地问："今晚，还是永远？"她说："我想是永远。"）。我眼前又出现她一头蓬乱黑发下圆圆的黑眼睛，一张叫人捉摸不透的脸，也许有那么一瞬间闪过一丝惊骇，被她自己刚刚出口的话所惊吓（尽管很少有什么事能吓到她）。那是在格鲁吉亚的茨卡尔图博，我可能没法挑到更好的地点作为我私人生活（最后一局了）小小灾难的预设场景了。苏联大型温泉疗养区仅剩的唯一营业的酒店，109号房。周遭，林子里，只有温泉浴宫的废墟，无边的白色残骸，令人唏嘘，往日达官贵人们洗浴的地方（我说"无边"，并不只是为了套用一个不出意料的形容词：当苏联人决定要把事情做大，他们是不会浅尝即止的）。通通被洗劫一空，地板的最后一块板条，巨型水晶吊灯最小的一块挂坠，几千扇窗户一扇不剩。圆亭，立柱，壮观的楼梯，被仔细掠夺过的舞厅（我若是电影人，定会在那里拍摄《追忆似水年华》的最后一幕，盖尔芒特亲王家的下午，我向你们保证电影会很好看），干涸的喷泉池和游泳池里散落着残片，顶上的玻璃天棚只剩下生锈的骨架。幽灵宫殿的某些侧厅被阿布哈兹的难民擅自占据，依稀能辨认出遮盖窗户的篷布后黑色的人影，正密切留意着我们这两个不速之客。矗立在一个陡坡之上的，是斯大林的房子和电影厅，在旧日气派的宫殿旁边显得几乎有些寒碜。斯大林喜欢美国电影，就让人在电影厅里放美国电影。这两个地方同样被洗劫得什么也不剩，地上点缀着无数小黑球：羊粪蛋（它们能在那里吃到什么呢？）。这一切，回返荒野状态的园子，被废弃的美妙之地，这些拱门和基里科风格的雕像，斯大林和勃列日涅夫坐浴过的浴池，似乎它们被建造随后又被荒废只不过是为了给我微不足道的感情悲剧提供一处恰到好处的背景……

　　并非我乐于提及这些隐私。重新忆起不是一件太惬意的事，而且我也已经说过，我对忏悔一点兴趣也没有。之所以简短并尽可能概略地叙述，是因为这是我着手描绘的个人地图最低限度的必须。我所做的关于这段故事的笔记足够让我写一本书，比现在正在写的这本要厚一倍。不幸让人痴蠢，但也让人变得无比敏锐，擅于观察，细致入微，文思泉涌，小心翼翼（到疯狂）地捕捉每条讯息最细小的变化和声音里最轻微的语气。

　　在那时读的书里，有布扎蒂的《相爱一场》。迷恋上一位年轻妓女的米兰律师的痛苦日志。我带着某种感激认出了自己，不断地在书里发现自己经历的种种时刻，"疯狂野兔"的恐慌，解读里的妄想，我就是这样。我可以用另一种方式写《相爱一场》，我也的确这么想过，比如，当我在上海，几乎已经平静下来的时候（但在这重新找回的平静中，开始想念那段每一刻都仿佛必须为活下去而挣扎的时期），因为换手机，冷不防看到之前的一些短信。她说我们在玩火，说她会烧伤自己，但她不在乎——还有其他甜言蜜语，从我们之间的缄默或者几近缄默的状态中重新冒了出来。相对于我们之间的疏远，上海不过是一个地理上的隐喻。这才是我想谈的：这些私密的事，我之所以不得不提，是因为它们和朋友们的离去一样，解开了你们的缆绳，让你们自由地（甚至渴望）远走高飞。我不想说远游（若要取某葡萄牙经典作品的名字）只是一种忧郁的躲闪，因为更加幸福的热情一直在出现，还有好奇心，甚至是更为本原的、更天真的——去"见识"的欲望。但是，这其中也有忧郁（"海风"的欲望中也有悲伤，马拉美说的）偶有发生，甚至越来越频繁，干吗闭口不谈。行了，够了。

在上海我也不单单只是在老城区行走，我也会去（当然劲头就没那么足了）高雅之地。我在外滩流连，参观老仓库改造而成的画廊，乔空间，属于上海和北京连锁KTV的老板。此人是个留着刺猬头的年轻人，看起来很机灵，请湄和我喝了一杯（矿泉水……）。龙美术馆，有着高挑的原始水泥穹顶，馆主最早开出租车起家，令我震惊的不是他花三千六百万美金买了一只明代的小杯子，而是他用这杯子喝茶就像用一只在无印良品买的再普通不过的茶杯。在我看来，这些地方似乎经常是用空洞包围空洞（笑料，东拼西凑，粗俗之物，仿造品）。我看到的是金钱铺张卖弄它的排场，比起达米恩·赫斯特的早期作品，比起会呼吸的书（The books are being read），比起时不时往外吐水的嘴［还立着一块牌子写着Caution, wet floor（当心，地板潮湿），但这并不是作品的名字，不是人们可能以为的那样］，我更留意的是身穿黑裤子白衬衣，身形修长的漂亮姑娘们，她们神情疏离，负责迎接顾客，显然不是我这种顾客。我看着一个个面目呆板的女子，黑色长裙，红粉白脸，漫不经心无精打采地从一个展台走到另一个展台，从一个展厅走到另一个展厅（她们也是金钱铺张卖弄出来的排场——但在我看来更动人一些）。我觉得美的作品，都是古物，保存在龙美术馆的地下空间，巨型的丝画卷轴，精细缤纷，表现帝王阅兵的场面。更有寿字瓶，上头满布"寿"字的一万种不同写法。另有一天，为了换换空气，我坐到了地铁六号线的终点站港城路。看看一座城市尽头的念想，在上海这样的大都会会更加强烈，因为它不可能被满足。城市在空间里不停分裂，没人能说出边界到底停在哪里（除非被大海切断，所以城市的海岸才那么美）。尽管如此，这欲望还是推着我前往。地铁前行着，乘客逐渐清空，尤其是城里的乘客，取而代之的是古铜肤色的农村人，头戴黑色仿皮鸭舌帽或尖顶帽。列车在五莲路之前攀上了高架路线，从车上能观察到的不是城市的尽头，而是它一点点被稀释，摩天大

楼把位置让给了一簇簇十几层楼高的建筑物，细长形
的，作立正状；然后农田、棚屋塑料大棚、漂着小舟的
河流和渔民开始出现。尽头，黄浦江和长江交汇处不远
的地方，崛起一座钢铁之城，满是高墙、大道和集装
箱的迷宫，不绝于耳的铁皮哗啦声中，半挂车运载着
集装箱，侧旁印着各个国际大公司的名字，全球化未
经雕琢的诗意，BAY LINES COSCO MAERSK CMA CGM
HYUNDAI CK LINE YANG MING EVERGREEN CHINA
SHIPPING DONG FANG TRITON LLOYD TRIEDSTINO
KAMBARA KESEN HANJIN HAPAG LLOYD NILE DUTCH
HAMBAURG SÜD DONG JIN，我们能感到自己正身处
世界这一庞大身躯的关键节点上（在洋山新港感受更明
显），就像中医解剖图上标出来的（对我而言）神秘穴
位之一。能量、精气从那里经过。那种紧张，从卡车永
不停歇的穿梭和铁皮集装箱震耳的声响中就能体会到。
然而，在这片超级的嘈杂中也有一些安逸的偏僻角落，
卡车司机吃饭的迷你饭馆——一辆板车，炉子上的菜肴
正被文火煨着，看起来不难吃。运河旁，垂柳下，渔民
撒下渔网。更远处，在长江三角洲有崇明大岛。我和个
头袖珍的译者苑一起，在岛上的向日葵地里骑车溜达。
她身穿绿色大摆裙和小海魂衫，我觉得她很好看。

松树、枫树、雪松，高高的树干被苔藓包裹，使凯特公园的内景有了图腾森林的意味，一如加比奥拉岛对面、乔治亚海峡边上非常漂亮的温哥华人类学博物馆所见的那种图腾。如果对不列颠哥伦比亚印第安文化一无所知（比如说我），说明牌上的文字有着一种让人摸不着头脑的诗意："耳中有人类和青蛙的熊，耳朵之间的狼，人类和不明造物"，"不明造物，其嘴用做雷鸟的鸟架"，还有"女性野人（Tsonokwa），持铜器的熊，尾部有鸟和人的海狮，带光的乌鸦"。我无知而浅薄，心想，当一只耳间有狼、耳中有人类和青蛙的熊应该挺适合我（青蛙倒不是必须）。那是尼斯亭斯村的一根雕刻柱，在SGang Gwaay Linagaay（红鳕岛）上。

每一座博物馆，尤其是远离老欧洲的那些博物馆，都是一张邀请函，让我们发现自己看世界的目光有多狭隘。"每一种文明都是一条死胡同。"米肖说。面对这些窸窸窣窣诉说着"含糊话语"的桅杆，我难以有所感想，除了毫无创意（但十分必要）地想到——动物生命几乎完全被抹去，想到它们在我们的描述中所承载的（我们赋予它们的、我们从它们身上学到的）各种意义，想到它们在世界上开拓的"道路"（用我的朋友让-克里斯托夫·巴依的话说）。我，我们，这些活着的生命，有一部分已经被抹去。大型的音乐会里，我们再听不见奇怪的声响。然而，《列那狐传说》，我们的语言最早的文本之一，是一窟辽阔的兽穴——尽管是拟人化了的动物。这种拟人化本身就在动物和我们之间设定了某种关联。让野生动物沦落至旅游猎奇的附属品，是我生活的时代遭遇的最糟糕的事情之一，而且还不是人们谈论最多的那种事情，尽管人们开始愤愤不平。对于一个未来考古学家或古生物学家（姑且说三十世纪的吧，如果到了那时候还有人操心去钻研过去），动物痕迹的消失大概比叙利亚战争留下的废墟更能说明问题（这么说并没有淡化叙利亚战争现阶段的影响和可怕程度的意思）。

同样，在上海，在极美的震旦博物馆（安藤忠雄设计）里，我只有目瞪口呆的份儿。看着眼前这些鱼、凤凰、孔雀，还有龙。据说根据青花描绘的龙爪数量，能得出绘制的时期。这是亲切有加的解说员用她一口可怕的英语告诉我的。人们觉得应该给我找个解说员（我是唯一的参观者）。双翼有翅膀的，头上带冠的，有犄角的，长鳞片的，狗脸或猴脸的，大眼睛的，盘绕在瓶壁或盘底。几乎只有那具裹着金缕玉衣的汉代死尸才唤醒我联想的可能（让我想到西方的死者卧像，只不过，这位死者并没有双手合十）。从长长的窗口望出去，可以看到插着红旗的黑色平底大驳船在黄浦江上划出道道尾流，还有外滩的装饰艺术建筑物和延安路一带粗壮的高楼。

云朵贴着布勒内湾的水面飘过，消散在树梢。雨林的这番风景，也是艾米丽·卡尔无数画中的景致，这位边缘艺术家曾经生活在这个地区，和她的狗、树、印第安图腾在一起（后两者在她的画中经常混合）。就是在这里，温哥华以北，把生活过得像地狱一样的马尔科姆·劳瑞——酒精是他地狱里的龙，在这里找到了相当长一段时间的相对平静。他住在布勒内湾边上的一座木屋里，在那里孜孜不倦地重写《在火山下》。既然此书是我随身携带的小小图书馆的藏书之一，我便想见识波江座——他在*October Ferry to Gabriola*①（直接用书的英文名，是因为我不喜欢法文译名）里就是这样命名这一带海岸的。

温哥华书展（没人听说过我，更不用说读过我写的哪怕一行字）的一纸邀请函，唐突却正合我意，让我得以了此心愿。一艘名为Nefeli（云）的货轮航行在枫树火焰一般的叶丛下；另一艘停在印第安峡湾前的锚地。

_____

① 意为"十月的渡船去加比奥拉"。

音色如管风琴的汽笛声传来，深邃地震颤着，那是雾中的火车。温哥华就在附近，森林背后。劳瑞和妻子玛哲莉的木屋已经不见了——第一座着了火，《在火山下》的手稿差点葬送火海；他们自己盖的第二座（他是个身形如伐木工的酒鬼）也已经不存在。布勒内湾沿岸见不到任何木屋，只有一块湿亮的石头上钉着块牌子，示意一本often declared one of the great novels of this century（经常被认为是本世纪最伟大的小说之一）的书的作者曾经在这里生活过（能感受到often declared这一说法有所保留）。一条清澈的细溪在丛生的蕨类之下奔涌跳跃。下游，Shell（壳牌）的小炼油厂还在——"最美石油加工厂"，劳瑞在他的一首诗里写道。美，也许，但他也讲过（八成是杜撰的），架不住有天夜里红色招牌的"S"不亮了，牌子变成了"hell"，地狱的标志。地狱，对于劳瑞而言从来不远，他很快就要去了，在萨赛克斯郡的村庄，死在一瓶破碎的金酒里。但是在这里，在波江座，他是能有多好就有多好，如果我们愿意相信的话。白日从森林上方的白色光芒中升起，这白色的光芒就如同"可怖黑夜的城市"Quauhnahuac/Cuernavaca①的对跖点。他投入"绿松石色的水轮"之中，"最清澈、最深

————————

① 墨西哥城市库埃纳瓦卡，写作Cuernavaca，马尔科姆·劳瑞在《在火山下》中写作Quauhnahuac。

远、最能叫人新生的波浪"，让他暂时忘却龙舌兰、谵妄和墨西哥法西斯的地狱。忘却，不，多么愚蠢的动词来到了我的手头下……只是稍事喘息，为找到适合死亡的声音争取一点时间。

关于劳瑞，在还为报纸工作的时候，我找到过几个还在世的水手，他们曾在一艘法国货轮上工作过。那艘名为"布列斯特"的"自由轮"，在我出生那年，载着劳瑞从温哥华来到勒阿弗尔——这趟旅程让他写出了长篇叙事《穿越巴拿马》。运河和他的故事让我回忆起不久之前发生在我身上的、作家可能会经历的遭遇之一：弄丢笔记本，其中一些记录恰恰就是在巴拿马期间完成的。我的巴拿马之旅很大程度上是因为劳瑞和桑德拉尔的召唤，我喜欢桑德拉尔的《巴拿马或我七个舅舅的冒险》，多亏我的朋友塞尔日让我读到。我说"遭遇之一"，最糟糕的当然是弄丢手稿，这对劳瑞来说几乎是家常便饭。经过种种推理，我判断自己大概是把这个本子落在了法航从阿姆斯特丹飞往巴黎的飞机上，于是我联系了这家公司的失物认领部门。愿所有人都不要有类似的经历：好几轮邮件往来之后，我被告知失物找到了。宽慰，喜悦。我前往戴高乐机场取失物。在那里，经过漫长的等待之后，我又被告知失物找不到了，找到之后会寄往我的住处。感恩。第二天，有人询问我是否对找回我的"失物"感到高兴，而我连它的影都没见着。最终（我尽量长话短说，我承认，这一部分只是为了满足我小小的报复心），我被告知笔记本很可能已经被销毁。绝望。我想过凭记忆重写，最终放弃：真实的印象已经开始模糊，我已然找不到合适的词句来描述了。我记得笔记里详述的是在达连半岛（勒·克莱齐奥停留过不少时间的半岛之一）那边的印第安地区的一次拜访；对话身穿牛仔服的酋长，以及胳膊、脖子和下巴均涂成黑色的、勇敢又聪明的女性；面对绿色植被的视觉冲击赞叹不已；耐心等待一艘货轮通过米拉弗洛尔船闸；以及阿曼停留期间的笔记，在干旱的山区惊喜地发现玫瑰园有石头灌溉渠引水浇灌；在祖母绿的海水衬白墙的苏尔港，最后一个传统船坞里，看着建造中的阿拉伯小帆船的柚木板柔和的开口弧线，感觉像到了航海家辛巴达的家乡（其实他应该是巴士拉①那边的）；在入侵马斯喀特②的市场的游客面前感到尴尬，他们来自停靠当地的豪华游轮，无一例外都是肥胖的老年人，皮肤呈现出不同的粉红色，但都穿着大短裤（尽管我并非伊斯兰时尚的追随者，你们应该都看出来了）。在Beit

① 伊拉克城市。
② 阿曼首都。

Fransa，原先的法国领事馆，也是我做讲座的地方，我发现在二十世纪初当法国领事可不是件轻松的事：共和国代表的手写记录里提到一位领事曾被遣返回国，因为他"在马斯喀特期间发了疯"；另一位则"因疖病等（气候）身亡"；第三位在那里住了一个月之后，直接"被一股热浪夺去了生命"。在留尼汪，圣皮埃尔市政府的一名大大咧咧的职员非常热情，在开车带我在岛上穿行的时候，每经过一家他认识的饭店都要停下车来，让我品尝新品种的朗姆酒。我记得有天晚上我从一家酒吧门前经过，里面飘出丹尼尔·巴拉万已经被遗忘的一首老歌："介绍下我自己——我叫亨利／我希望生活成功如我意"。那时我自嘲地问自己，我的生活是否成功（经过深思熟虑的回答）。还有在摩洛哥停留期间所做的笔记。总之，那个消失的本子对我而言是个宝藏（他们是如何将它销毁的呢？用粉碎机？丢到垃圾车里？），值得我用这满篇离题中长长的一段离题话为它立一座纪念碑，向它告别。

那么，在我出生那年的十二月，劳瑞乘坐布列斯特号抵达勒阿弗尔。港口和城市依然处于被战争半摧毁的状态（理查·佩杜兹在他优秀的书《那边是外面》中提到了这些废墟），并且因为1947年秋天几乎称得上暴动的大罢工而陷入瘫痪。（我总是难以想象自己就出生在这么一个被旧日战争深深烙印的时期，世界大战刚结束，冷战伊始。我来到这个世界上的日子跟乔治·马歇尔发表演说——宣布他同名计划的日子就差几天）布列斯特号得以靠岸，是因为那时临近圣诞节，而且船上有美国码头工人工会赠送给法国同行的玩具（让人想起马龙·白兰度和美国最美女子艾娃·玛丽·森特主演的电影《码头风云》）。我在布列塔尼他们养老的地方找到了货轮的前大副和无线电报务员，这是他们告诉我的。布列斯特号（在劳瑞的叙述里叫狄德罗号）的那两名老船员清楚地记得这位乘客。"一看就知道是英国人，"无线电报务员说，"很壮，红棕头发。一只手有我两只大。"一如既往，他大半时间都是醉醺醺的（《穿越巴拿马》通篇笼罩着害怕中途靠岸找不到威士忌或朗姆酒的焦虑）。"通常来讲，上午和下午前半段还可以。但是，一到晚上，他就精神紧张。他喝酒不是论瓶，而是论箱，"无线电报务员回忆道，并补充说，"他运气不错，上对了船。"我把他们关于这趟航程的回忆写成长文，发表的时候却得罪了前大副和无线电报务员，因为文中透露出布列斯特号的船员们撑下去靠的可不是矿泉水（然而他们就是这么告诉我的），我因为伤了他们的心而感到伤心。

在墨西哥我认识了《在火山下》的墨西哥译者，活脱脱一个罗杰·马丁·杜·加尔[1]的翻版，系着蝴蝶领结，身穿双排扣休闲西服，脚踩双色皮鞋，讲得一口完美的法语，在当保险人之余解闷读书自学而成。他的朋友，一位保加利亚公主，口误起来堪比大饭店经理，诸如"On aurait entendu violer une mouche"[2]。我见到阿尔瓦罗·穆蒂斯[3]大概也是在相同的机缘下，在大使馆的一次午餐上。大使大概被文化参赞误导，把我当成了让-克里斯托夫·吕芬[4]（所以那次受邀是拜他所赐）。通常，这种情形下，我们都是将错就错，对自己说没什么要紧的，但大使阁下坚持要说我的龚古尔奖，我不得不狠心纠正他，导致他明显有些失望，现场冷场（我也曾被里斯本的一位文化参赞当成帕斯卡尔·基尼亚尔[5]，谁知道为什么）。这顿午餐吃得不是很愉快，更何况阿

---

① 罗杰·马丁·杜·加尔（1881—1958），法国小说家，1937年诺贝尔文学奖得主。

② 法语中正确的表达是On aurait entendu voler une mouche，意味"恨不得连苍蝇飞都能听见"，原文表达的错误在于将voler"飞"说成了violer"强奸"。

③ 阿尔瓦罗·穆蒂斯（1923—2013），哥伦比亚诗人、小说家、散文家。

④ 让-克里斯托夫·吕芬（1952—　），法国作家、医生、历史学家和外交官，2001年龚古尔奖获得者。

⑤ 帕斯卡尔·基尼亚尔（1948—　），法国作家，2002年龚古尔奖获得者。

尔瓦罗·穆蒂斯（为他和吕芬才安排的这顿午餐）在桌
子另一头打起了盹儿，下巴搭到了领带上（我已记不清
他是否系了领带）。这倒是很好解释，因为人们让我顺
路去他在圣天使的漂亮房子接他，离弗里达·卡罗和迭
戈·里维拉的故居不远。我很荣幸被他邀请到他的"龙
舌兰图书馆"（据说被聂鲁达叫做波哥大，我忘了为什
么）里，那是一间从上到下摆满了酒瓶的小屋。他给我
尝了他最喜爱的品种——唯一产自瓜达拉哈拉的龙舌兰
酒。他讲得头头是道（是他告诉我龙舌兰酒在墨西哥是
阳性的——给男人喝的，就像力诺·文图拉在《亡命的
老舅们》里说的那样），所以我们到达午餐地点时已经
喝得七七八八，他比七七八八还更高一点。在我的记忆
中，他是个讨人喜欢的老海盗，当过油轮上的水手，因
为乱花别人的钱（其实是埃索①的钱，所以也不是太严重
的事）坐过牢，最终浑身挂满奖牌和勋章。他家里的墙
上挂着拉尔博、康拉德和塞利纳的照片；屋外，花园那
边有一块仿巴黎路牌的蓝色搪瓷牌子，写着"路易–费迪
南·塞利纳大道"。于是，大概是在喝龙舌兰的时候，
或者是他和我（假吕芬）在去使馆的车上，我跟他讲了
许多年前我被一家报纸的文学版外派，如何参观了塞利

① Esso，美国石油公司。

纳在丹麦的窝。

Fanehuset（意为"旗帜之家"或"魔鬼之家"，我会
选择第二种译法）是离科瑟港不远的一座小房子，茅草屋
顶，覆盆子色的红墙，蓝色的门和窗棂。人们告诉我，
三十年战争时期，这是家客栈。种着苹果树的果园尽
头，是上冻了的波罗的海，海上的渡船就像牛奶上的大
苍蝇。完全不是塞利纳一直抱怨的肮脏陋室和黯淡风景
的样子。室内，我查看了一下书架——马克·奥兰、杰罗
姆和让·达劳、拉瓦朗德、雅克·夏斯特内、夏尔多纳、
乔治·杜哈梅尔、班维尔、皮埃尔·洛蒂、西默农：这样
一个小小的文学世界，弗朗索瓦·密特朗应该不会感到
陌生。然后，出现一个不太和谐的名字，亨利·加莱。

一道极陡的楼梯通往装了护壁板的阁楼，从那里
可以看见大贝尔特海峡。天鹅在冰上摇摇晃晃。我见了
好几个在丹麦和塞利纳打过交道的人，各种身份头衔
的人都有：珀尔·费德斯皮尔，抵抗分子，曾经是1943
年哥本哈根犹太人往瑞典撤退行动的组织者之一，解放
后当了"特别事务部部长"，任职期间接到过法国政府
引渡塞利纳的要求。"材料送到我办公室的时候，"他
对我说，"我放到了暖气片上，然后告诉秘书，就放在
那里，等司法部提第三次要求再说。要是掉到暖气片后

面去了，那就说弄丢了。但我后来没有再接到引渡要求。"前特别事务部部长在他的书房里，被书包围着。从窗户看出去，黑色的松枝在积雪的重压下颤抖。他讲得一口流利的法语、英语、德语，旧花呢上装透着漫不经心的优雅，散发着有教养、宽厚的北方有钱人低调的魅力。塞利纳的绝对反面，不管从人还是从社会的角度来看。"我跟他谈过很多，"他对我说，"我感觉他的个性我不是很喜欢。他反对一切，说话就像雷劈，像爆炸。但，他也可以谈论树木。一个戏剧化的人，充满激情……"在法国等待他的可能是行刑队。为了让他免于此等待遇，部长将他送进了监狱。部长对我说，他可不希望自己成为一名作家被执行死刑的责任人。原来经营法国书店的书商托马森夫人的态度则很不同。她一直没能读到《长夜行》，却毫不掩饰她对抨击类小书的喜爱："《略施杀戮》①我读得津津有味。"瞧啊……出人意料的是，她职业生涯中收到的最美的赞誉，在她看来，来自约瑟·柯尔蒂（塞利纳的小书在约瑟·柯尔蒂②看来应该不见得那么有意思）："有天他抱住我，

---

① 全名Bagatelles pour un massacre，出版于1937年的小册子，塞利纳的反犹作品之一。
② 法国约瑟·柯尔蒂出版社创始人。法国被德国占领期间，柯尔蒂出版地下读物，后因外人牵连，柯尔蒂的妻子和儿子被捕送进集中营，19岁的独子死在了集中营里。

称我是'斯堪的纳维亚的灯塔'。"她记忆中的塞利纳
是个谎话连篇的家伙，有些虚荣，"糙得跟粗麦面包似
的"，对帮助他的丹麦人忘恩负义。"他就那么走了，
连声'再见'或'谢谢'都没说。"她给他往法国去过
信，他从来没回过。她心存苦涩。"他精神有点不太正
常。"至少可以这么说吧。

　　阿根廷作家埃内斯托·萨瓦托则有另一种坚毅，
他在位于桑托斯卢加雷斯的家中接待了我，那是布宜诺
斯艾利斯市郊一个铁路员工街区。开往他家的火车上一
片漆黑（车厢中唯一闪烁着的是卢汉的圣母像，坚持用
宗教或政治的虔诚画面祝乘客们旅途愉快）。火车在雨
中穿过城郊，弄得一路上铁路道口的警报叮当作响，然
后在一个类似美国西部片中会看到的那种木板搭的小火
车站前停了下来。红砖大教堂和成片的工人住房使得桑
托斯卢加雷斯有点像北方的矿工宿舍区。那是阿根廷刚
刚恢复民主的时候，一些军人认为政府对一支不仅虐待
和杀害成千上万假定的"破坏分子"还刚刚输掉了一场
战争的军队敬重不足，便时不时叛乱一下。墙上到处是
要求用正义偿还鲜血的标语。萨瓦托的房子处在警察
的监视下，但谁也不能证明那些警察自己就没当过至
少是杀人犯的帮凶。萨瓦托是个干瘪的小个男人，神

经质，白色的小胡子支棱着，眼睛被厚厚的茶色玻璃
保护着。他非常亲切地接待了我（亲切到夸我会用西班
牙语里的虚拟式未完成时。在他看来，那已经是遗失的
用法……）。如果说哪位作家的作品里存在关于未来的
先兆的话（就像皮埃尔·巴雅在《明日已写就》中巧妙
提出的那样），那就是在他的书中：《英雄与坟墓》，
仅剩的没被他销毁的三部小说之一，核心是"关于盲人
的报告"，一份关于黑暗势力阴谋的偏执调查，而盲人
就是黑暗势力的执行者。后来他自己也瞎了（这是发生
在博尔赫斯身上的事，博尔赫斯不喜欢他，他也看不惯
博尔赫斯）。而且，作为失踪者调查委员会主席，他刚
刚向新成立的共和国的总统提交了一份报告。就是这份
报告，让他去死神骑兵连和地下虐待中心的地狱走了一
遭。他忧郁甚至是抑郁的倾向难以得到缓解。他对我
说，发生在阿根廷的是一场政治灾难，更是一种恶，是
魔鬼才会做的事。他非常崇拜陀思妥耶夫斯基，墙上挂
着一幅出自他画笔的作家肖像（与卡夫卡、尼采和弗吉
尼亚·伍尔夫的肖像画为伴）。患失明症后，他远离写
作，重拾画笔，二战前他在巴黎接触过绘画，尤其与马
塔和奥斯卡·多明戈斯为伍（说实话，我不太喜欢他的
画）。他还说，他的小说都是地狱之旅，所以面对调查
过程中发现的那些恐怖他一点也不吃惊："什么都没学

到。"他曾经是物理学家，在巴黎和伊雷娜·约里奥-居里[①]共事过，频繁出入超现实主义艺术家们的圈子，认识布勒东，也曾经被共产主义吸引但早在战前就全身而退，比同时期大部分法国知识分子早许多。在布宜诺斯艾利斯，他是贡布罗维奇的朋友，这位流亡中的作家被阿根廷正统文学群体（比如博尔赫斯的圈子）排斥（必须说当贡布罗维奇的朋友应该也不是件容易的事），烧掉了大部分自己写的东西，发表了三部小说，至少两部会是传世之作（总之我这么认为），尝试过绘画。那些失踪者，受虐者，不会按照墙上的口号要求的那样"活着再出现"的人，他曾经是他们的代言人。多亏了他，他们的记忆才不会完全被抹去。如果他死之前也问过自己是否活得成功，像我在留尼汪听到巴拉万的老歌时那样，我觉得他可以对这个徒劳的问题报以宽慰的回答。但就我所知（甚少）的他，焦虑如斯，应该宽慰不起来。

---

① 伊雷娜·约里奥-居里（1897—1956），法国化学家，居里夫妇的女儿。

　　我们护送着运载面粉的卡车行驶在伊格曼山的山路上。VAB装甲运输车所有舱口紧闭，在巨大的轮胎上颠簸着。车里热得一塌糊涂，发动机的轰鸣，无线电台噼里啪啦，人们偶尔交换几个词还得靠喊。为了不栽跟头，得紧拉着吊在车顶的把手，身体就只能顺势挨着旁边的人了。我们什么都看不到，也完全不了解状况，走走又停停，没完没了。我膝上托着一幅吉泽尔·福伦德拍的马尔罗的肖像，弗朗西斯要的：刘海被风扬起，嘴里叼着根烟，后来邮局按这幅肖像刻制邮票模板时把烟抹去了。肖像装裱在玻璃镜框中，可千万不敢摔，不然弗朗西斯非得发作不可。我们在森林里停下了，离被火烧毁的原奥林匹克饭店不远。那里有个滑雪跳台。我们吃了战时的食物配给，一位很亲切的上校给我们打气。简卷了根烟，跟一群小兵待在一起。我们等着天黑。我试着用卫星电话——那个年代，在我的记忆里，那玩意儿就跟一台大打字机一样沉。弗朗西斯在电话里一讲就是好几个小时，声音戚戚哀哀的。天黑了，高大的松树之间露出一缕缕天空，缀满密密麻麻的星辰。我们熄灭所有车灯，重新上路。经过六个半小时的颠簸，途中除了撞上一块石头别无其他事故。透过车尾的小窗，可看到破碎的、满是弹孔的墙。偶尔出现挑着水桶的人，脚步匆匆地走在无人的街道上。我们到萨拉热窝了。

简总是爱以她颇有诗意的方式说："我们相识于一辆坦克里。"差不多吧。只不过VAB装甲运输车不完全是坦克，当然也不是福特野马。头天晚上，我们在斯普利特和一桌弗拉芒的联合国维和部队人员共进晚餐。一个善于活跃气氛的大肚汉像咖啡馆的服务生那样，托着一盘子的杯子，下了酒店的游泳池。还是他（是个滑稽分子无疑了），光着膀子跳起了舞，只在腰间系块桌布。总之，自娱自乐……士兵们要求和简合影，然后很客气地要送我们一瓶酒。她挑了最便宜的，叫Babič：难喝死了。她说的话既饱含热情又十分细腻。她在伦敦演安德洛玛刻①，她问自己是否应该到萨拉热窝去看看一座被包围的城市究竟是什么样子。她说，她很幸运，许多人想做她做的事情（我严重怀疑）。我觉得她很有趣，有点惶惶不安。她身上的简单是我没有的（她全然不怕表现出对情况不了解），勇敢，美丽。

---

① 法国剧作家拉辛（1639—1699）同名悲剧中的主人公，古希腊神话英雄赫克托尔的妻子。

在萨拉热窝，为了不被当做打击目标，葬礼都在夜里举行。我们在山丘上的巴尔墓园参加了一场葬礼。山下的城市一大片阴影，笼罩在轻雾之中。半个月亮在云间穿行，透出彩色的月晕。我们面前是一片白色的墓碑森林，有些刻着奥斯曼风格的包头巾。萤火虫在其间飞舞，像魂灵。逝者躺在担架上，身上盖着白布，十几个人跪在周围惨淡的路面上。教长轻声诵着经，然后大家肩抬担架，进入死人的原野，坑已经准备好了。泥土洒落在木板上的声音，木板是那副躯体的屋顶。土丘堆起来时，简做了一个在我看来很美的动作：她在土丘旁边跪了下来，用手去推平泥土。她没有顾忌一个女人在一堆男人中间或这或那的，不像我，心思复杂又犹豫迟疑，我就会想这想那。有那么一会儿，她想拍视频，被我拦住了：摄像机的小红灯可能会引起狙击手注意。从那以后她就称我救了她的命，显然是夸大其词了（但也是很慷慨的说法）。我没救过任何人的命，我希望我能，但我没有。墓上几句悼词说完，所有人离开，消失在夜色里。远处传来爆炸声，吵醒了狗，接着公鸡也醒了。回程路上，一辆联合国的车怼在一根电线杆上，司机受了伤，对面是一辆漆成白色的小型装甲车。

（还有一次，我"救了一条命"。不完全是，但好歹更像那么回事。那是在内蒙古，小山坡上，被秋色镀金的白桦林间，有一条蜿蜒的小道。山下流淌着额尔古纳河，河的另一边，一片沼泽平原一直延伸到另一些青色的山坡：那是俄罗斯。我们遇见了一对夫妻带着他们各自的母亲，两个特别活泼的小老太太，头戴贝雷帽。因为害怕迷路，他们提出跟我们走。那是一种新式中国人，经常在国内四处游玩，浑身挂满相机，开着一辆四驱大宝马。有那么一会儿，行至一处陡坡下歇脚，其中一位奶奶，七十八岁的人了，撒丫子往山岗上冲，看得我心惊肉跳。上头是个观景台，她是不会错过的。到了山顶，她笑嘻嘻地拍我的大腿小腿，看我是不是还OK。下山时，我走在前头，我还是有些预感的。果不其然，离山脚还有几米的时候，她踩在石头上，脚下一滑，跌倒，开始往下翻滚，正好滚在我能挡住的地方。几分钟之后，她站了起来，额头上一个大包，看起来没有摔断骨头。我成了英雄。"法国人救了我的命！"她很兴奋。她的女婿送了我一只大柚子作为答谢。离那里最近的村庄叫太平屯，一个有着二十几座铁皮顶屋子的地方。我们在屯里一起喝蓝莓酒，成吉思汗的画像就在我们头顶挂着。外头，一只骆驼像汽车一样停在饭馆前，轻轻摇晃着它的驼峰。她原先是名农学家，在国有农场里经历了"文革"。"但我们可不是好欺负的。"的确，看起来不像。）

　　在萨拉热窝，还有一个也没就范，就是我已经提到过的那位教授。大学里早没了学生，他依然每天早晨去他空无一人的办公室上班，仅仅就是为了"不就范"——这是他的原话。他叫法鲁丁·克雷霍，瘦削，也许有病在身，说话的声音很低沉，微笑中带着悲伤。我们遇见他的前一天，炮弹落在他家三十米开外，一块弹片飞到他五分钟前坐着的地方。从来不喝酒的他，在Indi也就是我们所在的餐馆灌下一杯干邑。他对我们说，战争教给我们的，就是物质的东西无足轻重。"我的车被弹片打成筛子，我才不在乎！"艾尔梅迪娜也不愿就范，她继续翻译《包法利夫人》，懊恼因为没有电晚上无法工作。她告诉我们，人们继续在果园劳作，结果死在那里，她用来招待我们的果酱，其中的酸樱桃就是从那果园来的。她的梦想是去看海。还有泽拉塔，她也没有就范。我们一边跟她说话，一边听着炮弹呼啸着从第一小学半边被掀开的屋顶飞过，出于本能不停地俯身。她是我们所在的第一小学的校长。黑板上写着一系列以"-ment"结尾的副词。Délicatement, difficilement...

她本可以写"courageusement"①。学生们在走廊里学习，教室太危险。她说，这样可以让她继续工作，而对于她已经退休的丈夫来说情况更艰难。战争有助于拉近师生距离，她还说："现在我们成了朋友。这些可怜的孩子们被剥夺了青春，至少得让他们完成学业。"阿尔马萨住的那栋塔楼，许多窗户都被爆炸震碎了。"每次出门，"她对我们说，"我们都不说再见，而是说小心点。"她年迈的父母有病在身，已经三年没出过家门："他们没有任何罪过，却被囚禁了起来。"一支蜡烛漂浮在盛有水和油的玻璃缸里，是她夜读的照明设备："我们需要阅读，不是吗？"

建筑师卡妮塔，她的丈夫被高射炮的弹片击中，他们当时正在家中看电视，她就在他旁边。他挣扎着活了四天。"如今我一个人留在这座三百年的老屋里，即便我丈夫就死在这里，我也不想离开。"那是一栋极具东方风情的房子，地面覆盖着地毯，配以阿拉伯风的家具。卡妮塔没有堵住弹片打出来的那个洞，而是用客厅的一面镜子掩盖住它。小花园的葡萄架下，种的不是玫瑰花，而是蔬菜，中间有一顶帐篷："夏天，我们就在

---

① 法文，三个副词的意思先后为"精心地""艰难地""勇敢地"。

这里度假。"她没工夫哭，她说，她得想办法跟儿子活下去。她在房子的一楼开了家小咖啡馆，但得去找咖啡、糖、柴火和水。"我家附近就有水源，我运气算好。在这里，我们能想的办法都想了，什么都没有也要活下去。我是说，没有任何文明的东西。"她的丈夫是穆斯林而她信天主教，他们初识那年她十六岁（她给我们看弗拉戈纳尔的《读书女孩》的翻印画："我在那个年纪就跟这画里的她一模一样。"），他们不得不为他们的爱情抗争。她说，他们成了"萨拉热窝的传说"。他死的时候，医生建议她不要告诉儿子，但她不想说谎。"我告诉儿子我们有多么爱他，多么想生活里有他。他已经不再是个孩子，哪怕才六岁。这里的孩子长大得很快。他问我是否能找到柴火和水，我在做一百马克的裙子的美梦时，他说我最好还是买咖啡或柴火。如果房子着火，我最先要抢救的是一幅老画，而他说我疯了，得先抢救盘子和餐具才能吃饭。"卡妮塔在合唱团里唱歌，读诗。"人们努力保持正常，"她还补充说，如果不信主她会发疯，"我总是很乐观。这是一种病，对不对？"

这病我没得，但阿列克斯得了。我在他的陪伴下，在黑海边的巴统过了一天。那年头那里还属于苏联。事情会起变化吗，这个乏味、守旧和禁忌的世界，这个从他的冷嘲热讽中能看出他有多厌恶的世界，是否会消失（那时候没有人真能预见），至少会改变吧？"Dum spiro spero（只要有呼吸），就有希望。"他答道。事实证明他没错，那个世界消失了，变成一个也许不见得更舒适的世界。我不记得具体是如何遇见他的，但我记得那天我们大部分时间都在巴统瞎逛，在酷热之下，从一家餐馆走到另一家餐馆。他总是说不够好，最后只得在一个军队食堂样子的地方解决午餐，里头挂着列宁和斯大林的肖像，还有配套的装饰（火箭坦克什么的）。我们的食物是两坨在汤里游泳的肉，橘子汁的颜色深如蜂蜜，美味得只应天上才有。我们逛到了公墓，他想去朋友的墓看望。那是一位爱玩牌的律师（墓碑照片上的人留着大胡子，胳膊支在尼桑车上。我不记得他的死是否跟他热衷于玩牌或者跟尼桑车还是别的有关）。

路上，我们被一列没完没了的运猪的火车拦住去路，其中一节车厢还搭载着三名老妇。她们坐在稻草堆上，晃着俄式绑腿包裹的腿——命运三女神帕尔卡？之后，他想带我去看位于普希金路的斯大林的小房子。三间屋，蓝色的阳台面向一小块发黄的草坪，柏树和棕榈树满树灰尘，1903—1904年朱加什维利①就住在这里。墙

---

① 斯大林原名。

上挂着他年轻时的照片，下巴一圈大胡子，脖子围着领
巾，像是《卡门》中的人物。再往后的照片，就是斯大
林常见的样子了。"你看，这里参观不用排队。"阿列
克斯一说我才注意到。夜晚我们一直执着地寻找干邑。
必须庆祝我们的相识，他认准了。这事可不容易，因为
戈尔巴乔夫实行soukhoïzakon（干涸法令），也就是禁酒
令。我们跑遍所有酒吧，走员工通道，进入弥漫着肉油味
儿的后厨，试图贿赂员工，但都无功而返。"等戈尔巴
乔夫走了你们再来。"普里莫斯基大道上，一位旅馆老
板对我们喊道。"他们把我们当民兵了。"阿列克谢解
释道。

干邑，酒店里倒是有，就在我房间，但他进不去：
他刚在劳改营待了五年，是一名"社会罪犯"，这是写
在他的内部护照上的（"你读过《伊凡·杰尼索维奇的
一天》吗？"他问我）。他原来是工程师，如今是一家
综合工厂的工人。我取来我那瓶酒，我们在海滩上喝酒
抽哈瓦那雪茄。探照灯扫射一圈海面又朝我们照过来，
照出岸边在卵石上站岗的民兵们的黑色剪影。他们背
对着城市，紧盯着前方的黑暗，以防有逃兵试图前往临
近的土耳其。蓝光定在我们这里，犹豫片刻，再次照了
过来。我们身处颤抖着的、雪亮的光束下，感觉自己像
苍蝇。民兵们没有太蛮横，我送了他们一根雪茄便过了

关。第二天，分别的时候，阿列克斯面对着一盘切片西瓜和一罐格鲁吉亚香槟，变得若有所思。我要回法国了。"难以置信啊！"他对我说，"过几天你就……像火星一样遥远了。"

阿列克斯，他怎么样了？他厌恶的那个世界走到末路，是否给了他一种更好的生活？他是否做回了他的工程师？是否变成了黑社会（他似乎没有这类倾向）？在茨卡尔图博荒芜的温泉酒店的窗户后面暗中盯着你的眼睛里，是否也有他那一双？他是否年纪轻轻已死于酒精中毒，像俄罗斯许多男人那样？他，还有其他许多人，男人，女人，在某一时间里对你而言重要的人，他们都怎么样了？萨拉热窝的泽拉塔和卡妮塔，美丽的桑巴鬈发女子米拉格洛斯，你碰巧刚刚在一台旧电脑上看到一张她的照片。有天，她提出让你回来和她一起在利马的平民街区生活，那么向往不可预见的生活的你，很懦弱，并没有那么做。布宜诺斯艾利斯的奥拉西奥，萨卡拉年轻的陶器修复师，艾因雷马内的独臂上尉，钦达武勒的阿里·雷扎，西伯利亚的陷阱猎人弗拉基米尔·艾斯讷，马加丹的瓦西里·科瓦列夫，波哥大书展上年轻的哥伦比亚姑娘，梅第奇别墅你最偏爱的护理助手莫克塔莉娅，阿什哈巴德的托里克，苏丹港的穆赫塔尔，这

好几百人，所有这些面孔、声音、身体，你曾经有一天
遇见了他们，跟他们分享了些什么，一道蚕豆泥，一次
聊天（更罕有），一些经历，一段感情，然后你又任凭
他们消失。还有另外一些人，他们的出现更加短暂，你
们没能分享什么，但你们本来可以或想要分享什么，或
者他们想要分享什么。人的一辈子不仅仅是自己一个人
小小的生命。我们认为自己拥有的、有天从远方开始然
后另一天从更近的地方结束的生命，它由无数相遇造
就，包括那些没有结果的。即便没有结果，我们依然从
中带走了某些东西，正如它们也从你们身上带走了某些
东西。生命不是一条线，不是一道轨迹，而是一棵树，
有着无数枝杈和叶子，树冠巨大。别人的这些生命一小
点一小点地锻造出你的生命。它们在秘鲁、苏丹、俄罗
斯，在你经过的所有地方，在那些你不再了解的命运里
有极少一部分你。它们在没有你的地方继续活着或死
去。说到底，这才是你试图描绘的东西——你刚刚才清
楚地明白过来。

　　既然生活也是由溜走的生命造就，就像光照印在相纸上却不停留，我就必须向曾经擦肩而过的那些美丽身影致敬。她们虽然仅仅是擦肩而过，却比无数滔滔不绝令我厌烦（或者我滔滔不绝令他们厌烦）的人重要得多，关于后者，我已经没有记忆；而她们，我还记得，她们是我曾经钟情的波德莱尔式的路人（但她们却不知情）：

　　来往于汉堡和普特加登之间的哥本哈根特快上的那位，她的脸映在车窗玻璃上，和雪地的光晕一同前进。似金似红的头发，中间一道发缝又短又直，漂亮的睫毛，温柔的笑容，身穿蓝毛衣搭白围巾，一双大手捧着书（我忘了是什么书，丹麦文的书名应该没给我留下什么印象），每两行画一行。抽烟的时候，她嘟起嘴唇去吸烟，嘴角翘起（我讨厌"唇连合"这个词：用在如此迷人的部位太难听了！）。这使她显出一副调皮的模样（我的天！现在她应该是个老太太了……那趟旅程深深陷在火车上还允许吸烟的过去，那时欧洲境内的国境线上还有海关关员……）。

那个红发小服务员，集夏娃和蛇于一体的锥子脸，直直的短发，灰绿的眼睛略带黑眼圈，穿着黑裙子和灯笼袖上衣，在布拉格的火药塔附近Obecní Dům餐厅的拱顶和巨型水晶灯下当班。她快步走起路时，古铜色头发两翼飘起，让人不禁想把手伸进去，轻轻地伸到她的耳朵和脖子上细细的金项链之间。

来往蒂诺斯岛和比雷埃夫斯港之间的邮轮的后甲板上那个年轻姑娘。她在睡袋里熟睡，蓝色的旋涡和白色的尾流有如她棕色鬈发的延伸。她仿佛是个海神。船行至萨拉米斯岛附近，顺着岛前等待被切割的一溜巨型船壳航行。船壳在探照灯的强光下漆黑一片，加上扇形的船尾塔和球鼻的船首，像极了庞大的三层桨战船（我想起了埃斯库罗斯在《波斯人》开头关于信使的叙述）。就在这时候，那个姑娘醒了，卷起睡袋，脑袋趴到膝盖上，无视眼前的景象，更对其唤起的历史记忆无动于衷。这让我有些失望，但我感激她穿了一条浅蓝色的小短裙而不是游客常穿的短裤。刚下船，我就被另外一个姑娘吸引了（我有颗朝三暮四的心），那是在满载吵闹的美国人的电车上（这种语言是多么不悦耳，而希腊语或意大利语是多么好听！不用别的，只要听到十几个美国人一起聒噪，就很容易产生最初级的反美情绪）。一位棕发女子，长长的眼睛若有所思，脖子上围着围巾。我真希望她不要下车，但她在以美丽女神命名的卡利地亚站下了车。

果阿邦圣弗朗西斯教堂的那位年轻女子，身披圣母蓝纱丽，花冠挽住发髻，如此优雅，正一点点地打扫葡萄牙贵族们的墓碑，梅内塞斯家族，马斯卡雷纳斯家族，萨尔达尼亚家族和身着黑色盔甲、戴着褶裥皱领的卡斯特罗家族。小树枝的笤帚扬起金灿灿的尘埃，加上她额头的吉祥痣，她看起来就像是从祭坛上某幅破烂的宗教画里下凡的印度天使。我喜欢的不仅是看起来像圣母的女子，我也喜欢（愿主宽恕！）真的圣母，也就是说，非真实存在的圣母，比如画中的。安托内罗·达·梅西那的那幅《报喜》中的圣母，很长一段时间一直放在我的书桌上；或是雕塑，墨西哥圣伊内斯教堂的悲伤圣母，石榴红丝绒裙中的她是那么纤弱，那么年轻，她披着镶金边的黑色头巾，光脚穿着蓝色的凉鞋，微微撇嘴的样子像《巴黎圣母院》中的艾丝美拉达，她肿着眼皮，还有一滴泪挂在苍白的脸颊上……打住！Vade retro Satanas! [①]

----

① 中世纪的天主教用语，意为"走开，撒旦！"。

阿尔汉格尔斯的Po Dvorié餐厅里的那位金发服务员，面部线条精致，如拉斐尔前派的画。我为了吸引她的注意灌下tri sto gramov（三百克伏特加），寻思着为何下午到图书馆来听我漫谈的人里没有像她这样的女孩，而是十五个老年人（其中包括一位热情的疯医生，是个专门解剖小孩尸体的法医）。Po Dvorié大堂里有些西装革履的大块头，秃瓢，人们口中的新俄罗斯人，装了有色玻璃和十八盏车大灯的越野道奇或吉普就等在外头。我一边在冰面上往我住的黑社会经营的木屋一路滑行，一边想着她可能已经许诺给那样一个家伙，说不定那正是她的梦想，我与其浪费纸浆出书不如造木浆致富，越想越怒火中烧。风像刀一样割着我的脖子，满天繁星劈头盖脸，看门的狗看见我经过狂吠不止。

我还记得一个女服务员，在上海冬湖宾馆那个相当寒酸的酒吧。装潢走的是尚武风：一幅巨大的壁画，表现的是一位伟人在一艘军舰上被众多军人簇拥，并排的是一艘导弹巡洋舰。她身材高挑修长，马尾辫长及背部中央，黑裙黑上衣，白色衣领和小围裙，背靠吧台，双手抄在背后，一只脚踩在身后的横杆上，正看着电视（我忘了她看的是什么节目，但不是阅兵）。鹅蛋脸，柳叶眉，疏离的微笑，尽管一身侍女打扮，却是深宫淑女的味道——应该是皇帝宠幸的侍女吧。

亚历山大港大学，稀稀拉拉来听我讲座的听众中，坐最前排的那位一身白裤子白T恤的年轻女子（讲什么？我想不起来了），高个子，头发像瀑布般随意垂肩（这样的发型那时候已经开始变得罕见——也许她是科普特人？我自然在她身上看到新的茱斯蒂娜[1]）。她用热烈的眼神直直地注视着我，让我想变成一个自带光环、魅力无限的人，甚至让我觉得自己就是这样的人。也许我讲的是亚历山大港过往的作家，卡瓦菲斯、达雷尔、翁加雷蒂、福斯特？我是否大着胆子强调卡瓦菲斯回忆情人的诗（"回来吧抱住我 / 当身体的记忆醒来 / 当往日的欲望在血液里重生 / 当双唇和肌肤忆起 / 当双手以为再次触碰"）和《伊利亚特》结尾阿喀琉斯对着帕特罗克洛斯的影子所说情话（"到我身边来 / 至少片刻时光 / 在彼此的怀抱中 / 享受我们悲伤的啜泣"）的相似之处？大概没有，在埃及有些事情是不能公开谈论的，即便在一位假定是科普特人的美女面前也不行。然而，一个半小时后，她起身离开了，我几乎说不出话来。我说了什

---

① 达雷尔的小说《亚历山大四重奏》的女主人公。

么……不，我想没有。也许她只是有约，要给人上课？我的把戏有点难以为继，她的离场令我丧气，后来我在街上四处游荡，心里明知不可能却仍指望能碰见她。我带着一肚子不太公道的怒火（但掩饰住了），在塞西尔酒店接待了一位上了年纪的女教授，她裹着头巾，来给我送她的书。唉！如果那位能把她的小作业和地址留给我就好了……

在蒙特利尔，我独自一人在曼斯菲尔德路上的日耳曼人酒店用晚餐。我不记得是否就是那一次（我想是的），我在希尔顿（还是喜来登）酒店楼顶的游泳池里冒雪夜泳。进入微温明亮的水池之前要先经过一个类似缓冲室的地方，暖烘烘的。过了透明的塑料隔板之后，就到了自由的户外空间。当年第一场雪暴已经刮得纷纷扬扬，那种感觉非常刺激。身处绿莹莹的水浴中，看着雪花在周遭的黑色高塔之间旋转飞舞，一碰到水就蒸发不见，顺便给我戴上一顶白霜小帽。那么，我是独自一人在曼斯菲尔德路用晚餐。吧台边的两个女孩，背对着我，但离我很近，其中一个很得我心——齐刘海的棕色短发，高颧骨，有点亚洲人的面孔，完全是我喜欢的类型。她语速飞快，说的是美式英语或加拿大英语，总之是鼻音相当重的英语，听起来不太舒服，我完全听不懂。她时不时挺起胸，双手叉腰或放到脖子后面。这脖子，这因挺直了背而耸立的胸脯，这从米色毛衣袖口露出来的纤细手腕，美得叫人心醉，让人觉得永远没有东西能与之相比。我想她注意到了我眼睛离不开她，但那时我已开始觉得自己过了自作聪明的年纪，于是继续一边吃我的牛排，一边读《马丁·伊登》。低调地。（现在我觉得我想错了，甚至当时我很快就开始后悔，就在沿着舍布鲁克路往下走的时候——太迟了！）

瞧！又是一个酒吧，又是个酒吧女招待。那是在贝鲁特（当然，酒吧女招待嘛，我们总能不慌不忙地暗中观察又不至于显得太油腻），金色郁金香城市酒店。小麦肤，一条乌黑的马尾辫，黑到惊人，黑胶唱片般的黑。眼珠子也一样乌黑，一个蹩脚的作家会说"炯炯有神"。不过别担心，我不至于让你们失望至此，我会套用一个更东方的比喻，取自《一千零一夜》（我在《世界的创造》开头用过）：它们"闪烁着坎大哈的宝剑才有的光芒"。她叫丽塔——她，我至少知道名字，不是我有胆去问，而是她胸口别着名牌，就在黑色毛衣的V领露出的乳沟旁……

布鲁塞尔，比利时皇家剧院，Passa Porta文学节的工作人员中有一名年轻的塞尔维亚姑娘，属于"只需看一眼便不会忘记的容颜"（我一直徒劳地寻找这句话的出处，最终我不得不相信，这个我认为出自《克莱芙王妃》的句子，其实是我模仿拉法耶特夫人的文风说出的）。她叫米莉特萨，一双绿眼睛透着聪慧，笑起来像柴郡猫。被我叫做"反向飞行"的鼻子，斯拉夫佳人往往都长着那样的鼻子，我喜欢得不得了。总之她举手投足自带无限风情（拉法耶特文风新表达法……）。她优雅、专注，说得一口完美的英语、法语和荷兰语，在根特学习比较文学。我在她面前紧张得话都说不利索了，感觉从自己嘴里迸出来的不是词句而是面包屑。不过，当我不得不站在讲台上面对观众朗读（应该是《世界的创造》里的一段），我是为她而读而且读得不错。我真愿意留在那里，一整晚，站在俯瞰人群的跳水台一样的地方，为她读我知道的所有情诗，波德莱尔的《过路的女子》，克维多写给丽希的马拉美式的十四行诗（我在此直接引用卡斯蒂利亚语，因为它太难翻译了，不懂西班牙语的读者请原谅我）：

En breve cárcel traigo aprisionado,

Con toda su familia de oro ardiente,

El cerco de la luz resplandeciente,

Y grande imperio del amor cerrado.

Traigo el campo que pacen estrellado

Las fieras altas de la piel luciente,

Y a escondidas del cielo y del Oriente,

Día de luz y parto mejorado.

Traigo todas las Indias en mi mano,

Perlas que en un diamante por rubíes

Pronuncian con desdén sonoro hielo ;

Y razonan tal vez fuego tirano,

Relámpagos de risa carmesíes,

Auroras, gala y presunción del cielo.[1]

或者这首，叶芝的（因为很好懂，我就不翻译了，不懂英语的读者请原谅我）：

How can I, that girl standing there,

My attention fix

On Roman or on Russian

Or on Spanish politics,

Yet here's a travelled man that knows

What he talks about,

And there's a politician

---

[1] 西班牙诗人弗朗西斯科·德·克维多（1580—1645）的十四行诗《他戒指上的丽希的肖像》，以华丽的比喻描述了一位名为丽希的女子光彩照人以及她拒绝求爱者的傲慢。

That has read and thought,

And maybe what they say is true

Of war and war's alarms,

But O that I were young again

And held her in my arms.

既然到了布鲁塞尔，我们就多停留一会儿，让我回忆一下大都会酒店那位菲律宾或巴厘岛的房间女服务员。笃笃，不易觉察的敲门声在我的门外响起。我打开门，看到她，瘦小、优雅、美丽，一条细细的白头巾绑住深色的头发。"I leave within half an hour（我半小时内离开）。"我对她说。我本该说"You are very pretty（您很漂亮）"的——但也许换做现在，会被当做骚扰？我离开的时候，她就在走廊里，我对她说了句无聊的"Have a nice day（祝您愉快）"，她回答"You too（您也一样）"，同时用非常可爱的方式朝侧边歪了歪身子，像一位舞者，笑得一脸灿烂。哦！我喜爱的亚洲女子……可是，我没有给她一个飞吻，或者跑去买束花送给她，而是把自己关进了大都会酒店的铁笼子电梯里，钻入宏伟深厅中，任凭她消失。住在那家酒店的时候，我收到比利时艺术家亚历山德拉·库勒用针孔照相机为我拍摄的肖像，后来出现在《巴库，最后几天》的末尾。照片上，一团模糊的形状从阴影中浮现，额头的弧线和鼻梁依稀可辨：那是个幽灵。我是一个幽灵，穿过德布罗基尔广场的时候我在心里说，对自己很不满，每每遇到这种情况皆如此——生活中也往往这样。"Ser descontenteé ser homem（不满足，即为人）."佩索阿说。

在吉达的酒店里用早餐时，我的视线无法从那位独自一人的年轻女子身上挪开（不过我还是收敛着的，毕竟身处沙特）。她的美衬得身上的黑罩袍更为醒目：高挑、苗条（"颀长、纤瘦、身着丧服"，如波德莱尔的女路人），半短的头发乌黑油亮，高颧骨，牙齿雪白，嘴唇和指甲均涂成玫红色。她的动作迅速、自信，我们能感觉到她知道自己的美。那些投射到她身上、她假装没注意到的目光时刻在确认着这一点。我对阿拉伯国家的风俗无知到难以想象这样一位未戴头巾、独自行动的女子会是什么人。没错，她所在的地方是个封闭的场所，但毕竟有男人在场。我只是想她应该不是房间服务员，酒店门口的广场上应该停着一辆装着有色玻璃的加长奔驰在等她。我在吉达（如果不是为了做朝觐，吉达不是我们有机会去或特别想去的地方）是因为受到总领事和他的夫人之邀。总领事有着很英式的优雅和克制的幽默，两人都是爱读书的人，是我在喀土穆结识的故知。领事官邸的图书馆肯定是红海沿岸（甚至之外）最美的图书馆，至少是法语范围内的。里头能找到所有《新法语杂志》的旧刊号，还有口袋书等。在领事夫妇掌管下的这个地方透着一种开放明智的精神，我甚至在他们家中认识了一位共产党作家和一位同性恋女诗人。在沙特！

布里亚特的舞蹈老师乌兰乌德，一张猫脸，也可以说是蒙古人的面孔，总的来说长相算相当正常，眼角微微上扬，黑色的刘海遮住额头，修长的手如鸟翼，漫不经心地搭在横梁上。她穿着一身黑，瘦削，站得笔直——大概也算正常。驼着背可怎么跳舞？她站在那里，简直就是一根垂直的线。她态度威严，对学生们要求精确。课后（不用说，我只是个旁观者），我去向她问好。她问我是否认为她的城市很美。说实话……一条冰冻的河，风像剃刀一样横扫巨大的广场，刮过广场上矗立着的世界第一大列宁头像，工厂的烟囱在夕阳里吐出黑色的烟云……还没等我回答，她便补充说，一切都很美。我没做好回答"Vy toje krasivaïa"（您也很美）的心理准备。也许我只是没胆量——我有点被她镇住了（她严肃的轻佻）。然而我应该乐于告诉她的，兴许她会被打动。这一整廊里的肖像都是错失的机会。

女孩从深草丛中走出，草高及腰，一些我叫不出名字的羽毛草丛。应该是芦苇的一种。一头茂密的黑发松松垮垮地系在脖子后面，发长也及腰（假设如此，因为芦苇让人看不清），唯有一绺刘海搭落在左脸颊。修长的脖子，一张亚洲版的圣母的面孔（原谅我用这个俗套的比喻，但我找不到词语可以形容那完美的温柔，只好放弃），笔直的鼻梁，低垂的长睫毛，似笑非笑。端庄的神色中兴许有一丝居心叵测（思想有些扭曲的人也许会这么想）。她身穿米色的长袖羊毛开衫和轻薄的黑色线衣，圆领中露出喉颈（用十九世纪的说法——可能还会加上一个词：赏心悦目）和香肩。说实话，她惊为天人。那是在上海，黄浦江沿岸的一个公园里。三个摄影师对着她狂按快门，她应该是个模特或演员。周围没有一个人像我一样大惊小怪；闲逛的小家庭；手执纱网在抓不知道什么东西的小孩；女人推着轮椅，轮椅里坐着一个看起来有些暴躁的虚弱的人；一个男人躺在两棵树之间的吊床上读书。难道他们看不见，竹子和莲花映衬着的这个女孩就是美本身，她的出现有多么惊人吗？难道他们看不见眼前就是维纳斯的诞生吗？亚洲的维纳斯！这些中国人已经审美疲劳至此了吗？红色的风筝翱翔在高空。平底驳船在外滩的老吊车前相会，一艘俄罗斯货轮拉响汽笛要求开放航道。船的名字叫"哈坦加"，那是西伯利亚的一个村庄，我曾在那里给猛犸象梳毛。

奥地利航空尼科西亚—维也纳航班上的那位空姐有一双滴溜溜的黑眼睛、漂亮的脸颊、一张大嘴，右边脸上有颗美人痣。她大步走在飞机过道上，身后的马尾辫不停摆晃。做安全演示时她的小胸脯挺得高高的，让我不由自主地浮想联翩。"Die Schwimmweste befindet sich unter Ihrem Sitz（救生衣在您的座椅下方）。"救生衣充气（一定要在飞机外才能打开充气阀门）不足的话得靠人工吹气。我喜欢她嘟起淡紫色的嘴唇，假装吹气的样子。我刚从内战战火纷飞的黎巴嫩回来，离开贝鲁特只能搭乘朱尼耶开往塞浦路斯拉纳卡的邮轮。拉纳卡玫瑰号的后甲板上，一名黑衣女子一边望着海岸的灯火，一边哭泣。灯火在夜里越来越远，她也许不会再见到了。船舱的酒吧里，一支小乐队在演奏斗牛舞曲。一位魔术师，灰鬈发，白西服，金勋章，正从自己鼻子里往外拽丝巾；一名女歌手用阿拉伯语吟唱着单调的歌谣。与此同时，一个胖家伙在全场的"哟哟"声中满头大汗地绞手腕，扭着腰，晃着肚子。人们喝着香槟，在纸板糊的棕榈树下玩双陆棋。"瞧，"跳舞的胖子一边拿毛巾擦汗一边对我说，"这就是黎巴嫩的缩影，黎巴嫩可能变成的样子。这些人在这里吃喝玩乐的，他们的家人也许就在防空洞里。"我在贝鲁特见过住在地下停车场的难民，他们带着大包小包、纸箱、泡沫垫子、蜡烛、圣母像和磁带录音机，原来的房子要么已经被炸毁，要么太危险，但他们有时还会回去洗澡。我还采访过奥恩司令，不记得是给哪家报纸做的采访，反正巴卜达的总统府已经被叙利亚的炮弹炸掉一半。那是我不太为人知的记者生涯里糟糕的记忆之一，因为我正在经历宿醉：头天晚上我和一位为无国界医生组织工作的军医干掉了不少亚力酒。他在战争中（第二次，世界的）结识我父亲，他们都效力于自由法国军。这次相遇值得喝上几杯，甚至很多杯，在一个靠烛光照亮的地窖里。我不知道第二天上午有约（要是知道我肯定会谨慎一些，我毕竟是个认真的人），结果第二天一大早，在阿什拉斐叶的亚历山大酒店的房间里，我被锲而不舍的电话闹钟从死沉死沉的睡梦中生拉硬拽起来。外头有辆车在等着我。在巴卜达，我脑袋里就像有个电钻钻头在翻搅，眼珠疼得像要掉出来。我什么也没准备，而且还忘带录音笔。司令对我那些泛泛的问题做出的回答，我只能用颤抖的手记在笔记本上（这让他很吃惊）。他肯定从来没见过比我更蹩脚的记者。

我从堤岸地区的平西市场出来，它所在的城市，如今叫胡志明市。在市场里走动，就是学习怎样才能不当一头闯进瓷器店的大象。千万种东西堆叠在一起，奇迹般地保持着平衡，钉子，螺丝，镜子，干鱿鱼，鲶鱼，可乐罐做的咖啡壶和油灯，温度计，篮子，布料，球，书包，大汤勺，砧板，剪刀，运动包，鞋子，袋装的面条，咖啡磨，钻孔器，自行车胎，香皂，香水，不知道干吗使的广口玻璃瓶，可以敲碎玻璃瓶的榔头，牙刷，梳子，喷雾杀虫剂，鞭炮，一些乍一看并非生活必需品的玩意儿（除了布料），但凑在一起大概就是我们称为经济的东西。自行车、小推车和板车在这座商品大山中凿出来的羊肠小道里高速穿梭。市场外头，穿行在漫天的尾气、焚香、香菜和酸腐混杂的气味中的是成千上万辆本田小摩托、脚踏三轮车和Lambretta摩托三轮车，每辆最多能装十几个越南小身板。我也不知道自己是如何在这骇人（又令人兴奋）的杂乱中找到出租车的。于是，一位安南公主的画面在摇下车窗玻璃的另一边上演了。她坐在摩托车后座上，摩托车和我的出租车一样陷入大堵车，前进速度也差不多，有时超前一些，有时和我持平。她的脖子露得那么美妙，绾起的头发掉下几缕飘在颈后，修长的身材优雅笔直，如箭镞的双目似乎什么也没在看，象牙色的肌肤……她身穿一件红色条纹白T恤，一个古怪的黄头盔压住头发，像个小小的三重冠。出租车开到和她并行的位置上时，我伸手就可以触碰到她（我当然想），然而摩托车在周围机动车的包围圈中找到突破口，开走了。"电光闪过之后复归黑夜！转瞬即逝的佳人／目光令我顿时重生／难道我只能在永恒中与你重逢？"①

---

① 出自波德莱尔的诗《过路的女子》。

来点没那么烈的酒。法航1744航班，巴黎飞莫斯科。坐在我（21C）身后的姑娘有着一张苍白的美丽面孔，布满淡淡的雀斑，淡淡的黄铜色金发，淡色的眼珠子（应该是蓝色的，不过我站起身看她的时候她正睡着，闭着眼睛）。复古的脸，"美好年代"的脸。是我想象中《追忆似水年华》中的斯代马里亚小姐"苍白的漂亮脸蛋"，自以为是的马塞尔就是被她放了鸽子。飞机在下着雪的淡紫色天空下朝莫斯科下降，我脑海中浮现出第一次到达这里的回忆。那是在苏联行将解体的年代。我回想起站在那个陌生世界的门槛上时，心中好奇而不安，后来，那个世界便消失了。

我千万次回来寻找自己的足迹。严格意义上讲，我是个怀旧的人——我很清楚，写下这些，就是给自己讨死刑：时至今日，没有什么比怀旧的癖好更不招人待见（除非在葡萄牙，怀旧是全民专长，也许这也是我在那个国家感到自在的原因之一）。我不知道是哪些广告人，哪些执迷于虚假当下的强迫症患者，往生活在今天的小脑瓜子里灌输了那样的思想，让他们觉得这种属于

nostos（回归）的发明者奥德修斯的情感是一种可耻的病。我是个没什么气魄的奥德修斯，也没什么希望，因为我没有伊萨卡岛，也没有佩涅洛佩，我的回归没完没了。重回、重温许久之前经过的地方，是丈量时间。而时间，众所周知，是属于我们这些作家的原材料。我生平第一次去的那个莫斯科不是现在这个花哨炫目的城市，没有浮夸晃眼的巨型广告牌，没有德国高级轿车和可以互相替换的国际服装品牌店。那时的莫斯科是个黑与红的世界，城市屋顶，诸如"以列宁主义为生活和工作的准绳"之类的标语在雾中依然显眼。红场上，古姆百货的大型玻璃天棚下，售卖的不是今天在新加坡或迪拜随便哪个商场都能找到的那种奢侈货，而是一些可怜巴巴的商品。我当时是这么记录的：世博会如此豪华的建筑，这些水晶宫、水晶吊灯和大理石，就为了装这点破烂衣服，这一堆堆熏鲱鱼，这一柜柜的大钟表。就算我有怀旧的时候，怀念的也绝不是末日苏联悲哀的劣等货色，尽管我对全球化的富足也丝毫没有好感。鲱鱼至少是苏联的siliodki①，手表是东方机械厂的，而且挺好看。那时的莫斯科有种宏大的东西（现在也还有），但也有平等梦的画面，尽管那个梦早就破碎。"莫斯科，

---

① 俄语"鲱鱼"的拉丁写法。

冰冷而巨大，巨大到奇怪的建筑，就像是另一个时期的巨人城，一座未来之城，而这个未来已经结束且凶险得很。"这是我当时写下的，引用自己的话，是因为我现在也无法找到更好的方式，来描述当时作为西方旅人的我第一次接触这座城市时的感受。

时间，普鲁斯特所言的"时间的精髓"，只有在深藏的感受由于当下的感受短路而意外出现时才可触及（被盖尔芒特府邸破碎的石板地面唤醒的关于圣马可圣洗堂的记忆；或者是小汤勺碰到了盘子，于是想起榔头敲击火车轮，而在那列火车上讲故事的人曾经怀疑文学；又或者巴尔贝克"蓝绿色如孔雀尾巴的海"在他拿一条硬邦邦的餐巾抹嘴时被忆起）。如今，当我去到莫斯科或圣彼得堡，眼前的景象和我记忆中的景象叠加出立体画面，勾勒出时间意象的深度。我第一次见识涅瓦大道上那座蓝白色的小教堂时，它还是一个服装工坊。安娜·阿赫玛托娃在舍列梅捷夫家族宫殿庭院中的公寓还没变成博物馆，几乎只能偷偷潜入。今天普拉达所在的地方原来是个武装部（如今叫警察局，换汤不换药）。这中间发生了一些事情，无论是对这座城市、这个世界而言，还是对身处这一切之中的微小的我来说都是如此。

当我阔别许久，重返布宜诺斯艾利斯（无奈来去匆
匆），那里也发生了一些事情（时间流逝）。在埃塞萨
机场，我想起我的第一次布宜诺斯艾利斯之行，还是在
军事独裁时期，那时我是个记者，一句西班牙语都不会
说（不，还是有十来个词汇量），一个人也不认识，没
有任何联系人，从没干过新闻（那次我表现极差，是我
在新闻行业最糟糕的经历）。飞机停在停机坪上，我从
舷窗望出去，看到头戴钢盔、肩扛自动步枪的士兵，预
感到占据我大半词汇库存的Buenos días（您好）在他们面
前应该帮不了我什么大忙。要是藏在飞机某个角落里，
二十四小时后再返航巴黎也不是件丢人的事，我想我会
那么做的。二十年后，我之前老去的高级酒吧El Ideal，
那里的廊柱、木地板、大理石、水晶吊灯、镜子、电
光闪烁的半明半暗、歌剧舞台般的吧台等都已经找不到
了。我还在一部小说中把一个人物设置在了吧台，是个
女酒保，一个在我看来无法抵御的人物，总之是小说中
最有意思的角色（我没找到是因为我没找对，无所不
知的互联网告诉我，几年前那地方还在。在绥帕查路
和科里昂特大道交界处，每天晚上都有人在那里跳探
戈——我想是为了吸引游客。也许没找到更好。永远也
找不到了，因为现在应该已经彻底关门了。有篇文章列

举了出入饭店的名人：博尔赫斯、莫里斯·切瓦利亚、维托里奥·加斯曼、艾薇塔·贝隆，但没有我：怎么回事……），另一家有年头的高级酒吧El Molino，位于一栋漂亮的新艺术建筑的一层，现在被施工护板遮掩。那栋楼已被废弃，几乎已成废墟。似乎出于偶然，我喜欢的那些地方里唯一依然在营业的是最不美的那家，佛罗里达路上的里士满。也还是不错的，有地下台球厅和象棋室。离里士满不远的爱巴尔酒店还在，但也不会存在太久了，它已被贴满传单的施工护板包围。我当年住901房，和那里的电话员有过一段往事（在我记忆中，那个女孩有点像吉娜·劳洛勃丽吉达，也许这么说有些夸大其辞。她在酒店大门旁边的一个小屋里工作，面对一张满是插头和电线的桌子。那可以说是老掉牙的东西了，早该进巴黎工艺博物馆）。

走在这些曾经熟悉的街道上，很讽刺的是，我感到自己也被护板包围，等待拆除。同样讽刺的是，我在心中轻轻哼起卡洛斯·加德尔的那首著名的探戈舞曲《回归》："Volver con la frente marchita/Las nieves del tiempo platearon mi sien/Sentir que es un soplo la vida/Que veinte años no es nada...（回归，皱纹爬上额头 / 岁月的雪染出鬓如霜 / 感觉，生命如清风一阵 / 二十年不过弹指一挥……）"眼前浮现出加德尔的模样，一头漂亮的黑发，没有被岁月的霜雪染白，只见发蜡锃亮；两排炫白的牙齿活像那个年代美国汽车的保险杆，西服是双排扣的，胸前有小口袋。我想起我还是孩子的时候，父母会把我送到家里附近广场另一边的理发店去。理发师给我"改头换面"之后，便往我脑袋上糊Gomina argentine或Pento，一种能造成同样镜面效果的产品。我仿佛看见他来回搓着，把掌心那小坨发蜡摊开，抹亮头发，像参加舞会前给皮鞋打蜡一样。而且，我还很"佩雷克"地记得那管Gomina是红色的，Pento则是白和黑的。我去查卡里塔公墓看了卡尔利托斯[1]的墓地，不是因为我有多么景仰他，而是因为他和胡安·多明戈·贝隆一样，都是令人费解的阿根廷的英雄。

查卡里塔是一座名副其实的死人城，多层的大理石房屋，"业主"的铜像在楼前透气纳凉，灵堂的椅子被搬到街上，一支配备羽毛掸子和工具箱的市政雇员军队在除尘、修理，拍打着地毯和靠垫，给棺材抛光。加德尔墓和贝隆墓的参观者最多，贝隆墓甚至被不速之客光顾过，一个名叫"Hermes Iai和十三"的神秘团伙把他两只手用手术锯锯下来偷走了，并索要八百万美元的

---

[1] 阿根廷人对卡洛斯·加德尔的昵称。

赎金。据我所知，这两只手一直没找到，负责这一案子的许多调查员都死得不清不楚，而且很惨烈……加德尔呢，倒是得以安息，被崇拜者敬献的礼物包围着，其中一份甚至来自一名日本人。点一根烟塞到他的铜嘴唇之间，是深情的惯例。那时候我经常出入某些探戈酒吧，当然不是为了到舞池里表演——很遗憾我是个呆笨的舞者——而是去欣赏爱跳舞的人们：身穿褪色礼服的大胡子老头，蓝头发的老太太，身上首饰闪亮，手上戴着夸张的大戒指，唱着"La loca de amor（爱到疯狂的女人）"，布宜诺斯艾利斯到处都有一种表现主义的生硬色彩，让我想到（二十）世纪初的柏林。

在我寻找我爱去的老饭店而想起卡洛斯·加德尔的过程中，往昔世界的其他咖啡馆也在我记忆里浮现了。雅典欧莫尼亚广场Neon咖啡宽阔的大厅，高高的天花板上悬着吊扇，装饰着斯芬克斯像的镜面斑斑点点。就在这些镜子和立柱之间，被烟熏黄了胡子的老先生们，头戴鸭舌帽或便帽（几乎没有女性顾客），要么下棋要么打牌。服务员一脸络腮胡子，袒着胸膛，嘴里叼着烟，有几分让·雅南的意思——我参照的电影也跟这些咖啡馆一样有了年头，时不时给他们续上茴香酒，佐以黄瓜、小萝卜和橄榄。外头，一排排货架上的太阳镜反射出各种亮光，黑的、蓝的、红的、绿的……货架间，全世界的报纸都挂在那里了。希腊报纸的标题硕大，墨水轻易便沾上手指。在亚历山大城，透过全景赌场黏糊糊的窗户，可以看见夕阳在灰金色的海面落下，拉斯埃丁宫的一排排屋顶和卡特巴堡被白沫蒙住。连着半圆大厅的是个露天茶座，彩色的塑料顶棚下，情侣们两两深情凝望，有时会有一只手大胆地放到另一只手上。大厅里的书店如今被鞋店替代，当年经营书店的是位亚美尼亚老太太，见过达雷尔，熟悉他书中的所有人物。她向我讲述了亚历山大城昔日的光辉时刻："萨尔瓦戈夫人和棉纺织业的所有这些贵妇去穆罕默德·阿里剧院看戏的夜晚，包厢里那是珠光宝气。您要是走谢里夫路，随时会闻到夏奈儿五号的香气。那个年代，亚历山大城的人很有品位。"大概也相当无忧无虑。

第一次苏联之旅期间我去了哈巴罗夫斯克。那是西伯利亚大铁路能到达的最边远的地方——更东边的符拉迪沃斯托克，当时禁止外国人入内。我在哈巴罗夫斯克停留了三天，允许范围内的最长期限了。将近二十年后，我故地重游，想起了与俄罗斯远东的初次接触。我走在上冻的阿穆尔河上，每走一步都有摔破脑袋的危险，心想就为了这么刺激的体验大老远来一趟也值了。

我在共产主义两大阵营刚刚交锋过的小岛的另一半试图
眺望中国，那时候我还没去过，但什么也没看见。我没
能躲过的向导依拉，在博物馆里一条被制作成标本的鳇
鱼面前说了一句话让我乐不可支，她说："通奸①的动
物可长达五米。"（撇除这个小错误，她的法语相当出
色，和当年许多俄国人一样。她绝对不认为通奸会让
个头长大，而且认为西方人"在街上行贴面礼"是不
对的。）不过，她也远非我一开始以为的那么思想僵
化，法文报纸只能读《星期天人道报》让她颇感遗憾。
她也希望《古拉格群岛》能在苏联出版，尽管索尔仁尼
琴"如此反苏"令她扼腕，她是个十足的戈尔巴乔夫分
子——等同于贝当分子在如今的法国，唉！那是打着灯
笼都难找的物种。

　　那趟旅行纯粹出于好奇，我压根儿没打算会有后
续，也完全没料到，一年年过去，那个辽阔、阴森又引
人入胜的国家，那个离我长期所在的世界如此遥远的
国家，我会再去几十次。重返哈巴罗夫斯克的时候，我
已经忘了那个城市竟然那么大，那么多山（有轨电车顺
着山丘斜坡而下，山下的阿穆尔河宽广有如海湾，不觉
让城市有了几分旧金山的风貌），散步者身上裹得暖暖

---

① 本意应为"成年的动物"，法语中"成年"一词adulte和"通奸"一词
　adultère写法近似。

和和的，看着红日落到中国那边。在那边，河的名字叫
"黑龙江"，冰块在河里移动碰撞，发出很大的响声。
列宁广场尽头的列宁像小小的，西装上衣，鸭舌帽，算
是低调了一回。主座教堂的金色圆顶在残阳中闪耀——
原来并没有主座教堂，小教堂是唯一的基础设施，如果
能称其为基础设施的话（用马克思主义的观点看，应该
算是上层建筑？）。小教堂这样的基础设施曾在俄罗斯
兴盛一时。

宗教在乌克兰的境况也不赖。自我第一次前往至
今，敖德萨经历的变化众所周知：这座城市不再是苏联
的一部分了。苏联消失了，不管是在乌克兰还是在俄罗
斯，共产主义蒸发了，消散在空气中。相当大的变化，
肉眼可见。我重回德力巴索夫斯卡娅路，我曾在那里目
击了一次反对美帝国主义的游行（纯属自发！）。阔别
多年故地重游的时候，得放大了看，找到某些确切的
地点（最理想的方法，比如找到一棵树，看它长大了多
少，长出了哪些枝）。怀旧这件事，尽管没有技巧可
言，也还是需要本事的。那场游行集结了许多勇敢的公
民，他们因为里根的星球大战计划而自发地愤怒起来。
每个方阵都有一位党干部领导，我在那次旅行之后写的
一本小书里是这么描写的："一位胸部丰满的胖大妈，

一身灰色百褶西装套裙，淡金色的发髻一丝不苟，猛烈
并顽固地比画着一些动作；一个身材高大的男人，身穿
灰色西服，屁股的地方松松垮垮，领带，公文包，松弛
的下巴；另外一个也打了领带，油头，两只脚就像两条
棕色的驳船。"（在这些回忆过去的篇章里，请允许我
时不时引用自己写过的话。也可以说，我们写过的每本
书其实就像是在为未来的书做笔记。）游行队伍在一座
房子前面集结，房门口有块牌子表明波兰诗人亚当·密
茨凯维奇曾在这里生活，还挂着"苏联共产党第二十七
次会议万岁"的标语。另外一块招牌要乏味一些，显
示有香肠出售。二十年后，重新踏上德力巴索夫斯卡娅
路（竟然依旧叫这个名字，尽管这个有着遥远法国渊源
的德力巴是个嗜血的契卡分子），风光全变：不再有游
行，不再赞美会议，不再有香肠出售。取而代之的是一
家眼镜店，一家伊夫·黎雪化妆品店，一台取款机，对
面有一家麦当劳。不过，也有不变的：海上的无名水手
纪念碑。向纪念碑行礼的学生们依然穿着同样的制服，
连女学生的薄纱头饰也都跟当年的十分相似。

某个讲座散场之后，我已经不记得是哪个，阿廖
娜在等着我，她是那种会"在街上行贴面礼"的类型。
瘦削，一把梳子将棕色头发别在脖颈处，修长的手指裹

在黑色蕾丝手套中。她打造了某种西班牙风范（在一个保留了老派国际主义痕迹的城市里，也不是那么不合时宜），而且还算性感。她向往记者的职业，希望能在电视台工作，都是一些相当含糊的想法。她给我讲了她的事，听得我有些不耐烦。她跟我说她太天真了（我看倒不一定）。一年前她认识了一个有钱的法国男人，四十岁，在这世界的某个地方搞房地产交易，蒙特卡罗，迪拜……投机倒把者的原型，貌似。她在他眼中看到了爱，就跟他睡了。"I was a virgin, I lost my virginity（我是个处女，我失去了贞操）！"这叫什么事……她坚持说自己是个认真的女孩，只对一个男人专一云云。她的父母都是"好出身""很浪漫"，一直很相爱。总而言之，贞操一没，她就感觉出来那个浪荡子不会永远爱她，于是开始哭。那位没觉着有什么大不了的。我漫不经心地听着这个言情小说风格的故事，注意力被阿廖娜高挺的小胸脯、手套中的长手指和婀娜的身姿吸引。还有点恼。然而她还是等着他（那个投机倒把分子），同时又担心他是个坏人，会把她卖到妓院去。不过，他要是把她弄到法国去，她就可以跟他在一起——（这两个假设在我看来都不太可能）。她不想嫁给一个敖德萨男人。二十岁的她已经觉得时间很紧迫了。我在她的陪伴下经过德力巴索夫斯卡娅路，寻找逝去的时光，不太容易把注意力放在风景上。她有属于自己有趣的地方，天真无邪还是喜欢冒险？我说不上来（大概天真的是我……）。我本可以让她二度失去贞操，这事不是完全不可能，但我到底是个老实人，我没尝试。我现在在想，阿廖娜她现在会在哪里，在丹吉尔的妓院？在昂蒂布海角的泳池边喝着水晶香槟？嫁给了敖德萨的小混混？依然单身（或者，重拾贞操，谁知道呢）？

苏丹北部，两个白人头顶烈日，拉着行李箱，在阿特巴拉游荡，我是其中之一。我们在找火车站。问问当地人："Station? Railway station?（车站？火车站在哪里？）"鸡同鸭讲，他们只会说阿拉伯语。我模仿蒸汽火车，"哐嚓""哐嚓"，胳膊当摇杆。他们乐归乐，依然不明来意。柴油机车不好模仿（反正我学不来）。灰心丧气。我们在一个小馆子里刚坐下，马上有两个警察过来。证件。没问题，不过他们也不讲英语。在帆布罩下享受一杯浓茶，非常甜，一小杯接着一小杯。与此同时，巴士喇叭响个不停，在一阵呼喊和扬尘中启程。我的旅伴让我恼火，他声称我关于苏丹的小说中，有一本（《梅罗埃》）有点"知识分子意淫"的意思。真的吗，怎么说？那可真不是适合开展此类讨论的地方和时机。就在那个时候，那一杯杯茶起作用了。我在清真寺的厕所前滚烫的沙地上排队，厕所刷成了绿色，跟清真寺其他部分一样（必须说，教堂可不提供同样的服务）。气温应该有四十摄氏度吧！巴黎作家之家的希尔薇·G偏偏就挑那个点给我打电话。她想跟我谈谈画家让-路易·福兰。"呃，希尔薇，咱回头再聊行吗？"许多年前，我去过阿特巴拉。为了从仙迪过去，我搭乘了"盒子"，也就是货厢里塞满乘客和行李的卡车（通常都是雷兰德牌的）。我坐到了一只空油桶上，自以为机灵，心想能越过挡板享受一路风景。那年头还没路，"盒子"在沙石间疾驰。说"疾驰"有点过了，一百三十五公里整整走了七小时。每道车辙，每次颠簸，那油桶就腾空跳起，连同我一起。创伤，疼痛。货厢里挤得满满当当，没有别的地方可坐。我很快就跟狒狒似的，有了个流血的红屁股，还把帽子丢了——其实只是压在我的包的最底下，致命的错误。我那时候发量还不少，挺厚的，不过还是不足以保护脑壳免受毒日的摧残。〔很久之后，在利马，某个周日，我漫无目的地沿着米拉弗洛雷斯的海岸线没完没了地走，那时我的发量已经明显减少。我刚到秘鲁，什么人都还不认识，一份变质的柠檬汁腌生鱼让我来了个水土不服。一切都让我感到沮丧：太平洋长长的波浪，像奶油一样，加了奶的咖啡的颜色；一些状态比我好的家伙在上面冲浪；发黄的悬崖峭壁；跑步的人，通电铁丝网围起来的小型豪宅，这城市中孤独的我，透过热雾投射出来的灰太阳。也许是灰的，但也没放过我。我的头皮被晒得发红，很快，琥珀色的脓液大量渗出，在头发里结成痂。我活像棵松树，啪嗒啪嗒地滴松脂。第二天一大早，我到处去找帽子，但除了银行，所有商店都关着。这世界上没有什么比une gorra（帽子）更叫人渴望的了。我（想象）的鸭舌帽王国！一路上，每见一个头戴鸭舌帽的人，我心中都生出羡慕嫉妒恨。早晨的太阳开始往我的伤口上撒盐，我尽量挑有阴影的地方走，后来总算在一个市场里找到一顶装饰着一片绿色古柯叶的黑色gorra，但是太小，我有一颗大脑袋。不过我也不挑三拣四了。这顶帽子我现在还保留着，对我来说它比皇冠还宝贵。]

　　有时候"盒子"沿着尼罗河行驶，单单看着水和绿植就让人感到很舒服，有点吧，然后又是没完没了的平地和极端酷热。我的桶位于车尾，车每次减速，便扬起一团土灰云，扑到我身上，把我慢慢扮成红陶土人。到了阿特巴拉，一位老人家将他饮水罐中的水赠予我洗去一身红色伪装，然后又坚持替我付从那里到市中心的公车钱，或者说人们口中所说的公车和市中心。我应该看起来相当可怜，不过这位老人家身上体现出来的，也正是我在苏丹经常遇见的大方和风度。公车把我扔在一片沙地广场上，也许正是二十年后（且说二十年吧）我在清真寺的绿厕所前排队的地方。经过各种曲折，我终于在一家特别肮脏的旅馆落了脚。分给我的那间房从天花板到地面全是霉斑，床单上有一些极其可疑的污渍。当然没有电，浴缸流出来的水冲散了个头像小老鼠的蟑螂，那水的颜色和尼罗河水一样褐黄。在那种筋疲力尽的状态下，一坐下皮开肉绽的屁股还生疼。我承认，当时我很想哭。下午五点半，那个极其懒散的家伙，像是旅馆老板，给我送来晚餐，一些裹在黄色肥油里的臭鱼块，几瓶芬达。我就当没看见那尼罗河的鲈鱼（如果是的话），只喝掉了温的芬达。三天来我只喝汽水，一点也没觉得饿，但一直很渴。天一黑我就出门，小心翼翼，痛苦不堪，在一家餐馆坐了下来。我喜欢那里的音乐（我喜欢刺耳的苏丹音乐），一口气喝掉四罐冰可乐，对我的味蕾而言，那比波尔多名酒还美妙。就在那时，我透过音乐声，听见了火车车厢开过去的声音和（二十年后我不知道怎么模仿的）柴油机车的喇叭声。我就在火车站附近。

在火车站的咖啡馆，有个家伙请我又喝了一瓶可乐。他对我说，"You look depressive（你看起来很郁

闷）."他说得没错。他在伦敦上过学，很怀念英国的
啤酒。另一个人从自行车上跳下来，加入我们的行列。
他曾经是铁道上的技术员，因为政治原因被解雇了。他
说，这儿是警察掌权，"We have many many Carlos（我们
这里有很多很多卡洛斯）."那是恐怖分子卡洛斯①做客
苏丹政府的时期。他来自南方，很怀念那里。他跟我讲
起那个年代，汽船溯尼罗河而上，到达朱巴，河岸上的
大象摇头晃脑甩起耳朵致意。他本想走上流亡之路（也
许后来他付诸行动了，是不是死在了地中海？），"要
是我能变成一只虫子钻进你包里……"在我们周围，街
道昏暗，皮卡的大灯打在骑驴疾行的人身上，将他们幻
化为身带光环的奇妙的堂吉诃德（或桑丘）。空气中飘
着腐败的水果、粪便和焚烧的香混杂的气味，一阵小风
勉强带来一丝凉意。山羊们在蒸汽火车头的残骸间碰运
气，寻找一点可以啃嚼的东西。这些残骸来自尼罗河谷
还有铁路连通开罗和喀土穆的年代。天蓝色的老漆皮布
满斑斑锈迹，厚重得像保险柜的锅炉敞着门，可见里面
蜂窝般的炉条，成堆的连杆轴杆攦在沙地里。夜晚的阿
特巴哈比白天讨人喜欢一些，因为我隐约看到了逃离的

---

① 伊里奇·拉米雷斯·桑切斯（1949—　），生于委内瑞拉，冷战时期最
　著名的恐怖分子，策划并执行过多起恐怖事件，藏身苏丹首都喀土穆
　期间被捕，现于法国服刑。

可能。被我弄醒的那位火车站工作人员信誓旦旦地说，晚上十点有趟车从瓦迪哈勒法来，开往喀土穆。到了那个点，自然没有什么人类活动迹象表明即将有车发出，车站里只有蝙蝠和蜥蜴。接近午夜，浑身大包小包的身影开始从四面八方涌现。我也不知道他们是从哪儿得到的消息，也许只是出于习惯。不过那晚的等待让我认识了一位老兵，反政权的阴谋家，曾经在莫斯科和塔什干生活过，如今写起了电影剧本。还有一位围着淡紫色面纱的年轻女子主动跟我说话："Where are you from?（你从哪来？）"极其罕见之事。同样罕见的，是她说得一口流利的法语，在喀土穆的伊斯兰大学教书。

可惜的是，凌晨一点半，火车进站，人群拥挤，把我和他们分开了。寻找座位以失败告终之后（我本来也不抱什么希望），我只好将痛苦的屁股置于我自己的包上，直接坐在车厢地面，旁边就是开着的车门。我背靠一卷地毯（旅客们个个兴奋异常，不停地拆包，重放，堆叠，把东西全摊在地上，从头再来），地毯很快被一袋袋木炭替代，木炭继而又被一口袋锅取而代之，舒适度大大下降（不过也没那么脏了）。至于我的双脚，起初蹬着厕所的门，后来门开了，厕所里堆满货品，我的脚于是得以伸进那个恶臭的空间（幸好没人用厕所，旅客们都是趁着火车停靠的时候到沙漠里解手，反正车一停能停好久，也没有原因，又或者恰恰是因为这个原因）。最了不起的是，检票员竟然能通过这奇迹般叠摞在一起的人肉和行李，两次（还把我弄醒了）。到达喀土穆时接近傍晚，这一趟（三百公里）走了十三个小时。据说中国人现在造出了快速列车。中国人，有什么是他们办不到的？

　　帕诺拉米克酒店似乎是君士坦丁堡唯一开着的酒店了。就在200号房正中央，一只体型硕大的蟑螂仰躺着迎接我，很不幸，将死但还没完全死，幽幽地划着它的腿和触须。要是死了，那好办，草纸一裹直接丢进马桶。但还活着，剩一口气，怎么办？同等对待，只不过觉着更恶心，还有一丝说出来难免显得矫情的内疚。总之，我是被告知了：在阿尔及利亚，别指望得到游客的待遇（我们有过这样的奢望）。我不是来当游客的，而是一如既往地要在密度和感兴趣程度不一的听者面前夸夸其谈。不过在当地的高等师范学院，我当着两百多年轻女孩的面卷了根烟。她们绝大部分都裹着头巾，其中有一个不是，恰巧她还很漂亮，似乎也不腼腆。她第一个向我提问，而且是关于一本相当奇怪的书，《水晶酒店的套房》。她声称，她觉得我"成熟但讨喜"（全场哄笑）。结束之后，阿米拉来找我合影，我白痴得等到离开学校之后才意识到应该让她把照片发给我，兴许就能因此跟她联系。无甚希望，但值得一试。成熟，但讨喜，不够机智，然而这却是最基本的功夫。

　　我不知道该对君士坦丁堡作何评价，不知道对它的记忆往哪边倾斜。一方面是帕诺拉米克酒店里奄奄一息的蟑螂，地下餐馆泛着油渣味儿的恶心晚餐，那个用"阴森"不足以形容的西迪·马布鲁克酒吧（似乎是唯二两个卖酒精的地方之一）里，不胜酒力的人时刻跃跃欲试准备找茬打架，在弥漫着二手烟的微光中，他们观看着电视的模糊画面，出于某个令人费解的理由，电视里放的竟然是一个波兰频道的节目。一个女人也没有，这说明了一切。另一个提供酒精的酒吧，"齐祖家"，在工业区，用阿米拉的话说，更讨喜一些。但黄色出租车卸下一拨拨来寻求补给的人，然后他们又用塑料袋拎着一瓶瓶酒丁零当啷地走了，这样的画面未免有点丧气。另一方面是矗立在古迈勒悬崖上绝美的城，像极了埃尔·格雷考①笔下的托雷多（这一点似乎加缪已经说过，他是有道理的）。还有俊俏伶俐的阿米拉和她羞怯的女同学，这位女同学告诉我她害怕有天得去教书，因为"有些人自带威严，我却是软弱的"。执政官官邸前的广场一带，咖啡馆老板们对待生人像对待熟人一样热情，一句"快坐，先生"，邀请我喝上一小杯浓厚且甜的黑咖啡。真是醇美！那个身穿羽绒服的老头，看到我

----

① 埃尔·格雷考（1541—1614），西班牙文艺复兴时期画家、雕塑家和建筑家。1577年前往西班牙托雷多，在那里创作出许多著名画作。

在读纪念死于君士坦丁堡攻城战的当雷蒙将军的双语殖民铭文时，不怀好意地告诉我，翻译阿拉伯语的那个家伙开头用的不是Bismillah[①]，而是Hamdulillah："感赞真主，死于这里的……"是真是假，我不识阿拉伯语，无从判断。这事让我又想起我在利马的出租车司机拉法雷尔先生。经过圣马丁纪念碑的时候，他告诉我为什么在骑着马的解放者脚下托举雕塑的大力女神头上顶着一只莫名其妙的羊驼（那尊石刻女神本身是自由的隐喻），那是因为，按照他的分析，雕塑家错误解读了订单，应该是"火焰"（una llama[②]），这更符合雕塑的象征意义。

正是在君士坦丁堡，或者说从君士坦丁堡出发前往斯基克达的路上，我生平唯一一次（我不打算再经历一回）随大人物的车队行进：我坐在那辆车里，有色玻璃保护着，警车前开道后护送，警笛长鸣，车灯大开，车顶的警灯旋转闪烁。我们的车队超过了所有人，身着作战服和防弹背心的士兵们半个身子探出车身，张开手掌使劲挥着手臂，命令乡巴佬们给我们让路。那可不是闹着玩的。于是，那条两车道、挤满卡车的路上，可怜的人们实实在在地跳沟里去了。这傲慢的兴师动众，车上

[①] 阿拉伯语音译名词，意为"诵真主之名"。
[②] 西班牙语中lama意为"羊驼"。

坐的连个蓄小胡子戴茶色眼镜的将军都不是，只是个白佬作家……似乎是为了让我免于被伊斯兰极端组织绑架的命运。这固然是好心，但在我看来还是有点大动干戈过了头。我多少有些窘迫（而且有那么一刻，一只不乏勇气的手扔出块石头，朝我的窗玻璃飞了过来，但没砸到，想必以为有色玻璃后面是位显贵）。君士坦丁堡，也是唯一把我介绍成（不管有多少可信度）科西嘉民族斗士的地方。伊斯迈尔是个奇人，脸蛋光滑得像鸡蛋，说得一口考究甚至有些复杂的法语。他祖上的希腊家族在几个世纪的时间里围着地中海转了一圈，其间在伊斯坦布尔、大马士革、开罗和突尼斯都有过长时间的停留，最终在法国人到来之前落足君士坦丁堡。他博学，通晓多种语言，是个数学家和音乐家——会拉大提琴。他父亲，如果我没记错的话是位物理学家，阿尔及利亚战争时期加入了民族解放阵线，有天夜里被伞兵带走了，就再没人见过他。他的书房被烧毁了，伊斯迈尔试图重建。他带我参观苏非派的zaouïas（小清真寺），其中一座曾属于他的家族（封闭的大厅，没有窗户，绿白的柱子，浓烈的袜子味）。他用阿拉伯语向教长介绍我的时候，我只能听懂FLNC[①]这个缩写。看到我很惊讶，他回

———————

[①] 指"科西嘉民族解放阵线"。

答说，这样的话我就可以以法国敌人的身份出现，这在
这些地方是张好名片……

　　太年轻（哦是的，我曾经如此：太年轻），还不
能够站队反对阿尔及利亚战争，也不能当兵受派遣。至
此，我和这个国家的唯一关系，是我编辑的一本关于一
个奇人的书，它不该遭受的冷遇至今仍令我耿耿于怀。
我们最起码可以说塞尔日·米歇尔（此为化名）有着传
奇的一生，他是我认识的唯一真正的无政府主义者（假
的有一箩筐）。他二十岁从纳粹的强制劳动营中逃出，
在地中海当过游艇水手、走私犯，二十世纪五十年代是
圣特罗佩的混混，和鲍里斯·维昂①一起主理地下酒吧，
伪造过假画，给维斯孔蒂或罗塞里尼当过助理，或者两
人的助理都当过。他是民族解放阵线报刊的缔造者，独
立运动时代的非洲革命顾问，先是在刚果的卢蒙巴左
右，后在几内亚比绍的阿米卡尔·卡布拉尔身边（两人
都被谋杀）。他还是切·格瓦拉非洲历险期间的棋友，
被第四共和国和蒙博托判处死刑，退隐历史舞台后当起
毒舌，在社会主义的佛得角岛屿上喝香槟……我没能记
下他动荡生平的每一步，如果我有所杜撰那也是因为他

---

① 鲍里斯·维昂（1920—1959），法国小说家、剧作家、诗人、爵士音乐
　家，代表作有《岁月的泡沫》等。

自己乐得锦上添花。但我不认为他这么做了，不是因为他不喜欢，而是他不需要。当仁不让的玩世不恭，巧舌如簧且滔滔不绝，滑稽古怪，但也招人烦。我认识他的时候，他的死刑被赦免，人刚来到法国。那是秋天，落叶的色彩让他心醉神迷，他有三十年没见过了。他在我家里住了一阵子，差点没把我和我当年的同居女友弄疯。他干瘦，鹰钩鼻，双目如老猫头鹰，鸭舌帽配红色的长围巾，脸就跟他的围巾一样红，咳起来仿佛要把肺咳出，没完没了地清嗓子，而且越清越起劲，全然不顾旁人。每次带他下馆子，对于像我这样一个（前面已经说过）偏向低调行事的人来说，是一种折磨：他一会儿咳嗽，一会儿噎着了，一会儿骂服务员，点最贵的红酒（自然由我来买单），因为看不清酿造年份而骂骂咧咧。但他真的一无所有，于是他所做的一切也都被原谅了。

我记得有天他请我吃晚餐。他毕竟还是请过的。彼时他擅自占据蒙帕纳斯附近一栋等待拆除的房屋。他买了一只蜘蛛蟹，但自然没有锅用来煮蟹，于是我们走进一家五金店（那时候巴黎还有五金店）。甲壳动物被抓着壳，腿乱蹬乱动，就跟帕诺拉米克酒店的蟑螂一

样，但也没有内瓦尔的龙虾①闹得那么厉害。店主惊恐
地看着我们试了好几个锅，很快就不让试了。塞尔日就
是这样，他的随意放肆里纯粹多过天真。若看到我被法
国文化中心的主任领着去君士坦丁堡的天主教公墓纪念
11月11日，这位旧日的圣战者估计会发笑。在场的还有
另外十三个人，包括两三个关系不大的孩子。柏树掩映
着蓝天，荒凉的小径，死寂的天使和美人像。领事简短
讲话：人一旦被遗忘就等于第二次死亡（但毕竟还是第
一次来得沉重许多）。花圈。在场的这一小撮人中，有
位头戴皮草高筒帽、身穿栗色大衣的阿尔及利亚老兵；
一位裹着羽绒服的老神父，当过行李挑夫，跟萨特隐约
有几分相像（不包括斜视）；还有一位头戴羊毛便帽的
古怪小老太。尚黛尔是昔日的舞者，唱过轻歌剧，在
《微笑王国》②里扮演公主美米，1960年在戴高乐面前
演出过，利比亚伊德里斯国王的儿子迷上了这个娇小的
棕发可人儿，想把她弄到自己的后宫——"我那时体重
三十八公斤，现在四十，我不想再长胖。"此前她还耍
马戏，她的特别节目是"印度行李箱"，人们把她系在

---

① 1841年3月的某天，有人在巴黎街头撞见诗人、作家热拉尔·德·内瓦尔
  （1808—1855）手里拿着一根蓝色的牵引绳，正在像遛狗一样遛着他
  的宠物龙虾。
② 奥地利作曲家弗朗茨·雷哈尔的轻歌剧作品。

麻袋里，装进行李箱，她表演逃脱。她也试过空中杂技，但下场糟糕，训练时掉了下来，结果安全网绷得太紧，直接把这只轻如羽毛的人儿弹进一个包厢。她摔坏了脊椎，马戏团扔下她走掉了。后来她得了第欧根尼综合征，家中囤积了许多垃圾，不过人看起来倒是干干净净的。人们认为她银行账户里应该有钱，她也不怎么管，应该是忘了。纪念碑前有人在我耳边嚼舌头，说她大概也当过陪酒女。

（如果校对清样的时候不给关于阿尔及利亚的这个不咸不淡、随意而写的段落加上几句，我会后悔的。写下那些文字之后，我最近又去了这个国家，大规模的、和平的且富有想象力的运动正在那里兴起，反对执政的黑手党。我颇为感动，甚至看到了希望。你们会发现这本书没有任何地缘政治野心，这最后一笔在这里纯属不合时宜，但我坚持为我的阿尔及利亚读者加上，因为我希望我的书能拥有阿尔及利亚读者。）

身在京都，我独自用着晚餐（不要紧，我早习惯了，你们已经知道），而且法国文化中心的餐厅里就我一人。只不过，晚上七点半之后就不能点餐了，这是我不习惯的。七点五十分，我发现玻璃冷藏柜里有奶酪，很有礼貌地想点一块，但是不行。不是把柜门打开就可以了吗？不行，过点了就是过点了。于是我带着相当糟糕的心情接着读《幽谷百合》。（不得不说，这本书把什么都混在一起了！简直是个大杂烩。我都快赞同爱弥尔·法盖或居斯塔夫·朗松了，我忘了是哪位了，反正是第三共和国某位老资历评论家，说《幽谷百合》是他读过的最糟糕的小说。）我心中开始对日本萌生怨念，一个被宠溺的孩子往往会有这种坏心眼，但这怨念很快便烟消云散，因为前台的年轻姑娘给我送来了地图，我之前问她要过但后来已不抱希望。我起身感谢她，我们面对面站着，我，壮实的大个子；她娇小。我有些窘迫，便邀请她坐下，但是不行，她的朋友樱在等她，可她又不走，就那样站在我面前，微微含胸鞠躬，显然是在表达什么。但是，表达什么呢？让我坐下？我不懂日本的礼仪。窘迫感升级，我自觉如一头巨型蠢驴。（我认识不深的）日本的特点之一，就是常常感觉自己像头大象闯进了瓷器店。在那之前的好些年，我去日本寻访川端康成的童年故地，在汤岛住进了一家传统旅馆。到了晚餐时间，人们三跪五拜，给我送来一碗清澈的汤，盛在一只黑色的碗里，汤里漂着一块白萝卜，换作别处我肯定对这样一道菜嗤之以鼻，但在这里我欣赏有加地接受了（至少看起来是相当漂亮的）。我痛苦地坐在榻榻米上，不知如何是好，更何况对我做出这些令我很不习惯的礼仪的是位身着和服的女子。我别无选择，只好也在我的柔韧性允许的范围内，脸朝地往下跪拜。（也许这就是正确的做法吧，我不知道。）

也是在京都，我还得到过一个非常美丽的微笑——迷人，而不撩人，这两种微笑可绝不一样——祇园一条室内街里一位漂亮女店主向我投来的微笑。我被这个笑迷住了，甚至都没注意到她卖的是什么。而我则再次扮演了蠢驴的角色，我怀疑她不是无缘无故朝我笑的，便潦草挤出了个客气的鬼脸，机械地匆匆走过，然而，我还是回了头，看见她再次对我露出微笑。这次我也笑了，发自内心。你真是头复杂的动物啊，我对自己说（丝毫没有认为这种复杂让我在经历漫长的演变之后达到了某个可圈可点的终点，相反，我认为我应对生活的装备还是有些瑕疵的）。这方浅笑像个引子，将我带入一种至此我虽不完全无动于衷却一直有距离感的美之中，而这一美的启迪是在禅林寺完成的。说起来十分惊艳。树木和苔藓的幽绿，木建筑中的半明半暗，发粉发红的棕色木料，木板吱呀作响，介于檀香和焚香之间的木之暗香，障子透进来的温润的光，有年头的金色柱子已经发黑，微微发亮（得找一个没有"发亮"那么"显眼"的词，但我找不到，我敢肯定日文中是有的，我应该读一读《阴翳礼赞》），鱼鳞灰瓦，鸟鸣雀唱，水流簌簌，树丛沙沙，与其说和谐（这个词如今有点被糟蹋了），不如说是人类造物和自然造物之间的相互理解……这些感觉冲击着我——啊，不，不是"冲击"，而是同时触动、抚慰、浸润所有感官，抵达心智，让人沉浸在美带来的平静的喜悦之中。

当然，"喜"，也不是最合适的词（我想没有合适的词），因为同时涌起的还有某种哀。更像是因为遇见而产生的兴奋，但不是一种激烈、混乱的兴奋，而是平静的，如果这种兴奋可以想象的话，它不是短暂的，它有点像在时间里被拉长，而且已经延伸到还没到来的未来里面，因为可以确定的是，那一时刻以及激发那一刻的东西必将在未来被忆起。这种兴奋是平静的，没有任

何占有的欲望，不像人造的美会激发的兴奋。有些画也
是这样，但不是人们熟知的那些，尽管看到那些名画多
少还是会有些激动，而是那些在某个展厅的角落潜伏，
你完全没预见到的。比如，在海牙的莫瑞泰斯皇家美术
馆（十一月的一个雨天，在斯海福宁恩荒芜的海滩散
步之后），不是《代尔夫特一景》①——有过那么多期
待，看过那么多复制品，又读过《追忆似水年华》中贝
格特之死的著名段落，早就把这幅画耀眼的潜力消耗了
一部分（但毕竟它害死了贝格特，不过那些没煮熟的土
豆……）——而是被在这之前我完全陌生的小汉斯·霍
尔拜音的《罗伯特·谢曼肖像》撞了个正着。训隼者眼
神沉着，无所畏惧，他朝右（画的左方）望去，肉食禽
戴着石榴色护套的眼睛也望向同处，还有它的嘴，带小
斑点的灰色羽毛，好像呼应着主人的大鹰钩鼻和灰发。
不过这里似乎没有主人也没有鸟，有的是两只心高气傲
的猛禽，其中一只似乎要用一只戴着戒指的、几乎有些
女性化的手去抚摸停在护手皮套上的另一只。而这里的
那"一小块黄色墙面"，是从英格兰贵族皮毛（紫貂
的？）大衣领和毛衣系绳领口下露出来的内衣的一小片
耀眼T形白色。这个男人和他的鸟是至高无上的，其力量

---

① 荷兰黄金时代绘画大师扬·维米尔（1632—1675）的画作，他最著名的
作品包括《戴珍珠耳环的少女》等。

和冷静令我震惊，我脑子里想到的词，是"专横"。肖像中的人散发着对自己、对生活一种平静的自信（也从训隼者脸上难以察觉的浅笑中透出来，若多笑一分，那就可能是藐视了）：于我是相当陌生的感觉，也许这就是令我着迷的原因之一。

有些景色——但绝不是旅行社广告中出现的那种——也会让人产生这种充盈感，因为观者从中发现了某种完美，那是偶然因素和人的行为结合所造成的。这些景色也有属于它们的"专横"：它们明摆在那里，叫人折服，让人肃然。我们满世界跑不是为了寻找它们，我们毕竟不是审美家、收藏家，但遇上它们时，我们就知道有事情发生了，在我们身上发生了。让罗兰·巴特兴致浓厚的"悟"是否与此相关？我在禅宗方面不太在行（一窍不通），无法断言，但这是有可能的。"唤醒""精神震撼""赞叹"：是的，诸如此类。一小块世界之美马上就出现在眼前，汇聚在那里，并且凝聚着历史这项人类亘古的事业。难以形容，但我们顷刻立定，沉默（同样，或者说可以类比，一些段落会让人停下阅读的目光，默默地把它们来回重读，甚至高声朗

读，忘却自己的声音：文学之美与page turner①这种粗
鲁的商业概念如此格格不入）。也可以是阴郁的风景，
比如有天我从喀布尔南边的巴拉·希萨尔城堡看到的景
象。我凝神注视着眼前的风景，却被一位将军的喋喋不
休所扰，他把自己经历过的战役（而且还很多）一一对
我讲述，还不忘让我触摸他的伤痕（也很多），详细到
每一仗，他杀了多少敌人，俄罗斯人或希克马蒂亚尔的
真主党战士（他告诉我，他还干过那样的事，向真主党
买弹药，再把弹药往他们身上投：阿富汗战争就是这么
神奇）。他甚至还用一把AK47扫射，打下来一架直升
机。他信誓旦旦地说，马苏德可以做证（但我一点也不
想怀疑）。眼下的敌人，也就是真主党，占据着对面雪
顶覆盖的黑色山头。低处，一片冰冻的湖或沼泽在战线
之间摊开，湖面上，主张中立的鸭子嘎嘎叫着。这一天
灰色的天空凝固不动，前线也平安无事，一切都异常平
静，如果只看冻湖和鸭子，我们也许会以为身处一幅荷
兰风景画中。但在高处，在那座十九世纪英阿战争就已
经毁了大半的堡垒的残垣破壁之间，是一座坦克的坟
场。一辆炮筒爆裂的T55坦克外壳就像一块剥开的香蕉
皮，直指着山下的鸭子。另一辆被战斗机投下的火箭弹

---

① 指通俗读物，无需过多思考便可一页页读下去的书。

撕烂，悬立着，好像随时要往下跳。山下，一层淡紫色的雾模糊了城南的街道，坦克的炮塔被炸飞到了五米开外的地方，炮筒插入土中。一只猫在一辆俄罗斯八轮装甲车的残骸中喵喵叫。一辆坦克上的半导体收音机传来尖厉刺耳的阿富汗音乐。城墙下，纳第尔和查希尔国王的泳池破烂不堪，早就无法在里面游泳。比中世纪更古老的塔楼，断裂的钢铁机械怪物，冰、雪、云、猫、音乐、山峦、山下几乎模糊不见的城市……在"战争风光"的类型里，构图堪称完美。

当我乘朱迪号登陆苏丹的萨瓦金港，眼前的景象也令我沉醉，无奈热浪阻止我继续沉醉。（十五年后，风景依旧，但是我们有理由忧心忡忡，因为苏丹政府把那些地方给了土耳其人，要么就是卡塔尔人，或者两拨人都有份——众所周知，他们都热爱保护遗迹呢。）一条路将一座岛和大陆连接，岛上，阿拉伯式、奥斯曼式、英式，风格各异的老房子形成一片灿烂的废墟，映衬着翡翠色的海，海龟在海里悠游。壮观的门，破碎的拱顶，残留在墙上的窗框的蓝色和绿色已在风吹日晒中褪去，悬在空中的阳台，一座小清真寺的尖塔，一切都从一块块珊瑚残垣上冒出来，珊瑚上镶嵌着成千上万个精美的窗花和扇子般的褶皱，坍塌的立柱倒映在波纹微漾的水面。山羊三三两两消失在朝天延伸的楼梯的阴影间，乌鸦在燃烧的天空下盘旋。身着鲜红、靛蓝长袍的女子走在这片炽热的白色里。纯粹的美。有个家伙试图向我兜售一只鲨鱼的下颌骨，那东西仿佛一个象牙色的捕兽器。离开小岛时，一个小男孩尾随了我一路，问我要书，"Book？Kitab①？"惊讶，也感动，被一个小孩子这样索问，在一个不能说书本很被重视的地方，当然，除了《可兰经》。我对自己说，好不容易有这么一个，得鼓励他。所以，现在他在一本书里了，不过他不会知道。

在苏丹谈论书不是一件理所当然的事，然而却都是我前几次被邀请前往那里的理由。当政治、宗教、性甚至爱都是禁忌话题时，我们还能聊什么？我的办法是聊阅读所具备的解放力，就是那个萨瓦金的孩子渴望的书。晚七点半，红海大学，到了原定该我讲话的时间。那间长形教室里，天花板上三台吊扇和墙上六台壁扇齐刷刷嗡嗡作响，如千头胡蜂并进。里面一个人也没有，一点不夸张。除了那间教室，整个校园一片漆黑。下午见过面的翻译显然一点没懂我的文字，而且看起来被吓得不轻，她也没出现。年轻的法语联盟负责人出人意料

———————

① 阿拉伯语"书"的拉丁写法。

地穿上了深色西服还系了领带，他担心没人来，跑去守
在黑暗中等待稀罕的顾客（我呢，希望可别有那么几个
昏了头的冒出来）。然而没有，显然，一个人也没有。
预告我的活动的小广告写明我将在"阿伊莎祷告"之后
开讲。经核实，祷告将在七点五十开始……我所有的讲
座并非都如此没有人气。在喀土穆的内兰大学，有两名
法语讲得很好的小个子女学生，也跟其他人一样从头裹
到脚，不过裹得漂亮。她们问了我一些经常会被问到的
问题（写作基于自身经历还是靠想象等）。不过讲座结
束后，她们不顾当地惯例，跑来跟我交谈，问了我另外
一个问题，其中的思考让我惊讶："一个没有作家的民
族，是不是一个贫穷的民族？"哈芭和哈萨兹那么伶
俐，那么快乐，我希望她们能代表世界的未来，世界会
更美。我把这本书献给她们，尽管她们很可能读不到，
可谁知道呢？把这本书献给她们是此时此刻产生的念
头；也献给玛丽，那个年轻的女学生，她应该是表演艺
术专业的。在阿拉斯一家咖啡馆，我的讲座结束之后，
她告诉我，当我朗读我想象出来的马奈画贝尔特·莫里
索的段落时，她闭上眼睛就看到了那些画。关于我的
书，这是我听到过的最美好的事情之一了。这样的话，
会让我觉得（这让人倍感欣慰），书没有白写，有些东
西还是传递出去了。就在我即将完成这本书的时候，哈

芭和哈萨兹的国家正试图摆脱独裁者，我希望这个国家的未来是她们，而不是什么政党要员。那个大胡子在介绍我的时候把我的维基百科词条篡改得面目全非（说我是兰波的继承人，还瞎掰了一些不知道什么内容）。也是他，同一天晚上，在使馆的晚餐会上，说若干年前见过一个严重侮辱了苏丹人民的法国作家，竟敢写尼罗河的源头不是唯一的，声称这条伟大河流源自从鲁文佐里山和埃塞俄比亚高原滚落的所有水滴，甚至还有人类和动物的眼泪和尿液。然而，这个恶毒的打字员，就是我，他没认出来（我将尼罗河的发源与一本书的起源做比，一本书乃是众多思绪和梦境的交汇之处，有些道路可能连作者自己都浑然不知）。我揭穿了自己，在座一片尴笑。

我发现，我提及的有着神奇魅力的景色都是废墟风景。索性说，这兴许是我罗曼蒂克的一面，有点夏多布里昂的风格……事实是，子爵很早就进入了我的生活，比我读《墓畔回忆录》早更多，甚至也比在中学里被迫读《阿达拉》或《殉道者》读得心生厌烦早很多：我们的祖母，坚定的共和派，我想，甚至还有点社会主义者的味道，经常带我弟弟和我去夏多布里昂早年生活的地方，在圣马洛或孔堡。"骑士先生是否会害怕呢？"

严苛的父亲用这样的话鼓励年幼的儿子独自一人睡在高塔顶的黑影和风声之中，这是我童年教育里被灌输的例子之一（还有另外一些例子出自蒂托·李维①的。真的）。夏多布里昂的文字我不是全都喜欢（话说对待任何作者都是这样：文学欣赏不能靠盲目的热情，不像加入政党那样），但《墓畔回忆录》里有几十页是我小小的想象图书馆的馆藏：不见得是巴特喜欢的那些，关于圣皮埃尔和密克隆那"一小片开花的蚕豆田"的香气之类。然而，有些文字写得那么漂亮，闪烁着历史的智慧，如关于1789年的巴黎（"危机的时刻让人多活一倍……"），关于那些革命党人的肖像：米拉波，"长着怪物脑袋的狮子"，罗伯斯庇尔像个"打扮讲究的乡村公证人"，马拉"这个十字路口的卡利古拉"，"对待他自己的死和被他处死的人的死同样冷酷"的丹东。又或是他对拿破仑军队从俄国撤退的描述，菲利普·索莱尔斯也很赞赏，我就不用担什么风险了（"四下里是换上僵硬水晶外套的松树，如同殡仪馆的大烛台"）。他对"百日王朝"开始时路易十八出逃的描述堪比塔西佗。而且，我喜爱的不仅仅是关于这些非常时期的历史段落，还有更私密、更温情、关于女人的文句（"如果

---

① 蒂托·李维（前59—17），古罗马历史学家。

由我来捏我自己的泥人，我会把自己捏成女人，我如此
热爱她们"）。他和夏洛特·艾福斯重逢的场面，曾经
爱上那位女子的年轻流亡者，如今是驻伦敦的大使，而
她成了萨顿夫人，她问他是否还记得她——"My lord, do
you remember me?"（"于是开启了我们之间的'你是否
记得'系列，当年的一切再次涌现"）。又或者是这一
章节，不乏人们所说的他身上常见的幽默：他在波西米
亚和奥地利边境被一位勤勉的边境官员拦下，为了打发
时间，他极尽细致之能描绘客栈的房间，幻想在他的年
纪已经不可能发生的风流韵事（"要是二十岁，我就到
瓦尔德明兴寻觅几出艳遇，时间会过得更快。但在我的
年纪，记忆里只剩下软梯，也只能靠影子爬墙"）。

　　这会儿，我感到和他是那么亲近……苍老的忧郁
情人，远离姿态和浮华。亲爱的老夏多布里昂，恼人又
惊人，甚至有时候很感人……在根特城郊，并非出于偶
像崇拜，只是乐于无用的探寻，我在我的荷兰语译者卡
特琳娜的陪伴下，寻找夏多布里昂声称能远远听见滑铁
卢隆隆炮声的地方。去往布鲁塞尔的路上，在巴士和有
轨电车车场和一家外观如木桶、名为"酒桶"的饭馆对
面，上高速公路桥之前，一个相当不起眼的小公园里，
一湾池塘，不规则的水岸似乎表明那里是自然风光的残

迹，一群黑水鸡在几只无可避免（唉！）的塑料瓶之间游动。我很快想起那个句子，胳膊底下夹着恺撒的《高卢战记》的夏多布里昂，被低沉的轰隆声吓了一跳，起初还以为是风暴来临："我竖起耳朵，只听见灯芯草丛中黑水鸡的叫声和村庄传来的钟声。"该死！就是它们，那些黑水鸡！1815年那群黑水鸡的后代！那里也有一片小杨树林（"我发现自己站在一棵杨树前，恰好在一片啤酒花田的拐角处"）。我不敢保证自己的推断的准确性，但这种推断着实令我热情高涨。不过我的确记得在符拉迪沃斯托克地理学会破烂的大厅里，彼得大帝路4号，读过这一章节，还有别的章节。我在图书馆零零散散的书里凑巧发现了一本旧版的《墓畔回忆录》，没忍住给数量有限但专注的听众念了几段。两名上了年纪的图书管理员，完全不懂法语但很高兴有人来访，终于，她们接待的不仅仅是只对书感兴趣的老鼠们，还有法语联盟的代表塔提亚娜，一位高挑的金发女孩，面色白皙，很有活力，人很聪明，做事风风火火，绷着脸说笑话。她有点专横的一面，起初让我有些不愉快，但后来她成为我宝贵、高效而又亲切的向导。外头小雪飘落，窗外的景色变得模糊，金角湾（Zolotoï Rog），悬索桥的巨型钢索，还有停泊在Karavelnaïa Naberejnaïa船舶码头的舰艇的桅楼，Karavelnaïa Naberejnaïa这个名字让我想到里斯本的Ribeira das Naus（船舶码头）。同一条街的6号是一座博物馆，与博物馆相邻的副馆里只有塔提亚娜和我两个参观者。展厅空荡荡，只有古怪的零星藏品（一只舵轮、一块猛犸象头骨、一只鱼叉炮……），将近一个世纪前，曾经有个小小的法国参谋部在这里驻扎过，和鲸的骨架、西伯利亚虎标本为邻，那是内战的时候。年轻的飞行员约瑟夫·凯塞尔[①]就在其中，他在《野蛮时代》中讲述了这段经历，有属于他的夸张，不过也适合这个题材。

塔提亚娜和我也去了符拉迪沃斯托克的城郊寻找Vtoraïa Retchka（第二条河）的小火车站，车站还是1938年的样子（也许，油漆颜色变了），那一年诗人奥西普·曼德尔斯塔姆和成千上万流放者曾经从那里经过。没有尽头的中转营曾经就在这片土地上，曼德尔斯塔姆就要死在这里……但这些我在别处已经讲过了。如果说记忆喜欢旧事重提，作家留在身后的书则像是棋盘上的棋子，会禁止某些着法。

电脑屏幕后面，我的窗户之外，又一次是大海，牡

---

① 约瑟夫·凯塞尔（1898—1979），俄裔法国记者、作家，曾在一战期间担任飞行员，代表作有《白日美人》《狮王》等。

蛎色的。还是书开头的那片海，不过是冬天了。灰色的天幕，静止不动，挂着一道道轻微的条痕，只露出深浅不一不同的灰，多少有些亮光（但都很少），这儿一点白，那儿一点蓝，不然几乎看不出天幕上还有褶皱。夜色来得很快。灯光亮起，海岸边仅剩的植被从褐色向淡紫色过渡。配乐：海鸥偶尔嘶叫，黑雁发出咯咯声，它们从西伯利亚的泰梅尔飞来这里过冬。它们应该去过哈坦加，我给猛犸象梳毛的地方，所以我当它们是老乡。它们的叫声温和悦耳，我模仿得相当不赖。

另一些面孔，另一些声音，整一个喧闹的小世界沉睡在堆叠在桌子上的这些笔记本里，我很可能不会再打开了，甚至寻思是不是还会继续在笔记本上涂写，若这趟曲折的追溯还没耗尽我书写的欲望——当我说"欲望"的时候，我往往感到自己背负的某种义务。真是神奇，我是要对谁、对什么尽义务？也许，是对未来的书？现在，它就在这里了，是好是坏，我已尽我所能，在纸张的迷宫里摸索着前进。如果我的举动里隐约有种遗嘱的意味（我当然想过这个问题，这也是写作途中想起的博尔赫斯的话所暗示的，我还把他那段话作为题铭），那就在这里，在可能到来的告别里，向手记告别。像遗嘱，还有什么？咱永远不落幕，决不！这些笔记本不会是最后的手记，就这么决定了。遇见的这些生命，以及浮现的和他们相关的风景，一起描画出一个主观的、感性的世界，既真实又全凭想象，没有任何地图能显示，唯我独有的世界。一个还没有全部被发现的世界，比如澳大利亚是缺席的，正如荷兰人和库克航行之前，仿佛有奇怪的投影使这个世界变形，苏丹占的地盘比印度还大，纽约这座城市比喀布尔还小。数百万图书里的字母将这个世界打上水印，有当时在那些地方读的书（我把城市的名字记在扉页上，标明是某本书在那里陪伴了我，让城市在书页间留下几幅画面，我在那里呼吸到的一点特别的空气，落在《我的财产》上的斯里巴加湾的热雨，吹烂了贡布罗维奇的《日记》的风沙），有那些令我们对未知之地充满想象的书，我们后来将去那里造访。我们透过书中的词语望去，它们像魔镜一般将景象放大、变形、着色。《大师与马格利特》①给莫斯科牧首池塘一带（如今很有格调）蒙上奇幻色彩。在某个遥远的十二月，我曾时常去那里吃晚餐，在一家像是从苏联时期遗留下来的简朴餐馆里，花不到五百卢布吃顿饭；或者是达雷尔的《亚历山大四重奏》，让一个希腊、犹太、英国和世界的城邦幽灵浮现。今日的亚历山大城纷繁嘈杂、尘土飞扬，已不复往日（莫里斯·纳多时代布

---

① 苏联作家米哈伊尔·布尔加科夫的小说，被认为是魔幻现实主义的开山之作。

歇–夏斯特尔出版社出的橘红色封面老版本让我想起同一系列里的《在火山下》，穿过那里便到了墨西哥和温哥华）；又或者是川端康成的《湖》，让我在东京街头的某些女子身上看到被桃井银平那个双脚如猿猴的老师跟踪的女中学生的影子。

在这个世界里，有时间挖掘出来的高坡低洼，地形学家无法察觉；这个世界也有缝隙，像过去有些老地图上海岸线永远没有闭合，这个世界只存在于我保留的眼神和交换过的话语的记忆里。阿尔弗雷德在麦哲伦海峡的饥荒港，发誓要找到高更父亲的坟墓。克洛维斯·高更乘船来到秘鲁，和船长发生争吵，死于盛怒。（深蓝海水，风，巨型海燕，皮诺切特时期对岸的道森岛是个集中营。）他最终找到那位和雨果一样逃离拿破仑三世统治的易怒的共和国记者了吗？安赫尔，失望的共产党老战士，在马德里的房子里供养一个蚁穴，用来寄托他对于社会改变的希望。他是否依然梦想着他的理想城？不，他应该已经死了，那是太久之前的事了……还有唐·路易，智利丘基卡马塔铜矿前技工，煤黑的头发下一张宽脸庞，也像是铜打出来的。他告诉我说，鸟儿们听从主的命令，会在圣灰星期三这天闭嘴。这家伙真是幼稚又可爱，在他看来满世界全是奇迹（他跟圣保罗修道院的科普特修士应该很合得来）。他在《文摘》里读到过，便相信有个俄罗斯士兵在某个化雪的日子里看到了阿勒山顶的挪亚方舟，还带了块木板回来（我没打算纠正他伤他的心）。看到阿塔卡玛沙漠中的盐湖，祖母绿颜色的水面飞过一群火烈鸟，夕阳往月亮谷的沙丘间沉落，他被震撼了："Da quietud al alma（抚慰灵魂）."他喃喃说道。还有娜塔莉亚，我在叶卡捷琳堡的翻译，那么挺拔，那么优雅，（我的裤腿被马路牙子上满地的泥巴弄得脏兮兮，而她的鞋却永远完美锃亮，怎么做到的？）一张聪慧又快活的脸，讲得一口那么完美的法语，以至于我一开始以为她是法国人。她对我说，她每天要花好几小时阅读，以便"不去想生活中的事"，不过她从来不抱怨。一头短发，一双有力的大手，她身上有种既闪亮又很朴素的东西。一种罕见的直率（不仅仅是态度）。不过我并没有马上意识到她的魅力，就在我想着她的时候，开往伊尔库茨克的火车在巴拉宾斯克进站停靠，更换火车头了。接力的机车喘着粗气开过来，白色的独眼在夜色中亮着光（我对火车头的特殊感情从孩提时代保留至今）。

每个人都在我身上留下了某样东西，我不知该如何命名，不是一节"课"，肯定不是，更像是很薄的一层学问、感情或是幻梦，这些薄膜叠加在一起才有了我身上像玉一样的海龟（据我所知是濒危物种）老鳞片。"All these I feel or am（我所感或我是的一切）"，就像惠特曼说的那样。每个人都是我的大家族的一分子，他们却浑然不知。我的大家族不怎么露面，也不占地儿，不过我和其中一些人（女性居多，既然我的倾向如此）依然保持着联系，不管隔了多远过了多少年。这让人相信，人情味是存在的，过去也不仅仅是个寂静的世界。

又或者是曾在某一刻，像唐·路易说的那种"抚慰灵魂"的风景从匆匆写就的书中跃然升起。蜿蜒的幽长小径，青砖红墙灰瓦，我已经不记得是在中国的哪座城市。看惯了棱角笔直的墙，那温柔的红色弧线让人心生惊喜。高大的竹丛在上空闭合成拱顶，竹竿修长，像长枪，枪杆上一层略带银光的粉霜，不偏不倚是云的颜色，淡去了原来的古铜色。一簇簇绿色的闪电，很高，缓缓摆动，像擦拭天空的羽毛掸子。黑绒毛的大蝴蝶在滑翔。我们想象，墙后有虎，皮毛顺滑而又残忍无情。还有，依然是在中国，二道关村，栗树和紫色牵牛花当中，长城的石砖从陡峭的山丘上俯冲朝山下的湖而去。山上覆盖着羊毛般浓密的树丛（背负武装的男人和马匹，他们是怎样走完这条陡得几乎像梯子的路的？这看不到头的遗迹里有某种不太可能的东西，几乎赋予它一种快乐的意味，使它像个巨大的玩具）。一位垂钓者独自面对波纹轻泛的水面，蜻蜓在和风里飞舞。

还有……但是我担心，如果这样继续下去，终究会把自己弄得像拉纳加玫瑰号邮轮的沙龙里从鼻孔里往外拉手帕的魔术师一样。奇怪的是，我这一通大动干戈搬动回忆，照片没有起到任何作用。它们就在那里，我把沉睡着的最久远的照片从盒子里拿出来，新近的那些，我在电脑屏幕上浏览，但我对它们却毫无感觉。故事会围绕着匆忙涂写的文字诞生，照片周围却什么也没有。我通过照片来确认细节——比如竹丛下中国小径两边的红墙，原来比我的笔记里描述的更加弯曲，几乎呈波浪状。但这一点也不打紧，一点也改变不了这条小路留给我的佯装在竹丛中踟蹰的印象。这些照片其实更多是作为某种古老的物质性存在，让人能鲜活地感受时间——印着"柯达"或"富士"的袋子，装在透明塑料套里的一条条发黄的底片，略显褪色的"拍立得"照片，这一切讲述的是世界照相术里几乎已经消失的操作。不过还是有那么几张并非完全沉默，记忆的画面围绕着它们重现：简搞笑作怪，试图说服我在萨那买一条小鬣狗（我没同意），或者在下龙湾，她身穿白色泳衣、头戴越南尖帽往海边跑。一个标着"Bazaar Lima Jaya, JL H.A.Salim n° 50, Jakarta"的袋子装的全是拍坏了的照片，颜色很暗。照片上可见防波堤内一片灰色的海滩，多年后那里被一场海啸横扫，热带植物散布在沉闷的天空下，椰子树，香蕉树，另有一些我叫不上名字的树，火山锥在一片绿莹莹的农田尽头出现，那可能是片甘蔗田。还有一些瓦房，其中一栋相当老旧，前方有个很深的阳台。这时，故事重现了，聚集了。那是爪哇岛的沙拉帝加军营，1876年8月，兰波曾在那里加入荷属东印度军队，后来当了逃兵（他是在什么样的形势下逃跑又返回欧洲的，据我所知，至今仍是个谜）。我不知道我的司机是如何说服哨兵放我进军营的，我想他应该是告诉他我有个亲戚在那里当过兵之类的，我也记得，一小沓票子起到了让这故事显得可信的作用。总之我得以优哉游哉地在军营里闲逛，拍摄了这些见证过兰波最神秘的一段生活的建筑。当时阿兰·伯赫尔①在阿尔莱亚出版社刚刚出版关于兰波的《一生之作》，我试图让他相信我在军营里发现了一个旧布袋，里面有一沓几乎已经看不清字迹的诗（他没信）。

---

① 阿兰·伯赫尔（1949—　　），法国诗人、小说家、评论家、研究兰波的专家。

我漫不经心地翻着《墓畔回忆录》，发现（此前忘了）夏多布里昂在前往新世界的途中在亚速尔停留过。"看着陆地从海洋尽头升起，不禁感觉神奇。"他看见"皮库岛的火山锥立在云顶之上"，前捕鲸手吉尔·德·布鲁姆·阿维拉在山脚下做梦都想着抹香鲸。我认识他已经是在很久以前，也是在这本书的开头。我敢肯定，圣米格尔岛的钟表匠、声称自己是圣殿塔王太子后人的卡佩托先生，完全不知道这位波旁王朝的忠实奴仆拜访过这个群岛。他应该连名字都没听说过，正如瓦尔德明兴的那位奥地利边境官员（必须承认，非常罕见），令夏多布里昂突发奇想，自嘲一番："事实是，天地广阔，有个人从来没听说过我。"亚速尔，这片迷失在大西洋里，迷失在欧洲、非洲和美洲之间的群岛，我从那里偶然开始了我的长途旅行。毕竟我是纵身跳入水中的，我说过（的确如此，没有任何计划）。这也是真的。任凭航向前行拐弯绕道，带我到哪儿算哪儿，地球是圆的。我们的老陀螺。我驾着我的纸舟，没有罗盘，纯属冒险，穿越时间和地点（写到这里，我得提防我记忆里爱掉书袋的那一部分，它动不动就向我推荐滥大街语录。闭嘴，老学究！）。我们看到了一些国家，见过了一些人，听过一些语言窸窣作响，走过千山万水（不算我在书桌前团团转所绕过的那些公里数……）。既然绕了一圈又回到原点，那就在此止步。一种奇怪的感觉随即涌上心头，每每完成一本书便会有这样的感觉，不是（或者说主要不是）成就感，而是遗弃感。独自一人，突然心慌意乱，于是只要还有力气就会重来——正如我们还会继续，任凭自己被世界震撼、教育、锻造成型。

译后记

2019年2月，奥利维埃给我发来这本书的初稿，Word版的。我为他终于完成酝酿已久的计划而感到高兴，满口应承要拜读。到了5月，他见我迟迟未向他"提交"读后感，发邮件来询问，语气颇为不悦。其间他还发来了修改过的新版本。我心中有些愧疚，以工作忙搪塞过去，其实那只是一半的理由。的确，工作繁忙加上不喜在电脑上读书，那将近两百页的Word文档我只读了个开头便撂下。另一半的理由，其实是因为我读不下去。

到了年底，奥利维埃告知中文版已授权海天出版社，他猜我应该不想翻这本书，不过万一我改了主意，他还是可以推荐我当译者。他猜错了。尽管书我只读了个开头，但并不妨碍我义无反顾地想翻，毕竟，这位作者的《猎狮人》和《古拉格气象学家》在我不算长的翻译书单里是迄今为止最偏爱的TOP2。直觉告诉我：我必须错开另一个正在进行的翻译计划，必须译这本书。

　　12月，我着手翻译。翻了几页之后，我恍然大悟直拍大腿：我找到了一开始读不下去的原因。我立刻写邮件，理直气壮地告诉他："你的书，非翻译不能读啊！"因为，才疏学浅如我，书里提及的大部分典故，他去过的那么多犄角旮旯，我不是闻所未闻就是全然不知，最好的情况也就是一知半解，如果没有谷歌傍身，单枪匹马死磕硬闯，我必将以蒙圈状态走完全程，错过不知多少精彩，也必将毫无乐趣可言。但仅为阅读，谁又会每两分钟问一次谷歌呢？

　　我于是在工作的间隙，不无艰难地跟着他在全世界不同的角落和不同的时空里穿梭，简直疲于奔命。我经常开玩笑地跟身边的朋友吐槽："昨天还在西伯利亚的哈坦加给猛犸象梳毛儿呢，今天已经在文莱的甘榜亚逸参观清真寺了。"哪里？甘-榜-亚-逸？

　　这个人，摊开了三十多年来记下的六十多本笔记，从中寻找记忆的片段，写出一部……一部什么？他非说不是回忆录。他套用电影剧本中的场景标题给书起名：Extérieur——外景，Monde——世界，意在声明写作对象是他本人以外的世界。"拼贴许多记忆的碎片，拼成一只不完美的、有裂痕的花瓶"——那是世界，而他自己是"中间的空心"。这个念头本来就很纠结，既是属于他的回忆，他又怎么可能只是个"空心"呢？但我大抵明白他的用意。他想描绘的，是世界在他身上留下的、于是只属于他的一生；他想怀念的，是无数趟旅途中擦肩而过、萍水相逢、交换过眼神、一起喝过一杯、赶过一趟路、分享过或长或短的时光、说了"你好，再见"就永远不会再见到的人们。他一直牵挂着呢！世界那么大，为什么他偏偏遇见你，遇见你而且记得你，还把你写进了书里，等待机缘巧合，也许有朝一日你会发现。而到了那一日，作家也许早已不在这个世界上，然而你的记忆会被唤醒，会想起多少年前那个你当时可能觉得有点奇怪的、自称作家的人。这本身就是一个多么浪漫的期许。

翻译过程中，我曾因为塔西佗的《编年史》和西班牙诗人德·克维多的十四行诗而抓耳挠腮，因为阿什哈巴德一座被他形容为"巨型撅子"的博物馆或留尼汪岛的"杜郎的土豆沟"而乐不可支，因为"呼吸的时候，你猜阳光一定碎成了千万道彩虹"而感动得恨不得掉下泪来。我斗胆希望，自己笔下的文字与作者原本的文字可以用同样的节奏呼吸，可以描绘出相似的色彩和光芒，可以传递一样让人会心一笑的幽默或一样的脉搏震颤。

在他笔下交叠的时空，不是一马平川的原野，不是一眼望得到头的风景，也没有引人入胜的跌宕起伏。他写的不是page turner，他鄙视page turner那种不用动脑就能一页页读下去的书。他带你走的是一座纵横交错的迷宫，所以全程都在迷路。导游奥利维埃·罗兰迷路跑题的本事无人能及（斯特恩和蒙田据说也很在行，我没有读过所以无从判断），经常一跑就是十万八千里，但最后自己还能绕回来。作为译者，我也只能一路小跑紧跟在身后，听着他喋喋不休，暗中期待未知的境遇。

林苑

2021年春节

北京